新潮文庫

死ぬことと見つけたり

上巻

隆慶一郎著

新潮社版

5320

目次

死ぬことと見つけたり

上巻

死は必定と思われた。つい鼻の先に、刑務所の壁のように立ち塞《ふさが》っていた。

昭和十八年十二月。

僕は九月の末に二十歳になったところだった。

学生に対する徴兵猶予《ゆうよ》制度が廃止され、理工科と医学部以外の学生は、一斉《いっせい》に徴兵検査を受けさせられ、僕は第一乙種合格ということになった。

京都の旧制第三高等学校を、半年学業を繰り上げられて、九月に卒業し、十月に、東京帝国大学文学部仏蘭西《フランス》文学科に入学したばかりである。

灼《や》けるような京都の夏、僕は汗にまみれながら、生れて初めて父親に手紙を書いた。父親の僕に対する希望は、法学部政治学科にいって外務省に入ることだった。父親の知友が多かったからだ。僕は戦争と死について書き、残された短い期間、好きな学問をさせて欲しいと伝えた。

「好きなようにし給《たま》え」

父親は子供にも他人行儀な男だった。

お蔭《かげ》で僕は二ケ月間、鈴木信太郎先生のマラルメの演習を受けることが出来た。

当時の僕は、アルチュール・ランボオと中原中也の徒だった。岩波文庫で星一つの、薄っぺらいランボオ作・小林秀雄訳『地獄の季節』が、僕のバイブルだった。中原中也の詩集は既に入手困難で、運よく手に入れた友人の『山羊《やぎ》の歌』と『在りし日の歌』のすべてを、僕はその友人の監視の下で、ノートに写しとっていた。

入隊の葉書が届いた時、まっさきに考えたのは、この二冊だけは何が何でも持ってゆかねばならぬ、ということだった。それは難事業といえた。僕が入ることになっているのは陸軍の歩兵聯隊《れんたい》である。陸軍が海軍に較《くら》べて頭が硬く、思想統制もきびしいことは、当時の常識だった。詩集、それも外人の詩集など持ってゆけるわけがない。忽《たちま》ち没収の憂《う》き目《め》にあうことは、目に見えていた。

だがこの二冊はどうしても持ってゆかねばならぬ。これがなくては生きている意味がない。それほど僕は思いつめていた。

中原中也の方はまだしも簡単だった。ノートだったからである。新品のノート四、五冊の間に挟《はさ》めば、見つからずにすむかもしれない。問題は『地獄の季節』の方である。これもノートに写せばいい、と初めは考えた。だが気が進まない。本自身に愛着が強いのである。おまけに所々方々に書き込みがしてあり、傍線が引かれ、枠《わく》で囲んであったりする。『地獄の季節』は難解な詩で、そんなことをして少しずつ少しずつ理解してゆくしか法がなかったからだ。星一つの岩波文庫の中に、大袈裟《おおげさ》にいえばその頃《ころ》の僕のすべての思考が籠《こ》められていた。

これだけはなんとしても、このままの形で持ってゆく。僕はそう決心をした。だが軍隊に於《お》ける私物検査は徹底を極めている。内緒で持ちこむことは不可能である。僕は思案に思案を重ねたあげく（いま思うと、我がことながらあまりの可愛《かわい》らしさに笑ってしまうのだが）、当時の陸軍の将校が特に愛読していると評判の『葉隠《はがくれ》』の中に仕込んでゆくことにきめた。『葉隠』は岩波文庫で部厚い三冊本である。確か星六つだったと思う。僕はそいつを手に入れて、先《ま》ず中巻の真ン中の部分を綺麗《きれい》に切り取った。そこへ表紙も裏表紙もとり去った『地獄の季節』を、膠《にかわ》でしっかりと嵌《は》めこんだのである。一晩中重しをかって置くと、この継木ならぬ継本は見事に成功した。多少開きにくいという難点はあるが、目的のためには却《かえ》ってその方が都合がよかった。ただ紙の色が違いすぎる。『地獄の季節』の部分だけが手垢《てあか》で真黒だった。僕は『葉隠』全巻を同じ黒さにするために全力を尽くした……。

　これが僕と『葉隠』の最初の出会いだった。

　僕の入隊は奇妙だった。某月某日までにどこそこの聯隊に入隊、というのではなく、某月某日何時に、品川駅の某所に集合せよ、というのである。某所とは駅の貨物集積所だった。僕たちは一枚の葉書によって、一箇の貨物と化したのである。

　そこには空っぽの軍用列車が待っていた。わけも分らぬままに、その汽車に乗せられた。夜汽車だった。車輛《しゃりょう》の中はすべて学生だった。聞いてみると、皆東京に本籍がある。そして誰もどこへ連れて行かれるのか知らなかった。

朝になって、博多に着いた。僕たちはそこで受領され、輸送船に乗せられた。霧の深い海峡を渡り、釜山に上った。そしてまた夜汽車である。

四十数年を経た今日でも、その時の心細さは鮮明に記憶している。旅愁という言葉に、常人より一段と、切なく、辛《つら》く、腹に力の入らないような心細いイメージを浮べてしまうのは、多分この時の旅のせいだと思う。

翌日、僕たちは京城竜山の二十三部隊に入隊した。

結末は滑稽《こっけい》なほど無残だった。

あれほど巧《たく》みに巧んだ本の持込みが、あっさりと無効になってしまった。部隊に着くや否《いな》や、あらゆる私物はとり上げられてしまったのである。没収ではなく保管だというのが、せめてもの救いだった。以後、一期の検閲が終って予備士官学校のテストに通るまで、中原中也もランボオも、そしてそれを仕込んだ『葉隠』さえ、僕の身辺から去った。

それがどれほどの思いだったかは、書きたいとは思わない。お蔭で僕は容易には軍隊に適応することが出来ず、上官に反抗して、鼓膜を破られた。娑婆《しゃば》に戻るためには右手を失《な》くしてもいいと思い、水を使っても決して拭《ふ》かなかった。零下の町で凍傷を期待したのだが、何《な》故《ぜ》か手はすき透る白さになってはくれなかった。

僕は当然要注意兵になり、厳しい監視下に置かれた。甲種幹部候補生に合格したのは奇蹟《きせき》だった。思いもかけず頑丈《がんじょう》な肉体のためとしか考えられない。それとも当時の陸軍が、それほど下級士官の補充に苦しんでいた証拠だったのかもしれない。北支の予備士官学校に行く時、僕はビリから二番だったが、そんなことは屁《へ》でもなかった。

本が戻って来たのである。『地獄の季節』と中原中也が戻って来たのである。

心置なく泣かれよと
年増《としま》婦の低い声もする

落日の支那《シナ》大陸を走る貨物列車の中で、僕はこの詩を読みながら、本当にちょっぴり泣いたと思う。中原は相変らず優しく、ランボオは相変らず凄絶《せいぜつ》だった。彼等と別れていたのが、たった三月《みつき》だったとは、とても思えなかった。つい昨日のことのようでもあり、十年も昔であるようにも思われた。

そして『葉隠』は依然として僕の関心の外にあった。それは『地獄の季節』という凄《すさ》まじい光りを放つ宝石を蔵《おさ》めた、くすんだ箱にすぎなかった。

いつ頃から『葉隠』を読みはじめたのか、正確には覚えていない。何故読みはじめたのかは簡単である。僕たちは活字に飢えていた。全くそれだけのことだった。慰問品を包んであった古新聞がひっぱりだこになり、ひょっとすると慰問品自体よりも有難がられた頃である。途中が欠落しているとはいえ、星六つ分の岩波文庫の活字は、それだけで貴重品だった。

当時の僕は歴史とは無縁の人間だった。詩は人生と垂直に交わるものだ。時代を超え、人種を超えて、一種形而上《けいじじょう》的に人の心を直撃する。人々の興亡を記録する歴史に、形而上学を探るのは無益であろう。僕は不遜《ふそん》にもそう思いこんでいた。だから『葉隠』を読むといっても、立川文庫の豆本のようにしか読んではいない。『葉隠』の思想など、どうでもよかった。陸軍の軍人が共鳴する思想など、僕にとっては嫌忌《けんき》の対象以外の何物でもなかった。僕は一篇のロマンを読むように『葉隠』を読んだ。何をすべきだとか、何をしてはいけないとかいう部分は、いい加減に読みとばし、誰それが何をしたという、いわばエピソードの部分ばかり読んだわけである。

〈意外に面白いな〉

それが最初の読後感である。以後二度、三度、五度と繰り返し読んでいるうちに、この面白さは確定的になった。何より人間が素晴しい。野放図で、そのくせ頑《かたく》なで、一瞬先に何をしでかすか全く分らない、そうした人間像がひどく魅力的だった。

そして奇妙なことに、ここに登場する人物たちはひどく似かよっている。手柄《てがら》をたてる男も、失敗する男も、同じ人間ではないかと思われるほど似ているのである。初めのうちは、これは斎藤用之助、これは中野数馬などと識別する努力をしていたのだが、やがてそれもやめた。全体がまじり合って、大ざっぱにいえば、二人の人間の顔になって来た。藩政に参加する者と無関係な者である。『葉隠』全巻を通じて、この二人の逞《たくま》しく、したたかで、しかも少々抜けたところのある男たちが、成功したり失敗したり、腹を切ったかと思うと生き返り、又ぞろしょうこりもなく切腹する破目になる。勿論《もちろん》、出《で》鱈目《たらめ》きわまる読み方には違いないが、僕の頭の中ではいつか、それが厳然たる事実のようになってしまった。

武士道のバイブル『葉隠』なんてものは、どこか遠くに消しとんでしまって、実に奔放に、自分の意にかなった生きざまを頑《がん》として生きぬいた曲者《くせもの》たちの一大ロマンと化してしまったというわけである。以後、戦争の間じゅう『葉隠』は『レ・ミゼラブル』や『巌窟王《がんくつおう》（モンテ・クリスト伯）』のように、或《あるい》は又『デビッド・カッパーフィールド』のように、冒険と波《は》瀾《らん》に満ち満ちた、痛快この上ない読物として、僕を楽しませてくれることになった。

戦争が終り、僕は焦土と化した東京へ帰った。戦後の生活は辛くなかったといえば嘘《うそ》になるが、戦争に較べればなにほどのこともなかった。何よりも好きな本を選んで読めたし、象徴詩の講義にも出ることが出来た。僕はランボオからマラルメにゆき、ヴァレリにぶつかった。僕はまるまる五年間、ヴァレリという事件の中にいたと思う。やがて絶望が来た。余りにも精緻《せいち》な言葉の構築物が、僕を拒否するように思えた。それに僕自身が、やはり戦争によって変っていたのだ、と思う。

その後の僕の放浪については書かない。只今《ただいま》の問題は『葉隠』にある。

戦後長いこと僕は『葉隠』を読まなかった。『葉隠』より『スワン家の方へ』や『チボー家の人々』『自由への道』などの方が僕の性《しょう》に合っていた。

だがすっかり忘れていたわけでは勿論ない。何といっても一年半以上も座右の書だったのである。もっとも逆にそれだからこそ、読みたくなかったのかもしれない。

そのうち世間が落着いて来て、『葉隠』についての著作や小説がぼつぼつ現れるようになって来た。書店でそういう本を見ると、つい手にとってめくって見たくなるのは、今までの因縁《いんねん》のせいであろう。

ところが違った。これらの書物に書かれた『葉隠』は、僕の『葉隠』と全く違うのである。僕は戸惑い、やがて理解した。これらの書物に述べられた方が正統なのであって、僕の『葉隠』は無茶苦茶にデフォルメされた、ほとんど別物であるということをだ。僕の『葉隠』は手に汗握り、血沸き肉躍る態《てい》の大ロマンだった。思想は欠落し、人間像と事件だけがある。その人間像も、何人もを一人の内に凝縮したような、いい加減なものである。歴史学的、思想的な『葉隠』研究者乃至《ないし》愛好家にとっては、激怒する値打もない見さげ果てた代物《しろもの》に相違なかった。

申しわけのないことである。歴史的な一巻の書物を、こんなにもいい加減な読み方で読むなど、冒瀆《ぼうとく》といっていい。僕はひたすら恐縮し、益々『葉隠』を読まなくなった。

偶然がまた僕に『葉隠』を手にさせた。金につまって蔵書の一部を売らなければならなくなった。売っていい方、残す方と分類しているうちに、どういうわけか僕は『葉隠』を手にしていた。それは戦争中持っていたものではなかった。あの本は終戦の時、生死を共にする筈《はず》だった仲間に形見として譲ってしまった。それはその後に買い求めた一冊本だった。僕は売る方にそれを置いた。

不意に戦争の思い出が奔流のように僕を襲った。思わず本を開き、開いたところから読み始めた。

面白かった。べらぼうに面白かった。僕は依然として『三国志』を読むように、『レ・ミゼラブル』を読むように、僕の『葉隠』を読んでいたのだ。

同時に疑問が湧《わ》いた。

『葉隠』は面白くてはいけないのか？

戦争中ある意味で僕を支えてくれた『葉隠』は、確実に面白かった。恣《し》意的なデフォルメによる下等な面白さだとお叱《しか》りを受けるかもしれないが、面白くてたまらなかったことはどうしようもない事実である。ではその事実を事実として認めては何故いけないか。

その時はそれだけだった。『葉隠』を売らない方に置き替えることで、ことは終った。だが疑問の方は長く尾を曳《ひ》いて、僕の心に残った。

第一話

猛《もう》虎《こ》

凄《すさ》まじいまでに巨大な虎《とら》だった。岩の高所に軀《からだ》を伏せ、血走った兇暴《きようぼう》な眼《め》でじっとこちらを見ている。いかにもしなやかな軀が、荒々しく息を吐くたびに波うつように見えた。今にも跳びかかろうという態勢だった。あの大きさでは、一跳びで自分に届くだろう。

昔、朝鮮の役で、片田江金左衛門が討ったという虎は、これくらいあったのだろうか、と斎藤杢之助《もくのすけ》は思った。片田江金左衛門は数万のお味方の中で唯《ただ》一人、その猛虎に立ち向い、陣太刀《じんだち》を脇構《わきがま》えにとって、飛びちがい、駆けあわせ、暫《しばら》く闘った後、ようやく虎の首に刀を突き立て、その首をかき落したが、その瞬間、自分も虎の爪《つめ》にかかって、頭からまっ二つに引き裂かれて死んだという。

だが今朝の斎藤杢之助は、猛虎を退治することが目的ではない。自分が殺されること、正確にはその兇暴な爪で、金左衛門同様、頭のてっぺんから股座《またぐら》まで、まっ二つに引き裂かれて死ぬのが目的なのである。

〈さあ来い、虎公〉

李之助は腹の中で呼びかけ、更に近づいた。凄《すご》い眼だな、と思った。それに臭い。生ぐさいような、獣の臭《にお》いがあたり一帯に立ち籠《こ》めている。問題の爪を見た。鋭利な鎌《かま》のように曲がり、しかも長い。とぎすましてあるという感じである。だが汚れている。李之助はかねてから虎の爪は汚れているに違いないと思っていた。予想通りというべきだろう。

〈あんな爪で引き裂かれたら、こりゃァ痛いぞ〉

李之助はそう思う。だが頭から引き裂かれるということは、先《ま》ず頭が割られることである。頭蓋骨《ずがいこつ》が叩《たた》き割られ、脳味噌《のうみそ》がとび散り、顔が裂ける。その時点で痛みはとまるのではないか。それだけで当然死んでいる筈《はず》なのだから。

〈分らんぞ。軀には軀の痛みを感ずるものがあるかもしれん〉

自分の首を打ち落されながら、手練の早業で前にいた従者の首を斬《き》り落した高木鑑房《あきふさ》の例もある。頭がなくても人を斬れるなら、頭がなくても痛みを感じるかもしれないではないか。

今日はそこらあたりをじっくり味わってみなければならぬ。

李之助は肝を据《す》え、眼をしっかり内側に向けて待った。

猛虎が一声吼《ほ》え、同時に跳躍した。かっと口を開き、李之助の頭を嚙《か》み砕こうとした。李之助は僅《わず》かに右に跳んでこの攻撃をかわしている。齧《かじ》られるのでは今日の趣旨に反する。どうしても爪で引き裂かれねばならない。

虎はしょうこりもなく又もや齧りに来た。李之助はその横面《よこつら》を思い切り拳《こぶし》で殴った。虎の頸《くび》がぐきりと鳴った。同時にその爪が杢之助を引き裂いた。

〈成程。これか〉

強い衝撃はあったが、痛みを感じる暇はなかった。杢之助は即死しながらも脇差を抜き討ち、猛虎の首を半分まで確かに斬った……。

杢之助は寝床の中で大きく息を吐いた。頭のてっぺんから股座まで、痺《しび》れたような感覚が、まだ消えていない。猛虎は確実にその凄まじい爪痕《つめあと》を、杢之助の思念に残していた。

〈しかし悪い死に方ではない〉

いつものように身が軽くなったのを確かめて、杢之助は微笑した。

これは佐賀武士独特の心の鍛練である。

『必死の観念、一日仕切《しき》りなるべし。毎朝身心をしずめ、弓、鉄砲、槍《やり》、太刀先にて、すたすた（ずたずた）になり、大浪に打取られ、大火の中に飛入り、雷電に打ちひしがれ、大地震にてゆりこまれ、数千丈のほき（崖《がけ》）に飛込み、病死、頓死《とんし》等死期の心を観念し、朝毎《あさごと》に懈怠《けたい》なく、死して置くべし。古老曰《いわ》く、「軒《のき》を出づれば死人の中、門を出づれば敵を見る」となり。用心の事にはあらず、前方《まえかた》に（あらかじめ）死を覚悟し置く事なりと』

後年山本常朝が語り、田代陣基《つらもと》が筆記したという『葉隠』の中で述べられている異様きわまる生きざまを示すものである。

杢之助はこれを父の斎藤用之助からきびしくしつけられている。用之助は祖父の斎藤杢右衛門から仕込まれたという。父子三代にわたる鍛練法だった。

朝、目が覚めると、蒲団《ふとん》の中で先ずこれをやる。出来得る限りこと細かに己れの死の様々な場面を思念し、実感する。つまり入念に死んで置くのである。思いもかけぬ死にざまに直面して周章狼狽《ろうばい》しないように、一日また一日と新しい死にざまを考え、その死を死んでみる。新しいのがみつからなければ、今までに経験ずみの死を繰返し思念すればいい。

不思議なことに、朝これをやっておくと、身も心もすっと軽くなって、一日がひどく楽になる。考えてみれば、寝床を離れる時、杢之助は既に死人《しびと》なのである。死人に今更なんの憂《うれ》い、なんの辛苦があろうか。世の中はまさにありのままにあり、どの季節も、どんな天候も、はたまたどんな事件、災害も、ただそれだけのことであった。楽しいと云《い》えば、毎日が楽しく、どうということはないと云えば、毎日がさしたる事もなく過ぎてゆく。まるですべてが澄明《ちょうめい》な玻璃《はり》の向うで起っていることのように、なんの動揺もなく見ていられるのだった。己れ自身さえ、その玻璃の向うにいるかのように、眺《なが》めることが出来る。

〈死人のくせに澄ましすぎているのではないか〉

己れを見て、そんな批判をすることもある。もっとも別段なおそうなどとは思わない。すべてがそのように出来ているのであり、それはそれでどう仕様もないことなのだった。

斎藤家は元々斎藤別当実盛《さねもり》の裔《すえ》である。あの髪を黒々と染めて戦いに臨み、首をとられて初めて白髪の老人であることが分ったという剛勇の武人である。実盛十二代の孫実景《さねかげ》が九州探題《たんだい》に従ってこの地に来たり、更に十代の孫光景《みつかげ》が永禄《えいろく》三年、現在の鍋島《なべしま》家の主に当る龍造《りゅうぞう》寺《じ》氏の家臣になった。杢之助の祖父杢右衛門はこの光景の三男で、龍造寺隆信、次いで鍋島直茂に仕え、数々の戦功をたて、佐渡の称号の外に直茂の茂を貰《もら》って茂是とした。目達原《めたばる》に知行を頂戴《ちょうだい》している。

用之助はその長男で、名は実貞。鍋島直茂に仕え、次いで小城《おぎ》の鍋島元茂に附けられ、朝鮮の役に従軍。水練の達者で、文禄元年五月七日、朝鮮王城乗りの一戦では、南大門大河の激流を泳ぎ渡って敵船五艘《そう》を乗取り、味方の渡河を全《まっと》うさせたという。鉄砲の腕も抜群だった。

有名な逸話がある。

直茂の子勝茂の時代になって、世の中が漸《ようや》く太平になった一日、鉄砲の調練が行われた。直茂治にいて乱を忘れず、という直茂の発案で、全佐賀藩士が参加した盛大なものである。直茂は出ず、勝茂だけが出席し采配《さいはい》を振るった。その前で次々と標的射撃が行われ、やがて用之助の番になった。

用之助はろくに鉄砲を構えもせず、無造作に天に向って引鉄《ひきがね》をひいた。標的係りの者が、

「玉なし」

と云う。今日なら「弾痕《だんこん》不明」と云うところだろう。標的に当っていない、と云ったのだ。

用之助は勝茂はおろか全員に聞こえるような大声で怒鳴った。

「玉があるわけがないわ。わしはこの齢《とし》まで土を撃ったことはない。だが妙な癖でな、敵の

胴中ははずしたことがない。その証人として飛騨《ひだ》の殿は生きておじゃるわ」

飛騨の殿とは直茂のことである。殿様がまだ生きているのは、俺の腕のお蔭《かげ》だと高言したわけである。勝茂は当然怒った。手打ちにしてくれようかとまで思ったが、なんとか我慢して城へ戻ると、すぐ三の丸の直茂のもとへゆき、ことの次第を述べた。

「私を主人とも思わず人中で恥を与えた者ゆえ、手打ちにしてやろうかと思いましたが、父上の秘蔵のご家来ですから勘忍《かんにん》して帰って来ました。どのように致すべきか、おっしゃっていただきたい」

直茂に処置を一任すると云ったのである。

「お主が腹を立てるのも、もっともだ。すぐ組頭《くみがしら》に腹を切らせろ」

直茂もひどい怒りようである。勝茂は慌《あわ》てた。どうやら父上は聞きまちがいをしているらしい。

「組頭は何一つ間違ったことはしておりません。悪いのは用之助で、その処置をうかがっている次第で……」

「それは違うぞ」

直茂は厳しく云った。

「組頭たちには若侍どもに鉄砲の鍛練をさせろと云ったのだ。老人の用之助を引出し、若輩《じゃくはい》者《もの》並みに的《まと》を撃たせるとは不調法千万《ぶちょうほうせんばん》である。これを落度と云わずに何と云うのだ。用之助の申し分はもっとも至極。確かにこのわしがあの男の腕前の証人だ。すぐ組頭に腹を切らせろ」

勝茂は辟易した。父親が、自分が今尚生きているのは確かに用之助のお蔭だ、と云っている以上、用之助を罰することは出来ない。といって組頭に腹を切らせるのは苛酷《かこく》にすぎる。彼等は彼等なりに、命令に忠実に従ったまでだからだ。攻守所を変えた感じで、勝茂はひたすら詫《わ》びをいれ、ようやく組頭の生命を救った。

こんな男に平時のお城勤めが出来るわけがない。斎藤一家には何の御役も廻《まわ》っては来なかった。知行地からの収入はある筈なのだが、算勘の道に暗いこの一家の男共にとっては、取り立てひとつうまくゆかない。毎朝死んでいる男たちに、金のとりたてなど出来る筈がなかった。こうなると収入はなきに等しい。当然、一家は飢えた。

或る年の暮のことである。正月を控えて、斎藤家には一粒の米もなかった。その晩の飯もない。あまりの事にたまりかねて用之助の妻が泣いた。気丈な母が泣くところを、杢之助は初めて見た。

祖父の杢右衛門は、暫くその様子を見ていたが、ぽつりと云った。

「揃《そろ》って腹でも切るかね」

この老人は本気だった。みっともないことになるくらいなら、腹を切った方がいい。

用之助はまず妻を叱った。

「いくら女だからとはいえ、武士の家に居る者が、たかが米がないぐらいのことで泣くとは何事だ。米なんぞ世間にはいくらでもある」

世間にいくらあろうと我が家にはないのだから、これは叱る方が無理である。

用之助は次いで杢右衛門にいった。

「なんとかしてみましょう」

杢右衛門はすぐ伜《せがれ》の意図を見抜いた。

「悪事をするなら盛大にやろうぞ」

なんとこの親子は、共に白髪《しらが》をいただく齢のくせに、嬉々《きき》として出かけていった。今の佐賀市外高尾に当る高尾の橋の袂《たもと》で、折から年貢《ねんぐ》を運んで来る百姓を待った。米を馬に背負わせた百姓が何人も通りすぎたが、親子は目もくれない。やがて十頭ほどの馬に百俵余りの米をつんだ馬方の一団が通りかかった。

「その米をどこに運ぶ」

用之助が訊《き》いた。

「お城ですよ」

馬方の頭《かしら》が馬鹿《ばか》々々しそうに答えた。これだけの米をほかへ持ってゆくわけがない。

「そうか」

用之助が頷《うなず》いた。

「ではわしの家へ運べ」

頭は耳を疑った。この侍は気が狂《ふ》れたのかと思った。

「お城へ運ぶんでさあ。御年貢なんですよッ」

不安のあまり声が大きくなる。

「分っておる。お城へ入れば、いずれわしらのところへ廻されて来る。その手間を省こうというのさ」

用之助はあくまで落着いている。当り前のことを云っているだけだ、と云いたげだった。

だが馬方の頭にとっては、これは当り前の事態ではない。どう考えても強奪である。とんでもないことにかかわりあった。えらい災難である。軀が慄《ふる》えて来た。

「お前が気に病むことはない」

用之助は慰めるように云った。

「きちんと手形を書いてやるから、庄屋《しょうや》に見せるがいい」

それでも頭が躊躇《ためら》っていると、いきなり大刀をすっぱ抜いた。

他の馬方たちが逃げ出そうとして棒立ちになる。うしろに控えていた杢右衛門が、これまた刀をすっぱ抜くなり、気合を発した。さすがは戦場往来のつわものである。腹の底に響く凄まじい気合だった。これで馬方たちはへなへなと足に力が入らなくなってしまった。鍋島武士の勇猛ぶりは有名である。たかが老人二人とはいえ、相手をして無事にすむ筈がない。それに考えてみれば、家まで運び手形を貰って置けば、いいわけは立つ。とにかく生命を賭《か》ける仕事ではなかった。

馬方たちはおとなしく百俵余の米を斎藤家の勝手口につみあげて帰った。

「悪事とは成程面白いな」

と杢右衛門は眼を輝かせ、用之助は妻に云った。

「見ろ。米はこれほどある。好きなように使え」

こんな無法が目付にきこえないわけがない。忽《たちま》ち奉行所から用之助に呼び出しがかかった。用之助は平然と出掛けてゆき、吟味《ぎんみ》にはすべてありのままに答えた。年貢強奪の罪は死罪である。だが奉行たちはまだ先日の事件を覚えている。用之助に対する直茂公のごひいきは只《ただ》事《ごと》ではない。とりあえず一件を言上してみようということになった。御側衆《おそばしゅう》である藤島生益が公に申し上げると、なんと直茂はさめざめと泣いた。たまたま御内室陽泰院も一緒だったが、その陽泰院を泣きながらくどくどとかきくどいたという。この部分『葉隠』の文章が面白いので引用しておく。

『かか(妻のこと)聞かれ候《そうろう》や。用之助は殺され候由《よし》、さても不憫《ふびん》千万の事なり。日本に大唐を副《そ》へても替へまじき命を、我等がため数度一命を捨てて用に立ち、血みどろになりて肥前の国を突留《つきと》め、今我等夫婦の者、殿と云はれて安穏に日を暮すは、彼《か》の用之助が働き故にてこそあれ。就中《なかんずく》用之助は究竟《くきょう》一のつはものにて、数度の高名したる者なり。その者が米を持たぬ様にして置きたる我こそ大罪人にて候。用之助に咎《とがめ》は少しも無きものを、彼を殺して我は何として生きて居《お》らるるものか。さてさて可愛なる事』

そうして御夫婦様御落涙にて、御愁嘆大方ならず……という。

御側衆一同参ってしまって、これを勝茂に報告した。

「親孝行のためだ。斎藤一家は浪人させろ」

苦々しげに勝茂は答えた。

直茂はすぐ勝茂に礼を云い、斎藤杢右衛門に米十石《こく》を与えた。詫びのしるしである。

大《おお》　猪《いのしし》

以来、斎藤家はずっと浪人のままだ。

杢右衛門と用之助の二人は元和《げんな》四年六月、直茂が死ぬとすぐ追腹切って殉死を果たした。勝茂がとめて、改めて自分に仕えよ、と云ったが、両人ともどこ吹く風だったという。

そのためかどうか、用之助の次男権右衛門は後に手明槍《てあけやり》に召抱えられた。手明槍は元和六年に初めて出来た武士の階級をいい、物成《ものなり》五十石以下の武士の知行を召し上げ、一律に切米《きりまい》十五石を支給し、平時は無役、戦時には槍一本・具足一領で出陣することに定めたものである。土佐の一領具足組に似ている。もっとも後年は手明槍も平時の勤めをするようになり、平侍と徒士《かち》との中間の身分になった。

長男の杢之助の方はそのまんまで、だから今でも浪人である。

佐賀藩には、浪人しても国を出てはいけない、という奇妙な掟《おきて》がある。従って杢之助はいまだに佐賀城下に住んでいる。なりわいにすべき技術は皆無だったから、居候《いそうろう》をしていた。弟のところに転げこむのも可哀相《かわいそう》な気がして、まったく赤の他人の家にいた。実は斎藤親子が年貢米を強奪した時の、馬方の頭の家である。頭の名は耕作。

この男、あの一件でどういうわけか斎藤一族に惚《ほ》れこんでしまった。一家が浪人ときまった時も、わがことのように喜んでくれ、引越先はみつけてくるわ、内職の相談には乗るわで、うるさいほど世話を焼いてくれたものである。

もっとも内職の方は常に不首尾に終った。この一家の男どもは戦闘以外には何の興味もなく、また能力もなかったからだ。直茂はさすがにその辺を見抜いていた。斎藤杢右衛門存生の間は、十石の米を捨扶持《すてぶち》同様に下さるという処置がなかったら、この一家は十中十まで腹かき切って死に絶えるしかなかった筈《はず》である。

耕作一家は、逆にこの無能力に徹した一家が、ひどく気に入ってしまった。

「さすがはお侍だ。本物のお侍はこうでなくちゃいけない」

何がさすがなのか分明でないが、耕作の考えはあながち間違っているとはいえない。まさしく本来の武士の姿は、こうあるべきかもしれないのである。一瞬の後に死ぬことを、常時覚悟していなければならないのが武士だとしたら、どんな意味でも仕事など出来るわけがないではないか。

彼等は死人である。既に死人だからこそ、平静に死を見つめ迎えることが出来る。そしてそうでなくては戦闘のプロとはいえまい。間違っては困る。彼等の仕事とはあくまで闘うことである。闘って死ぬことである。死人にほかのことが出来る道理がなかった。又それだからこそ、武士には扶持というものがあるのだ。扶持は断じて戦功に対する褒賞《ほうしょう》ではない。それはすぐれた『いくさ人』を維持してゆくための必要経費だったのである。祖父と父が揃って殉死追腹してしまった後に残された杢之助には、その十石の捨扶持すらなかった。殿様はもう杢之助に必要経費を払ってはくれないのである。だからといって、杢之助が『いくさ人』たることをやめることは出来ない。『葉隠』には、生れたばかりの赤ン坊の耳もとで武勇の話を吹きこめとある。杢之助はまさしくそのようにして育てられて来た。今更変りようがないのである。また杢之助にそんな気はまったくなかった。

斎藤家の総領が、馬方の居候などしていては、外聞が悪すぎると、弟の権右衛門が再々文句を云って来たが、杢之助は歯牙《しが》にもかけなかった。杢之助にしてみれば、耕作も殿様のお蔭で生きている者だ。その耕作に養なわれて何が悪い。耕作は殿様の代理人である。そう思っている。だから恥とも思わなければ、殊更《ことさら》恩義を感じてもいない。すべて一朝ことある時のために、鍋島のお家が自分を生かしているのだと堅く信じているのだった。

だがこの泰平の代《よ》にことは仲々起りそうにもなかった。従って杢之助は、毎朝寝床の中でたっぷり死んでしまうと、もうやることがなくなってしまう。仕方がないから、鉄砲を撃ちにゆくか釣《つ》りに出るかである。十日に一度は鉄砲をかついで山に行く。父親ゆずりで、杢之助は鉄砲の上手であり、また好きだった。出来るものなら毎日でも撃っていたいと思うのだが、弾丸代と煙硝《えんしよう》代が馬鹿にならない。だから十日に一度である。

釣りの方は金がかからないから、ほとんど毎日だった。雨が降ろうが、雪がつもろうが出掛けてゆく。耕作の家人は長いこと、杢之助を釣り気違いだと信じていた。

一日、耕作の娘のお勇が、お使いに出た帰り道で杢之助の釣り姿を見かけた。お城の外濠《そとぼり》に通ずる嘉瀬《かせ》川の掘割だった。釣竿《つりざお》を石垣《いしがき》の隙間《すきま》に深くつっこんで、杢之助は木に凭《もた》れて熟睡していた。お勇が鼻をつまんでも、うるさそうに手を払っただけで、目を醒《さ》ます気配もなかった。

「寝にいってるだけなのよ」

お勇は家に帰ってそう報告した。

「つまりあの人が一番好きなのは、寝ることなんだわ」

「でもねえ……」

母親のお咲が首をひねる。

「雨の日や雪の日は、どうしてるんだい。やっぱり眠ってるんだろうか」

「大嵐《おおあらし》の時に出かけたこともあるぞ。あんな中で眠れるわけがないよ」

これは弟の太吉である。口をとがらせて文句を云う。この弟は杢之助が好きなのである。せちがらい世の中で、近頃《ちかごろ》はお侍でもこせこせしているのが多い。事実下級武士の中には町屋に居を構えて、商売をしている者もあった。佐賀藩は、このあり方を、奨励こそしないが、はっきり認めている。藩の財政もかなり苦しくなっていたのだ。結構商売繁盛の侍もいたが、そんな連中を太吉は好きでなかった。平然と馬方の家に居候し、家にいる時は眠ってばかりいる杢之助の方が遥《はる》かに侍らしいと思っている。

顔つきからして違っていた。杢之助は決して鋭い顔ではない。むしろ茫洋《ぼうよう》として、つかまえどころのない顔である。お勇に云《い》わせると、もうひとつぴりっとしない、ということになるのだが、そこがまたいい。むやみに勇武を誇る気配もないが、どこかに烈《はげ》しいものが感じられる。うっかりして、そこに触れたら最後、到底ただ事ではすむまい、といった感じがある。なんとなくこわいのである。とりわけて厳しい顔をするでもなく、しだらもない笑顔を見せているわけでもない。ぼうとした顔で立っているだけで、それだけのことを感じさせるのだから、やはり並の男ではなかった。

お勇もそれはちゃんと感じているし、杢之助が嫌《きら》いなわけでもない。ただ稀代《きたい》のなまけものなのは間違いないと思っている。母親と太吉になんとしてでも自分の観察の正しさを証明しないことには、気がすまない。これもまた仲々の強情者だった。お勇は嵐の日を待った。

この年の嵐は別して凄《すさ》まじかった。大風が夜半のうちからこやみなく吹き荒れて、近所の家など屋根をもってゆかれそうになる騒ぎである。雨も叩《たた》きつけるようだった。

杢之助にとってはこの嵐もどうということはないようだった。いつもと変りなくたっぷり寝ていると、やがて起き出し、お咲とお勇が炊出《たきだ》し用に握ったむすびを一箇《こ》たべながら暫《しばら》く天候を見ていた揚句、なんと油紙にくるんだ鉄砲を持ち出し、蓑《みの》を着こんで出掛けていったものである。こんな雨風の中で鉄砲が撃てるわけがない。お勇は呆《あき》れ返る一方で、なんということなく腹が立って来た。どうせお城の中の知人の屋敷にでも行って、またぞろ眠りこけるにきまっている。鉄砲を持ったのは照れかくしだろう。そう思ったからである。

お勇は自分も蓑笠《みのかさ》をつけると、思いきり裾《すそ》をたくしあげて、横なぐりの雨の中を杢之助を追った。お咲のとめる言葉も耳に入らない。完全に意地になっていた。

すぐ笠は役に立たないのを知った。あっという間にむしりとられてしまう。髪も顔もびしょ濡《ぬ》れである。一町も歩かないうちに、お勇は自分の推測が的はずれだったことを知った。杢之助の足は嘉瀬川ぞいにまっすぐ北に向っていたのである。かなりの早足で忽ち城下のはずれに出た。お勇はせめてその時点で戻るべきだった。だがここまで来て、という意地もあり、おまけに正直いって、一人になるのがこわかった。まだ昼前だというのに、田舎道に人っ子一人いないのである。嵐のせいにきまっていた。それに増水した嘉瀬川の濁流は凄まじく、水面は道とすれすれまで上昇していた。今にも溢《あふ》れ出すかもしれない。木は到《いた》る処《ところ》で風に折られ、乗り越えてゆくだけで一仕事である。とてもこんな道を女一人で帰ってゆけるわけがなかった。

杢之助にはこの嵐も一向にこたえた様子がない。むしろいかにも気持よさそうに天を仰いだり、うまそうに雨水を口でうけたりしている。どことなく犬ころがじゃれているような気配があった。

〈それにしても鉄砲をどうする気だろ〉

そうお勇は思う。長い鉄砲はこの嵐の中で邪魔になるばかりである。

杢之助はお勇の思惑に反して、なんと二里近くも嵐の中を歩き通し、川上の山路にかかった。

お勇は泣きたくなった。遂《つい》にたまらず悲鳴をあげた。風がその悲鳴を運び去ってしまう。

〈山へゆく気だ〉

杢之助は足どりを緩めもせず、山路を登ってゆく。お勇は石を拾って投げた。杢之助にとどくまで、何箇拾っては投げただろう。一つ投げるたびに、悲鳴を繰り返した。

やっと杢之助が振返った。石が当ったのである。さすがに驚いた顔で、引返して来た。

「こんなところで何をしている」

呆れたように訊いた。

「きまってるじゃない。ついて来たのよ」

お勇は馬方と育ったから、言葉が荒い。

「何しに」

「何しにって……」

これは返事の出来る問いではない。

「心配したんじゃないの、嵐だから」

杢之助が不得要領な顔をした。これは当り前である。

「帰った方がいいぞ」

「ひとりじゃ帰れないよッ。こわいよッ」

これも随分矛盾した話だが、お勇は本気である。本当のところ、縋《すが》りつきたいほどおびえていた。

李之助は暫く黙って嘉瀬川の流れを見下していたが、こくんと頷《うなず》いた。

「水が出るな。あと半刻《はんとき》（一時間）だ」

「余計帰れないじゃないか」

お勇がほとんど喚《わめ》いた。あんたのせいだ、と云っているようだった。これもまた理不尽な話だったが、李之助は黙ってやりすごした。

「行こう」

また山へ登ってゆく。お勇はかっとなった。

「そっちじゃないよッ、うちは」

地団駄《じだんだ》ふまんばかりだった。

「泳ぐことになるぞ。それに無駄足になるな」

何が無駄足なのかはいわない。だが、泳ぐの一言で、もうお勇は帰る気がなくなっていた。お勇は金槌《かなづち》なのである。

「どこへ行く気」

心細そうな声だった。気だけは強いが、お勇はまだ未通女《おぼこ》だった。

「このずっと上にいい洞穴《ほらあな》があるよ」

いかにも山に慣れた調子で李之助が云った。

確かにそれはいい洞穴だった。大きくて深くて、中腰で立っていられるほどの高さである。奥はこの天候なのに不思議なほど乾いている。風は吹きこんでは来たが、表ほどではない。それでもお勇は寒さでがたがた慄《ふる》えた。

杢之助が手早く焚火《たきび》をたいてくれなかったら、どうなっていたか分らない。杢之助はよくここへ来るらしく、片すみに薪《たきぎ》の山が積まれてあった。こんな日でなかったら、適当に風は通るし、寒ければ煖《だん》もとれるし、居眠りの場所としては格好だった。現にお勇は衣服が湯気をあげて乾いてゆくにつれて、心地よい眠けに襲われはじめている。

〈やっぱり居眠りしに来るんだわ、この人〉

うとうとしながらそう思った。

そのなまけものの杢之助は、坐《すわ》りこんでせっせと鉄砲に弾丸ごめをしている。さすがに点火はしなかったが、火縄《ひなわ》もきっちり巻きつけた。

〈格好つけて、まァ〉

からかいたいような、浮き浮きした気分だった。そのくせ胸が躍っている。自分が長いことこんな時を待っていたのだということを、この場所に来てみて、お勇は初めて知ったのである。身内が痺《しび》れるようだった。不思議にこわさはなかった。

「お勇さん」

杢之助が云って立って来た。

お勇の胸は早鐘をつくようだった。生れて初めて、声が出なかった。

「悪いが、横になるのは、こっちにしてくれないか」

李之助が焚火の横を指さした。お勇には何を云っているのか分らなかった。そこは岩がくぼんで横穴のようになった狭くるしい場所だった。穴の入口からちょっとはずれて、風は当らないが、とても二人の軀《からだ》を横たえられるほどの広さはない。

お勇が答えずにいると、李之助は鉄砲を岩にたてかけ、お勇をひょいと抱き上げた。

お勇は声を上げそうになった。そのかわりに両腕をあげて、李之助の首に齧《かじ》りついた。

李之助は苦労してお勇の軀をその狭い空間に押しこむと、髪の毛を撫《な》でた。

「大丈夫。こわいことはない」

お勇は目をつぶった。軀がかちんかちんになっているのが、自分でも分った。

ところが李之助は、それきり離れていってしまった。

〈なにをしているんだろう〉

そっと薄目を開けて見た。

思わず声をあげそうになった。

李之助は焚火の前に膝《ひざ》をつき、いわゆる膝撃ちの姿勢で鉄砲を構えていた。銃口は洞穴の外に向けられている。火縄の匂《にお》いがかすかに匂った。既に点火されていたのである。

李之助は鉄砲をおろし、お勇を見てにっと笑った。

「まだ暫くかかる。そのまま寝ていてくれ」

「な、なにが……」

出るのか、と訊《き》きたかったのだが、舌がもつれた。

「猪《いのしし》だ。この山の主だというな」

お勇はすくみ上った。同時に杢之助が何故《なぜ》この場所に自分を移したかを理解した。猪はまっすぐ突進する筈だった。この場合は杢之助めがけて突き進むことになる。さっきまでお勇が寝ていた場所は、その延長線上にあった。杢之助が倒されれば、当然猪はその惰性で焚火を蹴散《けち》らかし、お勇に殺到することになる。

それにしても……。お勇は悲しくなった。

〈あたしを抱きたかったわけじゃないんだ〉

自分がまた理不尽になっていることに、お勇は気付いていた。杢之助はお勇が尾《つ》けて来ることなど予想もしていなかった。嵐の様子を見ていた時から、猪が頭にあったのだろう。だからこそ、迷いもなしにこの山へ向った。一度も振り返りもしなかった。石をぶつけてしらせたのは自分だった。ひとりでは帰れないと駄々をこねたのも自分だった。杢之助の責任は皆無である。むしろ折角のもくろみの邪魔をしている自分の方が悪いのである。そんなことは百も承知だ。

それにしても……。

何かきついことを云ってやりたかった。ひとをなんだと思ってるんだ。こんな気持にさせておいて、猪とはなんだ、この朴念仁《ぼくねんじん》。それくらいのことは云わなければ、腹の虫が蔵《おさま》らなかった。

お勇が口を開きかけた時、杢之助が手をあげた。口をきくなというのだ。ついで鉄砲を上げ、素早く構えた。

猛烈なけもの臭さが、一瞬のうちに洞穴を満たした。

お勇は入口を見た。いた。それはお勇の想像を遥かに超えた、巨大な猪だった。赤い眼《め》だった。長い剛毛がびっしょり雨に濡れて撫でつけたように寝ていた。荒々しく吐く息が、たまらない臭さだ。

〈何をしているの〉

お勇は胸の中で叫んだ。

杢之助がまったく動かないのである。鉄砲を構えたまま、化石になったようだった。洞穴の深さはほぼ二間半（四・五メートル）である。鉄砲の銃口と猪の間は約一間。撃ってはずす距離ではなかった。

それなのに杢之助は撃たない。

〈おびえてすくみ上ったんだろうか〉

そうとしか解釈出来なかった。だが杢之助の眼は澄み切っていた。ほとんど恍惚《こうこつ》としていると云ってもいい。そこにはおびえの影もなかった。

〈じゃあどうして……〉

その時、猪が跳んだ。完全な静止の状態から不意に恐ろしい早さで突進を開始したのが、まるで跳んだように見えたのである。

猪は一気に半間の距離に迫った。

お勇は思わず顔を蔽《おお》った。

杢之助の軀が、猪の凄まじい牙《きば》で貫き通されるのは確実に見えた。その瞬間、銃声が湧《わ》いた。

お勇が予測した通り、猪は焚火を蹴散らかし、一番奥の岩に激突した。暫くそのまま立っていた。やがてゆっくりと足を折って、坐りこんだ。両耳の穴から、血が流れ出した。兇暴《きようぼう》な真っ赤な目が閉じた。

お勇はとめていた息を、そろそろと慎重に吐き出した。猪から目を離さない。手を伸ばせば触れるところに、猪が寝ているのである。ちょっと軀を動かして見る。猪は動かない。もう一度軀を動かす。ほとんど岩のくぼみから脱け出た。矢張り猪は動かなかった。四つん這《ば》いになって、尻《しり》の方から後ずさりしてゆく。少しずつ、少しずつ、猪から遠ざかる。

突然、その尻を摑《つか》まれ、手荒く引き寄せられた。

お勇は出かかった悲鳴を辛《かろ》うじてのみこんだ。手が杢之助のものなのは確かだった。だが猪から目を離すわけにはゆかない。

湯文字がひきめくられ、肌《はだ》にひんやりと風が当った。

「猪は死んだよ」

杢之助はそう云ってゆっくりと侵入して来た。

お勇は初めての声をあげた。

杢之助とお勇は町内の評判になった。

それはそうだろう。大嵐《おおあらし》の次の日、漸《ようや》く引きかけた水の中を帰って来た二人の姿と来たら、正に人々の度胆《どぎも》を奪うに足るものだった。

よれよれの着物、ざんばらの髪は、この大災害の後だから格別どうと云うこともないが、杢之助の担《かつ》いでいたものが凄《すさ》まじかった。

誰も見たことのないような大猪だったのである。

杢之助は嵐の中でこの大猪を裂き、臓腑《ぞうふ》を残らずとり出し、血を綺麗《きれい》に抜いている。その上、夜と朝の二回、かなりの肉を平《たい》らげていた。杢之助の印籠《いんろう》の中に、塩のかたまりと臭《にお》い消しの山椒《さんしょう》が抜からず入れてあるのを見て、『いくさ人』の用意のよさにお勇は感嘆したものである。今まで鳥肉しかくったことがなかったが、贅沢《ぜいたく》のいえる刻ではなかった。脂《あぶら》の多い、幾分水っぽいような猪の肉がこんなにうまいものだとは、お勇は夢にも思わなかった。

大風に全山の木という木が悲鳴のようにざわめき、奔流する川の音、地すべりの轟音《ごうおん》さえまじる中で、お勇は朝までに八回も貫かれ、切ない声をあげ続けた。

「こんな日は血が昂《たか》ぶるんだよ」

杢之助はいいわけのように云った。

大猪も血が昂ぶってとび出して来たのだろうかと、お勇は思った。

杢之助は雨風の激しい時に大猪がこの洞穴を使うことを、残された臭いと体毛で、前々から知っていたのである。朝、起き出して嵐を見た途端に、そのことを思い出した。だから即座に鉄砲を持ち出して、駆けつけたのだった。お勇とのことの方が偶発事故だった。

だが四十貫（百五十キロ）に近い大猪をひっかつぎ、鉄砲をかついだお勇とよれよれになって帰って来るところを町内の人々に目撃されては、今更、偶発事故だとは云えなかった。

あまりにも突拍子《とっぴょうし》もない出来事に、茫然《ぼうぜん》自失している耕作とお咲に、杢之助はぺこりと頭を下げた。

「居候《いそうろう》がもう一人ふえたよ、親方。こいつは引出物と思ってくれ」

それで猪を土間に放り出した。力自慢の馬方たちがひっかつごうとしたが、誰も彼も腰が砕けて、かつぎ上げることさえ出来なかった。杢之助はそれを二里も運んで来たのである。

一同は改めて杢之助の底知れぬ体力に驚嘆した。

耕作にすれば、こんな素晴しいことは又となかった。倅《せがれ》の太吉はお袋似で、軀もひ弱な上に気も小さい。とても頭《かしら》の器ではなかった。この家も俺《おれ》一代か、と前々から諦《あきら》めていたところである。間違っても杢之助が頭になってくれる筈《はず》はなかったが、これでれっきとした後見人になったことになる。正に磐石《ばんじゃく》の重みだった。もう太吉について心配することは何一つない。現に馬方たちは大喜びで、到《いた》るところで杢之助とお勇の仲を触れ廻《まわ》っている。

それにしても出来るにこと欠いて、よりによってあの嵐の中で、しかも山中の洞穴で大猪の死《し》骸《がい》を枕《まくら》に契《ちぎ》るとは。杢之助のけたはずれた生きざまに、年甲斐《としがい》もなく耕作の血まで昂ぶる思いだった。

祝言《しゅうげん》の日どりがきまると、杢之助は弟の権右衛門と中野求馬《きゅうま》の二人にだけは出て貰《もら》うと云《い》った。

「中野さまが出て下さるでしょうか」

耕作は不安そうに訊いた。

杢之助は鼻で笑っただけだ。

耕作の不安は当然だった。中野一門は佐賀では名門だった。大方が組頭をつとめ、加判家老・年寄衆にのぼった者も何人もいる。一門の数が多いから、中には出来の悪い者も、うだつの上らない者もいるが、侍ごころに関する限り、誰一人おくれはとらぬ、と豪語し、人もまた認めるという輝やかしい一族だった。

中野求馬はそのうだつの上らない方の一人である。加判家老までいった父親が諸人の前で勝茂を非難して不興を買い、後に些《さ》細《さい》なことで切腹を命ぜられ、家禄《かろく》を召し上げられてしまったのがその理由だから、杢之助の境涯《きょうがい》に似ていなくもない。それでも名門のお蔭《かげ》で求馬は五十石の勘忍《かんにん》料を貰っているから、老母と妻の三人暮しをかつかつながら維持することが出来た。勿論《もちろん》、無役である。妻のお愛は手《て》明槍《あけやり》の娘で、評判の美人だった。

杢之助と求馬を結びつけたのは釣《つ》りである。

どちらもすることがないから、毎日釣りに出る。いやでも顔を合わせることになった。この二人、初めて顔を合わせた瞬間から莫逆《ばくぎゃく》の友であった。二人とも口の重い方で、ほとんど言葉をかわしたことがない。黙って少々離れた場所で、終日釣糸を垂らしているだけだった。杢之助の方はお勇の見た通り日がな一日眠っている。求馬の方はこつこつと魚を釣り上げ、夕刻ひきあげる段になるときまって杢之助のびくに、そくばくかの魚を放りこんでゆく。長い間のきめごとのように自然な態度だったし、杢之助の方も礼の一つも云ったことはない。それで二人とも充分に満足しているのだから、奇妙だった。

大嵐から一月以上たった十月下旬のある日、杢之助は例の通り釣竿《つりざお》をかついで家を出た。

今日、求馬に婚礼の話をするつもりだった。本来なら屋敷に行くべきだったが、杢之助には行きたくない理由があった。金輪際《こんりんざい》ひとに告げることの出来ぬ理由だった。それに釣糸を垂らしながら伝えたところで、怒るような求馬ではないことを、杢之助はよく知っている。

いつもと違って求馬の姿は釣場に見当らなかった。それでも杢之助は平然と釣糸を垂れた。何の約束をしたわけではないが、必ず来るという確信があった。

求馬が現れたのは一刻（二時間）後である。いつもの通り、無言で釣糸を垂れたが、場所が少し違った。杢之助のごく近くだった。こんなに近々と腰をおろしたことは嘗《かつ》てないことだった。何かある筈だった。まさか杢之助の婚礼について話をかわすためではあるまい。大体求馬がそんな話を知っているわけがない。

杢之助は婚礼話を切り出すのをやめ、沈黙を守った。果たして求馬の方が口を切った。

「いくさが始まる」

李之助はちらりと求馬を見た。小憎らしいほど落着いている。李之助はなんとなく満足だった。

「相手は島原の土民だ」

「一揆《いっき》か」

ふっと気が抜けた。百姓一揆をいくさとは云わない。それに島原のことなら、佐賀藩は無関係な筈である。

島原は松倉長門守《ながとのかみ》勝家の四万三千石の領地だった。元々は切支丹《キリシタン》大名有馬晴信の土地で、領民もほとんどが切支丹だったのだが、晴信が罪を得て殺されてから切支丹禁制となり、すべての切支丹領民は転ぶか虐殺《ぎゃくさつ》された。今は一人の切支丹もいない筈だった。

初代松倉重政が死に、息子勝家の代になると、今度は領民に対する苛斂誅求《かれんちゅうきゅう》が他藩にまで聞えて来るほどの凄まじさになった。年貢《ねんぐ》未進の百姓への制裁は、常識を越える残虐さのようだった。李之助が聞いただけでも、妊娠中の女房をひきたてて全裸にむいた上で水牢《みずろう》に入れ、遂《つい》に女房が早産した赤ん坊と共に水死するや、その死骸のさまをみせしめとして亭主始め村人たちに公開して見せつけた、という。どう考えても狂人の所業である。それでなくても、この三年間うち続く飢饉《ききん》で、夥《おびただ》しい餓死者が出ているという。

百姓一揆が起ったところで少しも不思議ではない。正に自業《じごう》自得である。島原藩がさっさと鎮圧に乗出して肝心の百姓どもを殺し、遂には公儀から罰を受ければいいのである。断じて佐賀鍋島のかかずらう問題ではなかった。

「いくさではないな」

杢之助はそれだけ云った。島原藩の事情は求馬の方が詳しく承知しているにきまっていた。

「それがな……」

同意するように頷《うなず》きながら求馬が続けた。

「切支丹一揆だという」

杢之助は眉《まゆ》をしかめた。

切支丹一揆となると話は別である。切支丹禁止を命じたのは公儀だからだ。つまり切支丹一揆は幕府への謀反《むほん》ということになる。

「松倉のごまかしだ」

公儀の軍勢を引きこむための島原藩の策略だと思ったのだ。

「地下《じげ》百姓七八ヶ村、その数五、六千という。多賀主水《もんど》とその手勢を蹴散らかし、島原城に迫っているそうだ。城下町は既に火の海らしい」

多賀主水は切支丹拷問《ごうもん》の残酷さで一挙に名を売った島原藩の家老である。

杢之助の胸が少しずつ躍って来た。確かにこの一揆は大きそうだった。しかし……。

「切支丹なんかおらんぞ、あそこには」

「転んだ者が皆戻ったそうだ。同じ村人同士、戻らぬ者を殺しているのだと……」

「ふーん」

あり得る話だった。切支丹のこんふらりやとかいう組講は、五人組よりも結束がかたく、お互い同士の助け合いの手も遥《はる》かにゆき届いていると、専《もっぱ》らの評判だった。こんふらりやを組んでの切支丹一揆だとすれば、これは到底島原藩一藩の手に負えることではない。そうなれば隣藩である佐賀・柳川《やながわ》・熊本の各藩が手伝うことになる。これはもういくさである。

李之助は手早く釣糸を巻いた。巻きながら最後に気にかかっていたことを訊いた。

「馬鹿《ばか》に落着いているではないか」

「藩士は国境いを越えての助っ人《と》は御法度《ごはっと》だよ。公儀の御許しがない以上はな。公儀に注進し命令が下されるまで……そうさな。一月《ひとつき》はかかるだろう。それまでわしらは動けぬわ」

「一月もたったら一揆も終っているだろうよ」

「それを見届ける男が要るな」

結局、これが求馬の云《い》いたいことだった。

李之助は黙って立ち去った。

島原一揆による島原城及び城下町攻撃の情報を、最も早く摑んだのは、実のところ佐賀藩だったのである。島原領に楔《くさび》形に割込んだ佐賀藩の飛地神代《くましろ》からの注進が、佐賀城留守居筆頭多久美作守《たぐみまさかのかみ》のもとへ届いたのは、寛永十四年十月二十七日の早朝だった。一揆の島原城攻撃の翌朝である。

ただそのあとがいけなかった。江戸在府中の勝茂にしらせるのに日がかかって、熊本藩細川家に先を越されることになる。熊本藩差立ての早飛脚は、十一月九日には江戸に達し、細川忠利は翌十日には幕閣への報告をすませている。佐賀藩の急使が江戸についたのは十二日。なんと三日の遅れだった。勝茂も早速幕閣に注進したが、逆にその遅れを咎《とが》められ面目を失墜したらしい。国もとに送った勝茂の叱責《しっせき》の書簡が、その怒りを端的に伝えている。その後も佐賀・江戸間の連絡は、諸藩よりも必ず二、三日の遅れを見せたというから、勝茂の焦《あせ》りと怒りはその極に達した。

幕府は相談の上、島原藩主松倉勝家を急遽《きゅうきょ》帰国させ、一揆鎮圧の上使として板倉重昌を派遣することに決定したが、一揆発生からこの上使の現地到着まで、約四十日もの時間が流れている。その間に一揆は島原半島の南部一帯を支配し、海を挟《はさ》んだ唐津領天草でもこれに呼応して一揆が起り、富岡城を落城寸前にまで追いこんでいる。

佐賀藩では佐賀在住の神代領主鍋島隼人《はやとのすけ》佐茂貞と深堀領主を帰領させ、諫早《いさはや》を含めて国境いの厳戒を命じたのが精一杯の応対だった。求馬が云った通り、寛永十二年の『武家諸法度』に規定された、越境赴援の禁止条項が、藩の手足を縛り、その行動を遅れさせたのである。それはひとり佐賀藩だけではない。熊本藩でも柳川藩でも事情は同じだった。

だが浪人には『武家諸法度』もくそもない。

斎藤杢之助の行動は、『いくさ人』の名に恥じぬ、俊敏迅速なものだった。

杢之助は嘉瀬川の掘割から家へ帰ると、すぐ鉄砲の点検にかかり、煙硝《えんしょう》弾薬と共に鎧櫃《よろいびつ》の上にくりつけると、そのまま武者草鞋《わらじ》をはき、持槍をついて耕作たちのいる茶の間に出ていった。お勇はじめ一同が瞠目《どうもく》する中で、

「すまないが、いくさだ」

「そんな……」

お勇が云えたのはそれだけだった。杢之助はもう背を向けて出てゆくところだった。

「旦那《だんな》。祝言はお帰りになってから……」

耕作の言葉も宙ぶらりんになる。杢之助の姿は既に消えていた。

お勇がわっと泣いた。耕作が怒鳴った。

「泣くんじゃねえ。あれがお侍ってもんだ」

それまで茫然としていた太吉が、やっと訊《き》いた。

「いくさって、どこにあるんだい」

これがこの日で一番まっとうな問いだった。

十月二十七日。昼のことである。佐賀藩の急使は、まだ城を出てもいなかった。

くるすの旗

杢之助の行動は胸のすくように機敏なものだった。

翌十月二十八日にはもう島原の城下町に潜入を果たしていた。胴巻をつけ、鉄砲と弾薬を納めた袋を背に斜めにかけ、さび槍を下げた姿はどこから見ても浪人である。潜入といってもいかにも杢之助らしい堂々たるもので、島原城を囲んでいる一揆勢のもとにゆくと、当り前のような顔でまじりこんでしまったのである。

この頃《ころ》、島原城を囲んでいた一揆勢は一万八千にふくれあがっていた。だから一人や二人、知らぬ顔が増えたとて、誰も何とも思わなかった。これに対して島原藩兵は譜代の侍衆が僅《わず》かに三百。あとはいつ寝返るか分らない奉公人たちばかりが千四、五百人。これではとても城を開いて決戦というわけにはゆかない。もぐらのように城に籠《こも》り、ひたすら守備に徹していた。

杢之助は先《ま》ず一揆の頭領を探した。いざとなったら、その頭領を狙撃《そげき》するつもりだった。蝮《まむし》だって頭さえ叩《たた》きつぶしてしまえば、胴体がどれほど絡《から》みつこうとこわくはない。

ところが、これが大変な仕事だった。いくつもの村が合同して闘っている上に、土地者でない切支丹まで噂《うわさ》をきき伝えて合流して来ている。誰が本当の頭領なのか分らないのである。事実、この時点で、一揆の総大将というのはいなかった。各村の庄屋《しょうや》たちが自分の村民を率い、他村と相談しながら各個に戦っていたのである。

さすがにこれほどの人数にふくれ上ると、指揮系統をはっきりさせておく必要が出て来た。それには先ず総大将をきめなければならない。庄屋たちは会議を重ね、その結果出て来た名前が、当時まだ天草の大矢野にいた小西家浪人益田甚兵衛の一子時貞、別名天草四郎だったのである。天草四郎の名は、この頃、天草でこそある意図の下に、小西浪人衆の画策によって高名になって来ていたが、島原ではそれほどではなかった。だが数々の奇蹟《きせき》を行った神の子天草四郎のイメージは、絶望の中から起《た》ち上った、いや起ち上らざるをえなかった島原切支丹の人々には、幻想のぱらいぞ（天国）と同様の力を持ったのではないだろうか。貧苦と拷問と獄門という、どろどろした汚泥《おでい》の中に、突如、ぽっかりと咲いた純白の蓮《はす》の花。そんな気の遠くなるようなイメージが、一も二もなく四郎時貞を一揆の総大将に仕立てあげたのではないかと思う。

天草四郎は、十一月四日、五十人ほどの旗本（ほとんど旧小西家の浪人）に囲まれて海を渡り、南有馬の大江村に上陸した。大江村の庄屋源右衛門が一流の旗を捧《ささ》げて、全身白ずくめの四郎を迎えた。これが山田右衛門作《うえもんさく》描く陣中旗だった。

今日、十字軍やジャンヌ・ダルクの旗と並んで、世界三大軍旗と称されるこの旗は、縦横一メートル余の正方形で、卍《まんじ》くずしに菊の花をあしらった紋綸子《りんず》の絹地の中央に、高さ八十センチ余の葡萄酒《ぶどうしゅ》を満たした聖杯《カリス》と、くるすを印《しる》した聖なるパン、おすてぃあを安置し、左右に相《あい》対して合掌礼拝する翼のある天使二体を配してある。上端には中世のぽるとがる語で、

『いとも貴き聖体の秘蹟ほめ尊まれ給《たま》え』

と書かれてある。

右衛門作は若き日、有馬八良《はちら》尾《お》のせみなりよか、天草志岐の画学舎で、いたりあ人の画僧じょばんに・にこらおからこの西洋画法を学んだという。

この荘厳な陣中旗は、以後天草四郎の本営には必ず立てられることになり、彼の分身の如《ごと》き役割を果たすことになった。

杢之助は他の一揆衆たちと共に、この四郎時貞を出迎え、その姿を見ている。

人々と共に声を限りにおらしょを叫びながら杢之助の心は冷えていた。

〈この男はいくさ人ではない〉

一目でそれは明白だった。腰も坐《すわ》っていなければ、厳しい眼差《まなざし》もない。だがそのかわりに何か奇妙なものがあった。

〈何かに憑《つ》かれている〉

それが何なのか杢之助には分らなかった。

〈傀儡《かいらい》だ〉

要するに操り人形にすぎない。そう思ったのである。

〈殺しても無駄だ〉

人形を撃ったところで、一揆の力が衰えるわけがなかった。むしろ逆である。大事な人形を撃たれれば一揆衆の悲愴《ひそう》感を益々《ますます》あおりたて、力を倍増させることになるかもしれなかった。

〈誰が操っているのか〉

杢之助は四郎をとりまいている浪人衆を見廻《みまわ》した。四郎を操る傀儡子《くぐつし》は必ずやそこにいる筈《はず》だった。いずれも白髪《しらが》をいただいた、だが頑丈《がんじょう》そうな体軀《たいく》を持ち、眼の輝いた男たちばかりだった。誰もが祖父の杢右衛門に、或いは父の用之助に似ているように思えた。

〈みんなひとかどのいくさ人だ〉
なんだか嬉《うれ》しくなって来た。
これでやっといくさが出来るな。
それが杢之助の正直な感想だった。

佐賀藩では島原領に接する神代に五千六百の兵を派遣した。中野求馬はその軍勢の中にいた。ここにいれば、鍋島勢出陣の命が下った時、まっ先に島原領に入れる。それを狙《ねら》って、ほとんど強引にこの軍団の中に入ったのである。

中野求馬は斎藤杢之助のような、純粋蕪雑《ぶざつ》の『いくさ人』ではない。気質の中には多分に似たものを抱えていたが、立っている根底が違っていた。

求馬は出世したかったのである。是が非でもいわゆる出頭人《しゅっとうにん》になりたかった。出来れば父と同じ加判家老に列したいと思っている。

求馬がひとと変っている点は、それが己れの欲のためではなかったことだ。己れの欲のためだったら、そんな厄介《やっかい》な企てはとっくの昔に放棄していただろう。それこそ斎藤杢之助のように気儘《きまま》に暮していたに違いない。求馬は本当のところ杢之助が羨《うらやま》しくて仕方がないのだった。

求馬の欲は父の遺言から来ていた。

求馬の父の死は完全に誣告《ぶこく》によるものだった。本人が思いもよらぬ事を公《おおや》けの席で云《い》ったと訴えられ、一言のいい開きもせずに、腹を切ったのである。

いい開きをしなかったのには理由があった。誣告をしたのが殿様だったからだ。正確にはそれは勝茂だった。求馬の父は生涯《しょうがい》、勝茂相手に苦いことばかり云い続けて来た。勝茂を持ち上げるようなこと、耳にこころよいようなことは、一言も云ったことがない。耳の痛いことばかり、それも徹底的に、執拗《しつよう》に云い立てたのである。父は自分が勝茂に嫌《きら》われていることを、よく知っていた。それでいいのだ、とうそぶいていた。

「殿に愛される家老など無用のものだ」

それが持論であり、口ぐせだった。勝茂の性格から考えて、いつかはこんな日の来ることを、父自身も周囲の者たちも知っていただろうと思う。まだ少年だった求馬には、それがなんとも不可解だった。

どうして云いもしなかったことで罰せられなければいけないのか。殿は明らかに嘘《うそ》を云って父をおとしめようとしているのに、どうしてそれに反撥《はんぱつ》してはいけないのか。いや、そもそも、どうしてそこまで殿に憎まれなければならないのか。

口に出して云えることではなかったが、少年の眼は怒りと疑惑と不信に満ち満ちていたのだろうと思う。

切腹の半刻前に、父が求馬を呼んだ。もう白装束だった。

「お前は間違っている。そんな眼をしていてはいけない」

父は悲しそうにいった。お前は父が汚辱にまみれ、恥に包まれて、無念のうちに死んでゆくと思っているのだろう。それが根本的に違っている。自分は誇らかに、栄光に包まれて、心楽しく腹を切るのだ。誣告されるほど殿に憎まれるとは正しく武士の本懐である。わしは運がいい。武士たることを全《まっと》うして、満足して死んでゆけるのだから。

依然として求馬には分らなかった。負け惜しみもいいところだ、と思った。何が誇らかにだ。何が栄光に包まれてだ。栄光に包まれた男が主君から死を賜わることがあっていいものか。

お前は武士の本分とは何だと思っているのだ、と父が咎めるように云った。戦って死ぬことです、と求馬は応《こた》えた。それだけじゃ返事にならん。もっと具体的に云ってみろ。合戦で死ぬことです。求馬は叫んだ。可哀《かわい》そうにな。お前は終生満足出来ないだろう。何故《なぜ》ならこれから先、少くともお前の生きている間は、合戦なんか起りはしないからだ。合戦がなかったら、お前はどうするんだね。求馬は言葉につまり、父を睨《にら》んだ。

「武士の本分とは……」

父が云った。奇妙にもどこか楽しそうだった。

「殿に御意見申し上げて死を賜わることだ」

そんな馬鹿な。第一、そんなものが武士の本分だったら、大方の武士は本分を果さないことになるではないか。殿に意見するなんてことは、普通の武士に出来ることではないからだ。意見するには意見出来る立場にいなければならない。加判家老・仕置家老・年寄・近習《きんじゅう》。藩の中でもほんの一握りの武士にだけ許された特権ではないか。

父は平然と云った。

「その通りだ」

「だから武士たるものは、全力を尽くしてその地位に登るために励まねばならぬ」

詭弁《きべん》だ、と求馬は思った。立身出世のために全力を尽くすなんて、そんなみっともないことが出来るか。それこそ武士の面汚《つらよご》しだ。武士の本分から、遠く離れたものだ……。

「私の欲のためにするなら、確かにその通りだ。だがわしの云うのは違うぞ。武士たるものの本分を尽くすために、何事にも耐え、悪口にもさげすみにも耐え、ひたすら殿にとり入り、御老職にとり入り、死にたくなるような恥辱にも耐えて、その地位を摑《つか》めと云うのだ」

みっともない、だの、武士の面汚しだ、などと軽々しく云うな。そんなことをほざいている奴《やつ》こそ、私のために楽をしているではないか。苦労するのがいやだから、そんなことを云っているだけじゃないか。

「わしは明けても暮れても、立身出世のことばかり考えて来た。気の遠くなるような、長い、辛《つら》い道だった。だが、見ろ。今日、わしは本望かなって、無事に武士の本分を果して死んでゆく。これほどの死がまたとあろうか。わしは天下の倖《しあわ》せ者だ」

そうして父は、顔をあおのけて、大笑いに笑った。しんから倖せそうな笑いだった……。

それでもまだ少年の求馬は信じていなかった。詭弁だ。ごまかしだ。結局、自分自身まで欺《だま》していたのだ。

日がたち、月がたち、年がたった。それにつれて、次第に奇妙な評判が求馬の耳にきこえて来た。殿が苦しんでいられる、というのだ。求馬の父を大忠臣と呼び、自分が愚かなために殺してしまったと云っていられるという。実は、大忠臣という言葉は、その噂の前から、ちらほら求馬の耳に入っていた。もう二度とあれだけの男は出まい、とか、自分にはあれだけの忠節心のないことを恥じる、とか、藩の中でも武士の中の武士と呼ばれている人々の口から洩《も》れた言葉だと、わざわざ求馬にしらせてくれる人々がいた。

〈分らないものだな〉

求馬は皮肉にそう思った。

〈死んじまうと、安心して、色んなことを云うんだ〉

だがそのたびに、求馬の耳には、あの時のしんから楽しそうな父の笑い声が聞こえて来るのだった。

いつごろから、自分も立身出世してやろうと思いはじめたのか、求馬自身にも分らない。父の道を歩いてみよう、などという殊勝な気持ではなかった。ただ、あの笑い声に惹《ひ》かれたのである。このままでは、とても死ぬ間ぎわにあんな笑い方は出来まい。そう思えて来ただけなのだった。

〈思いつくのが遅すぎたようだ〉

この頃、漸《ようや》くその思いが強くなって来た。

立身出世と一口にいうが、それがどんなに難かしいものか、今では身に徹して知っていた。みじめな思いをし、下げたくない頭を下げ、頼れる限りの人には頼ってみた。誰もが好意的だったが、家老の道は遠すぎた。生あるうちにそこに達することは不可能に思えた。何か途方もない事でも起ってくれない限りは絶望だった。

そして、今、求馬の生涯ではじめて、その途方もないことが起ろうとしていた。この事件をどれだけ生かすことが出来るか。求馬の武士たるものの本分が完《まっと》うされるか否《いな》かは、正にその一点に懸かっていた。

神代に集結した鍋島藩兵五千六百に対して、諫早まで撤退すべしという命令が発せられた日付は不明である。だがその命令の出どころは分っている。なんと一揆討伐の上使、板倉重昌からだった。十一月十日、江戸を発した板倉重昌は、十七日の夜、大坂に着き、翌十八日の夜、豊前小倉に向かう船に乗りこんだ。この時、鍋島と細川両家に細々《こまごま》とした指令を発したのだが、神代撤兵の件はその指令の中にあった。直接にこの指令を聞いた鍋島家の大坂在番島八郎右衛門は、一瞬わが耳を疑ったという。

天草四郎が島原一揆勢を率いて天草に逆上陸したのが十一月十三日。翌十四日には上津浦から進撃を開始して、唐津藩の在番（天草は唐津領である）三宅藤兵衛、唐津よりの援軍、原田伊予、並河九兵衛たちと木戸で戦い、激戦の末、これを破っている。三宅藤兵衛、並河九兵衛は討死している。

十一月十八日はその四日後である。戦闘が天草まで拡《ひろ》がったという噂はもう大坂に入って来ている。いくさが拡大して来たというのに、折角配備した部隊を引き上げさせろ、とはどういう魂胆か。だが島八郎右衛門に、幕府の上使に口ごたえする力はない。やむなくそのまま、国許《くにもと》の家老、多久美作守に使者をもって伝えた。多久も仰天したが、どうなるものでもない。即刻諫早まで後退の指令を出すと同時に、江戸の勝茂に急使を送って、ことの次第をしらせた。鍋島藩の者がこんな指令を出したとしたら、忽《たちま》ち切腹ものである。多久美作としては、責任の所在を明確にしておく必要があった。果して勝茂は激怒した。わざわざ登城して、老中に対して文句を云った。老中は将軍家光に伝えた。

幕府が更にもう一組の上使、老中松平伊豆《いず》守信綱を西下させることにきめたのは、この月の二十七日である。板倉重昌はこの前日、やっと小倉に着いたばかりである。まだ現地の様子を見てさえいないのである。この重ねての上使の派遣を、一揆平定後の事後処理のためだというが、本当にそうだったのだろうか。とにかくこのことが板倉重昌を殺す引鉄《ひきがね》になったのは、まぎれもない事実である。鍋島勝茂の怒りにまかせての罵言《ばげん》が、将軍家光の胸に微妙な影を落したために、この決定があったとは考えられないものだろうか。

中野求馬にとっては、そんなことはどうでもよかった。島原から遠ざけられたことが、ただただ不満だった。

杢之助の奴、何をしてるのかな。

求馬は出陣前に耕作の家に寄って、いかにも杢之助らしい出陣の仕ぶりを聞いている。胸のすく思いだった。あいつはやるぞ、と思った。そして今、つくづくと自由な杢之助の身分が羨しかった。

この頃《ころ》、当の杢之助は一揆《いっき》勢と共に、島原半島の南端、原の故城に向っていた。

原田伊予の頑強な抵抗に、天草の富岡城を陥《おとし》れることを断念、島原に戻って来た一揆勢は、今や島原城の攻略も諦《あきら》めざるをえない事態に追いこまれていた。

領主松倉勝家が、江戸から三百三十里（千三百キロ）の道程を十五日で急行し、十一月二十四日、島原城に戻って来たのである。若く癇癖《かんぺき》の強い主君の帰城は、結果的に城兵の士気を高めることになったし、幕府の上使たちも二十六日には小倉に着いた。やがては島原藩に隣接する鍋島、細川、有馬、立花の諸藩が軍勢を繰り出して来ることは明白だった。そうなると逆に一揆勢は前後を挟《はさ》まれることになる。島原城にこだわっている時ではなかった。今度は一揆勢の方が、極力堅固な城に立て籠《こも》って戦わねばならぬ立場になった。

原の故城は、昔は日野江城といって、島原の旧領主有馬家が代々住みつき、何度かの合戦でその堅固さを証明している城である。幕府の一国一城令によって、松倉家はこれをとりこわし、廃城とした。だが破壊されたのは建物だけであり、石垣《いしがき》はまだ残っている。何よりも東・南・北の三方を海に囲まれ、岸はいずれも断崖《だんがい》絶壁で、人を寄せつけない。西だけが陸続きだが、そこもけわしい崖《がけ》になっているし、その下は足をとられる深い塩浜である。天然の要害といえた。ここに少々手を加えれば、天下一堅固な城になる。天草四郎側近の老いたる武将たちが、そう判断し決定を下した。


「いい鉄砲だなぁ。見せてくれんね」

うしろから声がかかった。みすぼらしい感じの小男だった。腰から下がひどく敏捷《びんしょう》そうだ。すが目だった。竿竹《さおだけ》でもかつぐように、背中に鉄砲を背負っている。普通の鉄砲だが馬鹿に長く見えるのは、男の背が低すぎるからだ。

同じように背に斜めに負った杢之助の鉄砲を、舌なめずりせんばかりの顔でじっと見つめている。

「お前、誰だ」

素姓の知れない者に、大事な鉄砲を渡す気にはなれない。

「三会村の金作っていうんだ」

「あんたが……」

杢之助は珍しい物を見るように男を見た。三会村の金作は猟師である。数間先に吊《つ》り下げた木綿針を、ものの見事に撃ちぬくと評判の鉄砲の名手だった。下針《さげばり》金作の仇名《あだな》はそこから来ている。

「見せちくれや、なぁ」

子供がせがむような声だった。

杢之助は思わずくすっと笑い、背中の鉄砲をおろして金作に手渡した。

「すまんのぉ」

金作は礼もそぞろに鉄砲を調べはじめた。惚《ほ》れた女にさわるように、そっと銃床から銃身にかけて撫《な》でてゆく。目はほとんど閉じていた。呟《つぶや》いた。

「素晴しか。隅《すみ》から隅まで手入れが行き届いて……よう、手に馴染《なじ》んどる……よほど前から使いこんどるなぁ……」

「親父《おやじ》の代からだよ」

杢之助は正直に云った。

「そうじゃろ。そうじゃろ。親父さまもあんたも、この鉄砲に惚れとるな。そうやろ。ぞっこんやろ」

「ああ。ぞっこんだ」

「ひとに己れの女をなぶられとるようで、気色が悪かとじゃろ。すぐと返すけん」

すっと構えてみせた。銃尾がすぽっと肩に吸いついて、銃身は微動だにしない。見事だった。鉄砲が金作の軀《からだ》の一部になってしまったようだった。杢之助は珍しく強烈に焼餅《やきもち》が焼けた。奇妙な感覚だった。

「釣《つ》り合いがええ。重みがないようじゃ」

羽毛を掃くような軽さでことりと引鉄を落した。

「すまんかった」

詫《わ》びながら返してくれた。急いで背に負うと、自分の鉄砲をさし出した。

「わしのも見ちくれ」

手にとって仰天した。重さがないようなバランスのよさである。無造作に構えてみた。頰《ほお》づけした銃床の部分に段がある。細かい刻み目が入れてあった。獲物《えもの》の数に相違なかった。三十は充分ある。なんとなくいやあな気がした。

「反対側にもあるぞ」

金作が酔ったように云《い》う。表側には五十を越える刻みがあった。

〈殺しに酔うとる〉

鉄砲の名手には間々あることだと云う。獲物を殺すことに異常な恍惚《こうこつ》感を味わうようになるのだ。

「そうなったら、人間は終りだ。気をつけろ」

そう父が戒《いまし》めたのを思い出した。

「成程」

短かく云って返した。

「気に入らんね、わしの鉄砲が」

さすがに敏感だった。

「わしゃあ女には傷ばつけけん」

「成程」

見抜いたように、にたりと笑った。

「お侍の鉄砲や。綺麗《きれい》ごとじゃ」

李之助は首を振って否定した。李之助の鉄砲は常に真剣勝負の鉄砲である。金作のは違った。楽しみの鉄砲であり、淫虐《いんぎゃく》の鉄砲だった。

「わしの鉄砲をどう思う」

眼が真剣だった。批判されているのを感じとっている。ずけりと云った。

「遠くを当てるのが好きだろう。撃ち返さん相手を撃つんや」

金作の顔色が変った。的を射たのである。

憎しみの眼で見た。

「いつかやり合ってみないかんのぉ」

あからさまな挑戦《ちょうせん》だった。

李之助は返事しなかった。

〈遊びのための鉄砲は撃たんのじゃ〉

腹の中でそう呟いていた。そのくせ、いつかはそうなるだろうことを、金作同様に信じていた。

総　攻　め

李之助は重い舟板を放り出しながら、そう思った。

〈そろそろ潮時か〉

原城に入ってから六日たっている。

夜を日に継いでの補修工事だった。

本丸は石垣の上を塀《へい》で囲み、二の丸との間にある水の手を深く掘って水源とした。

城の外側にも塀がめぐらされ、その内側に壕《ほり》を掘った。女子供はこの中に隠れるのである。塀には二歩ごとに銃眼をあけてある。すべて塀の作りは頑丈《がんじょう》をきわめた。山から伐《き》り出した松を長さ一丈に揃《そろ》え、内三尺を土中に埋めて七尺の高さとした。これを三尺おきに立てて、横に二本通し、その間に大竹で柵《さく》を作り、舟をこわした板で裏打ちをする。

城内の通行には地下道が掘られ、小屋は地形の低い所に穴を掘り、その上を芦《あし》ぶきの屋根で蔽《おお》った。

兵糧《ひょうろう》は近くの村の米や粟《あわ》のほかに、口ノ津にあった島原藩の用蔵を破って五千石の米を奪いとった。この蔵からは更に鉄砲五百挺《ちょう》、銃弾七箱、火薬二十五箱などが城内に移された。

本丸は既に完成し、人が入っていた。

城は東から三の丸、二の丸、出丸、本丸及び天草丸から成っている（天草丸には天草の一揆勢が入る筈《はず》だった）。これだけの場所に老若《ろうにゃく》男女、総数三万七千の切支丹が籠ることになる。内、働ける男たち二万三千、老若婦女一万三、四千だったという。天草者は二千八百、武士は四十余と記録されている。

杢之助としては見るべきものはすべて見、さぐるべきものはすべてさぐったと思っている。これ以上ここにいては、鍋島勢と戦うことになりかねない。

問題なのは、遂《つい》に最後まで総大将天草四郎を操る人間が特定出来なかったことだ。特定出来さえすれば、城を脱出する前に狙撃《そげき》するつもりだった。その肝心の相手がどうして見つからないのか、杢之助にも理由が分らない。ひょっとすると、やっぱり総大将は四郎時貞なのかと思うこともある。だが本人を見ると、どうしてもそうは思えないのだった。こんな総大将がいるわけがない。いや、いていい筈がない。四郎時貞の眼は相変らず天上の何かにそそがれ、決して目前に迫った戦いを見てはいなかった。この男が本物の総大将なら、事は簡単である。戦いはまたたく間に敗北に終るにきまっていた。いくさの心得のある者が見れば、それくらいのことは一目瞭然《りょうぜん》である。

だが城内の士気の旺盛《おうせい》なことはどうだ。至るところに十字の白旗がひるがえり、至るところで城兵たちが楽しげに笑っていた。老人や女子供まで、嬉々《きき》として工事の手伝いをしている。

この明るさは一体なんだ。

杢之助にはどうしてもとけない謎《なぞ》である。

この男たちは、いや老人や女どもも、本気でこの合戦に勝てると信じているのだろうか。いかに堅固とはいえ、原城は眇《びょう》たる小城にすぎない。天下の軍勢を相手にして勝てるわけがないのである。どこかから強力な援軍でも来るのなら話は別だ。だがそんなものが現れるわけがなかった。そうだとすれば、敗北は決定的である。そしてこの場合の敗北は死に直結する。幕府の上使は、十中九まで切支丹《キリシタン》皆殺しの覚悟で下向して来た筈である。三万七千の老若男女、ことごとくが殺されるのである。この城内は屍山《しざん》血河となる筈だった。それなのに、どうしてあんなに楽しげに笑っていられるのか。

李之助はこの一揆衆の中に潜入してから、切支丹のことを多少は知った。別して切支丹が一つの奇蹟《きせき》の上に成立っていることを知った。磔《はりつけ》にかけられた男。脇《わき》の下からさび槍《やり》を突きこまれた無残な死。そして翌朝の思いもかけぬ甦《よみが》えり。

こんな馬鹿なことがどうして信じられようか。そしてその信仰にどうして己れの生命を賭《か》けられようか。

それにしてもあの少年は、何を見、何を考えているのか。

李之助は深入りしすぎた自分を感じていた。くだらぬことを考え込むのが、正しくその証拠である。とにかく逃げ出すことだ。逃げ出して鍋島陣にゆき、中野求馬にすべてを告げよう。その上で求馬が撃つべきだというなら四郎時貞を撃とう。

急に気持が楽になって来た。そうだ。何も自分があれこれ思案することはなかったのだ。こういうことは求馬の得手だった。すべて求馬にまかせておけばいいのだ。李之助はこの時ほど求馬がいることを有難く思ったことはなかった。

その夜、李之助はやすやすと原城を脱出した。自分の家から、ひょいと釣りに出たような気軽さだった。下針金作さえ全く気がつかなかったほどの、無造作な脱出だった。

鍋島藩勢が原城攻略の陣を有馬村に敷いたのは、十二月九日のことである。

中野求馬は当然その陣内にいた。明朝の第一回総攻撃で是が非でも一番乗りをしてくれようと求馬は決心していた。それが、いや、それだけが加判家老への道を開いてくれる。そのことを求馬は確信していた。それにしても杢之助から何の連絡もないのが気にかかった。杢之助は出発の早さから考えて、一揆勢の中にまぎれこんでいるにきまっていた。明日の総攻撃に敵陣を知悉《ちしつ》している男が一緒だったら、どれだけ心強いことか。同輩から離れ、ひとり闇《やみ》の中に腰をおろして黒々と鎮《しず》まり返った原城を見つめながらそう思った。一番乗りをするには早い時刻に仕掛けるしかない。だが早すぎては、自分だけ孤立し、犬死することになる。どれほどの差を計ればいいのか。その辺の計算が難かしかった。味方が出発する時点で、自分一人が石垣の下に辿《たど》りついていたら……。だが一番乗りは誰もが狙《ねら》っている。その時刻には何人も、下手をすると何十人もの人間が、同じ石垣の下にへばりついているかもしれぬ。とするとわしはいつ、ここを這《は》い出れば……。

突然、求馬は闇の中に自分が一人でないことを感じた。すぐ近くに誰かが坐《すわ》っている。ひどく懐《なつか》しい感覚だった。

「杢之助」

求馬は低く云った。杢之助は白い歯を見せて、にやりと笑った。

「無理だな。攻撃は失敗する」

李之助がにべもなく云った。

「いくさ人の李之助が妙なことをいうじゃないか。相手はたかが百姓だろう」

求馬ほどの男でも、たかが百姓と云う。李之助は冷たい眼を原城へ向けた。明日はそのたかが百姓たちが、お前さん方を存分に翻弄《ほんろう》してくれるよ。

「一番乗りなんか忘れろ」

「そうはいかん。わしは是が非でも……」

求馬の声に感情がみなぎっている、珍しいことだった。

「少くとも明日は忘れろ。昼寝でもしていた方がいい。それとも久しぶりに釣りをするかね」

「なんてことを……」

求馬は絶句した。

「お主を縛り上げても、明日の先発はさせん」

李之助は冷然と云った。

十二月十日の第一回原城総攻撃は、李之助の予言通り、寄せ手の惨憺《さんたん》たる敗北に終った。死者百人。負傷者数百人。籠城《ろうじょう》側には、一人の死傷者もなかったという。下針金作の絶妙の遠距離射撃は、最大の癌《がん》だった。金作は弾丸《たま》ごめ専門の男たちをそばに置き、数挺の鉄砲をとりかえ引きかえ連発銃のように発射し、五発の中三発は寄せ手を殺したという。

思わぬ敗戦に愕然《がくぜん》となった板倉重昌は、各部隊に仕寄《しよせ》の構築を命じた。仕寄とは竹と木で作った防禦柵《ぼうぎよさく》であり巨大な楯《たて》である。そこを橋頭堡《きようとうほ》として、少しずつ少しずつ前進しようというのだった。だが仕寄の工事中も下針金作の鉄砲の殺戮《さつりく》は続いた。工事人に死傷者が続出した。

十二月二十日。たまりかねた板倉重昌は第二回目の総攻撃を命令した。天草丸の攻撃を目ざした鍋島軍は、またしても多大の死傷者を出した。鍋島軍のみのこの日の戦死者百十二、負傷者二百七十。

大手をうけもった立花忠茂の軍勢五千もまた大敗を喫し、死傷者合計三百八十余人を出した。忠茂自身の脇差にさえ銃弾が命中するという激戦だったという。この総攻撃の死傷者総計七百八十三人。

中野求馬は漸《ようや》く杢之助の言葉に真剣に耳を傾けるようになった。

さすがの求馬にとっても、杢之助の疑問は難解だった。

「一揆《いつき》勢を支えたものは、当初は間違いなく松倉、寺沢の苛斂誅求《かれんちゆうきゆう》だった筈だ。彼等が一度は転んだ身でありながら、再びそろって切支丹に立ち返ったのは、実はそれによって公儀の干渉をひき出し、領主どもの暴虐を天下に訴えようとしたためだと思う」

考え考え求馬は云った。

「だがお主の云う通りなら、かの天草四郎なる者がこの一揆に姿を見せた頃《ころ》から、どうやら事情が変ったようだ」

「その通りだ。だからわしはそのわけを……」

「わけはわしにも分らぬ。四郎時貞の狙いも分らぬ。古今東西、こんな奇妙な合戦は聞いたこともない。分れという方が無理だな」

求馬は苦笑した。求馬はそれでよかった。彼にとってこの合戦の意味は一つしかなかったからだ。なんとかして立身の足がかりを摑《つか》むことだ。だが杢之助の方はそうはゆかなかった。彼は今でも毎朝死んでいた。毎日死人だった。島原一揆は死人をさえ迷わせる力をもっていた。なんとかしなければならなかった。なんとかこの謎を解かない限り、おちおち死んでいることも出来なかった。


新しい上使が小倉に着いたというしらせが入ったのは、暮もおし迫った十二月二十九日のことである。

天は荒れに荒れ、霰《あられ》まじりの雨が降りやまない。雲仙嶽《うんぜんだけ》は白一色になり、きびしい寒気は将兵を凍らせた。

板倉重昌がどんな思いで新しい上使の到着を聞いたのか、今となっては分らない。分っていることは、彼が、十二月三十日の軍議では『状況整うまで攻撃延期』ときめておきながら、翌日、全く突然に『攻撃即時決行』の命を下したことである。

寛永十五年元旦《がんたん》の未明、第三回目の総攻撃の火蓋《ひぶた》は切って落とされた。鍋島勢のうけもちは、二の丸、出丸と本丸、天草丸と広い。鍋島一万五千の兵は一斉《いっせい》に猛攻をかけ、仕寄から仕寄を走り、原城の塀下にとりついた。だが見上げる崖《がけ》は高く、拳下《こぶしさが》りの銃撃と共に石が次々に降って来た。

「さん・ちゃご」

「いえじし・まりあ」

一揆勢は海鳴りのような喊声《かんせい》をあげ、十字の白旗のもとで凄《すさ》まじい攻撃ぶりを見せた。鍋島勢の討死二百三十人、手負い四百十七人を数えた。この日一日の全軍の死傷者三千八百二十五人。その中には戦死した板倉重昌自身も、また肩を槍で突かれた副使石谷十蔵、足に手傷を負った幕府目付役松平甚三郎も含まれていた。ちなみにこの日の一揆勢の死傷者は僅《わず》かに九十余人という。

上使松平信綱と副使戸田左門氏銕《うじかね》が有馬に着いたのは正月四日のことである。信綱はさすがに天下の秀才である。情況を見るなり無理攻めを禁止し、包囲陣の強化を命じた。干殺《ひごろ》し作戦である。長い防禦柵を縦横に張りめぐらし、仕寄を整備し、原城を見おろす高い山を築き、諸藩の陣地には偵察《ていさつ》と狙撃《そげき》用の高い望楼を建てさせた。更に各陣地間に幅五間の道路をつくらせ、連絡・応援を容易にした。

これと同時に西南諸大名による応援の軍勢が続々と着陣しはじめ、包囲軍は忽《たちま》ち十二万五千八百余人の大軍にふくれ上ってしまった。海上は鍋島・細川の水軍がかため、蟻《あり》の這い出る隙間《すきま》もない。

いずれも我が子に軍の指揮をとらせ自らは江戸に在府していた、鍋島勝茂・細川忠利・黒田忠之・有馬豊氏・立花宗茂に、戦闘参加のため江戸を離れてよいとの許可がおりたのは、正月十二日のことだ。各大名とも即日江戸をたち、国へ帰った。

勝茂は早駕籠《かご》で昼夜兼行の急ぎ旅をし、供の面々はこの早さについてゆくことが出来ず、大坂に着いた時はわずかの数しかいなかった。

勝茂は焦《あせ》っていたのである。関ヶ原合戦の時、不覚にも石田三成の西軍についたという大失点を、今度こそ挽回《ばんかい》しようという心づもりだったたし、そのため幕府のきめた軍役の人数より五割増の軍勢をひそかに投入したにも拘《かかわ》らず、頼みの伜《せがれ》どもは一向に目ざましい働きもせず、死傷者の数ばかりが全軍随一という香《かん》ばしからざるしらせを受けて、いても立ってもいられないほどの思いだったのだ。しかも、こんな無理をして大坂まで来たのに、幕府は勝茂の早船申請には何の返事もせず、細川・黒田両氏にのみ早船を渡した。これが息子たちの不首尾のしわよせと分った時、勝茂の怒りはどれほどのものだったかと思う。勝茂は松平忠明の船を借りて国へ戻るしかなかったのである。

勝茂の焦りは頂点に達していた。なんとしてでも原城攻撃で一番乗りをしてやろう。たとえ上使の下知に背いても必ずやってやる。
殿様がこんな物騒《ぶっそう》な気持でいるのだから、部下は尚更《なおさら》である。我こそは……と思う者ばかりだったと云っても過言ではない。中野求馬の野望は、今度もまた果すことはほとんど不可能かと思われた。

籠城の一揆勢は不思議に静かだった。城中の糧食はほとんど尽きかけている筈だった。更に一月十二日から、長崎代官末次平蔵に抱きこまれた平戸のおらんだ商館長にこらす・くーけばっけるが自ら乗りこんだで・れいぷ号は、海上から城に大砲を撃ちかけ、以後連日、陸上と海上から日に三十発前後の弾丸を城内に撃ちこむことになり、切支丹側の手負い・死人は着実に数を増やしている筈だった。それなのにこの静けさは何だ。切支丹たちは、いや天草四郎は、一体何を考えているというのか。

他人は知らず斎藤杢之助にとって、これは緊急に解かねばならない謎だった。他の面々も異口同音に、この静けさを薄気味が悪いと云っている。何かある筈だった。何か理由がある筈だった。自分にはどうしても摑むことの出来ない何かが。本当に珍しいことに、杢之助は自分が焦っているのではないかと思うことが、近頃では間々あるのだった。

二月も半ばを越えた十九日のことである。杢之助は求馬と共に望楼の上にいた。原城は眼下にあった。

飢えのためか、城内を歩いている者はほとんどいない。体力の消耗を避けるため、どこかで寝ているに違いなかった。

老人が一人、よろよろと出て来た。今にも倒れそうな、危い足どりで歩きながら、大声で唄《うた》おらしょ（歌の祈り）を唱えはじめた。

ああ　参ろうやな
　参ろうやな
ぱらいぞの寺にぞ　参ろうやな
ぱらいぞの寺とは　申するやなあ
広いな寺とは　申するやなあ
広いな狭《せば》いは　我が胸にあるぞやなあ
ああ　雲仙嶽　信仰の峯《みね》やなあ
今はな　涙の谷なるやなあ
先はな　助かる道であるぞやなあ

老人の声はまるで少年の声のようにかん高く、美しく、よく透った。

望楼の杢之助の耳にも、よく届いた。

不意に杢之助が姿勢を正した。

四郎がいた。少し小高くなった丘の上に、例によって天使めいた純白な着衣を着て、たった一人で立っていた。

四郎は老人の唄おらしょにじっと耳を傾けているように見えた。

遠すぎて表情が摑めない。

杢之助は望楼に備えつけられた遠目鏡をとった。四郎に向け、遠目鏡の胴体をひき伸ばしていった。

不意に、四郎が眼の前にいた。手を伸ばせば届きそうな場所にいた。

四郎は微笑していた。なんとも倖《しあわ》せそうに微笑《わら》っていた。口が僅かに動いている。老人と同じ唄おらしょを口ずさんでいるようだった。

　今はな　涙の谷なるやなあ
　先はな　助かる道であるぞやなあ

そこのところだけ、四郎は二度繰り返した。

突然、そう、全く突然、杢之助は理解した。

今までの謎が、一気に解けた。

何故《なぜ》どこまでも孤立無援のいくさを戦わねばならなかったのか。それは勝つためではなかったのだ。生存のためのいくさではなかったのだ。それは死のためのいくさだった。それも只《ただ》の死ではいけない。まるちる（殉教）でなければならない。原城に集る切支丹三万七千という。ならば三万七千のまるちるがなければいけない。三万七千人ことごとくが輝やかしいまるちりす（殉教者）にならなければいけないのである。

じぇろにも四郎時貞は、そのための総大将だったのだ。合戦のための総大将ではない。そんなものである筈がない。あの、いつも天を仰いでいるような眼は、まるちるの時の眼だった。己れ一人がまるちりすになることはたやすいだろう。だが三万七千人のまるちりすを引きつれてぱらいぞに参るのは至難の業である。

四郎は今ようやくその至難の業をやりとげようとしているのだ。それはわしが、朝ごとに死んでいるのより、三万七千倍も困難なことだったに違いない。だから今、微笑っている。晴々と微笑っているのだ。そして、いえじし・まりあも御照覧あれ、四郎には確かに微笑う資格がある……。

李之助はいつか泣いていた。どうしようもなく、声を殺して泣いていた。

中野求馬は不思議そうに李之助を見た。だが何も云《い》わなかった。

原城籠城軍が、初めての、そして、それ一回きりの凄まじい攻撃をかけて来たのは、二月二十一日夜八ツ（午前二時）のことである。

二十一夜のおぼろ月を驚愕させるような太鼓の連打と共に、

「さん・ちゃご」

「いゝ、えじし・まりあ、」

の声が一斉に湧《わ》き上り、一揆勢は黒田・寺沢・鍋島の各陣に襲いかかった。それは華々しい戦いだった。浪人たちによって率られた一揆勢の斬《き》り込み隊約四千。話にもならぬ劣勢ながら各所に火を放ち、各所で斬り合い、撃ち合い、各所で壮烈な戦死をとげた。

形の上では明らかに城方の敗北である。だが死んでいった浪人衆の、また一揆衆の胸の中には、最後まで敗北の思いはなかったのではないか。杢之助はそう思った。彼等は悉《ことごと》くまるちるの栄光の死を死んだのである。一人残らずまるちりすとしてぱらいぞへ行ったのである。杢之助には羨《うらやま》しいという思いはない。ただ、やったなあ、と思った。この戦いに参加して以来初めて、なんともいい気分だった。

城方で討死した者の腹が割《さ》かれた。食物を調べるためである。死人たちの腹の中に米は一粒も見当らず、小豆・大豆・麦・胡麻《ごま》などが僅かに認められたばかりだった。

上使松平伊豆守信綱は一揆勢の皆殺しを決意し、二月二十四日、諸将を集めて軍議を開き、総攻撃の日取りをきめた。二月二十六日寅《とら》ノ刻（午前四時）である。ところが軍議の最中から降りはじめた雨が翌二十五日も終日降り続き、二十六日の夕刻に至っても降りやまない。伊豆守は予定の延期を決め、明二十七日辰《たつ》ノ刻（午前八時）、改めて軍議を開くことにした。その二月二十七日、総攻撃は明二十八日と決定した直後に事件が起った。

中野求馬は今日も望楼に登っていた。総攻撃は明日早朝と読んでいた。今度こそ最後の城攻めになる筈だった。それは求馬にとっても最後の機会だということである。鍋島勢の今度の攻め口は二の丸である。望楼の上から現地を見ながら、如何《いか》にして一番乗りを果すか思案しようと思い立って登って来たのだった。

李之助と相談したいところなのに、どこに消えたのか姿が見えなかった。あの男の悪いところは、欲のなさすぎるところだ。一揆の総大将を討ちとれる立場にありながら、下らないことを苦にして何もせずに帰って来た男である。一番乗りなんかに興味があるわけもなかった。だから諦《あきら》めて一人で登って来た求馬だったが……。

その李之助を見つけたのだった。何と二つ目の仕寄の中にいるではないか。城中の者も気がついたらしく、執拗《しつよう》に撃っている。仲々の腕で、李之助はその仕寄に釘《くぎ》づけになっているようだった。

〈なんだってあんなとこに……〉

呟《つぶや》きかけてぎくりとした。李之助は珍しくきちんと胴丸をつけ、右手に鉄砲、左手に手槍《てやり》を下げている。乱髪で座金づきの鉢巻《はちまき》をしていた。なんと、これはいくさ支度ではないか。いくさ支度で仕寄の中にいるということは、攻撃をかけるつもりに違いなかった。冗談ではない。まだ総攻撃の刻《とき》ではない。たった今、殿様が御一同と討議していられるところの筈《はず》だ。勝手な抜駆けは御法度《ごはっと》である。そんな部下を出したというだけで、殿様の御身に傷がつくことになる。

求馬は無我夢中で望楼からかけ降りた。手槍を一筋握っただけで、まっしぐらに駆け、素早く二番目の仕寄にとびこんだ。

「有難い。手伝ってくれ」

見ると杢之助は鎧通《よろいどお》しで、仕寄の竹の束をしっかりとめてある綱を切っているところだった。

「何をする気だ、お主」

求馬が叫んだ。

「仕寄を切り取って持ってゆこうと思ってね」

「なんだと」

「いや、今撃ちかけているのが面倒な男でね。下針金作って鉄砲うちなんだが……」

「下針だと！　知っているとも。一揆勢切っての……」

「知ってるんなら早く手伝ってくれよ。楯《たて》もなしに外へ出ちゃ、殺されにゆくようなもんだからな」

「どこへゆく気なんだ、そもそも」

「出丸」

相変らずのんきな顔だった。

「冗談じゃない。抜駆けじゃないか、それじゃ。御法度なんだぞ。殿にも迷惑が……」

「もういい。わし一人でやる」

李之助は求馬の側も切りはじめた。

「いかん。殿にご迷惑をかけるようなことは……」

「関係ないな。わしは浪人」

あっと思った。確かに李之助は浪人である。何をやろうと殿とは無関係ですむ。

「しかし軍議が……」

「一番乗り、やるのかやらんのか」

「やるっ。やるよっ」

「じゃあ、そっちを持てよ」

二人は切りとった仕寄の一部を楯のように前にかざして前進を開始した。弾丸が当って霰《あられ》のような音を立てている。中には竹を貫いてとびこんで来るのもあった。そのうちの一発が李之助の右頰《みぎほお》を掠《かす》めた。血がとんだが、李之助は蚊に刺されたほどの顔もしない。

求馬はこれが正しく手柄《てがら》になるのかどうか分らないままでいた。一番乗りは出来るかもしれないが、軍令違反である。賞罰差し引きして、どっちが重くなるのだろう。又一発弾丸がとびこんで来て、求馬の左手の甲を掠めた。

「ちっ」

求馬は自分の血をなめた。賞も罰もどっちでもよくなって来た。

「走ろう。何ももたもた歩いていることはない」

求馬が云った。馬鹿に気がせいて来た。自分たちの姿をすべての鍋島勢が見ていることは確実だった。真似《まね》をする馬鹿は必ずいる。

「せからしか」

李之助が不服そうに云った。それでも走った。さすがに仕寄は重かった。一人ではとても持てない重さだ。

不意に弾丸がとんで来なくなった。李之助が仕寄から首を出して見た。

下針金作が、鉄砲をだらりと下げて、塀《へい》の上に立っていた。

「やあ」

李之助がきさくに声を掛けた。

「遠矢じゃなくちゃ撃てまいっていったな」

金作が吠《ほ》えた。

「来い。登って来るまで待ってやる。その上で勝負だ」

「すまんな」

李之助は本当に悪そうに云って石垣《いしがき》を登りだした。求馬も夢中で追う。李之助を追い抜かなければならなかった。それでなくては一番乗りになれない。だが無理だった。李之助はまるで獣なみの早さだった。忽《たちま》ち登り切ると塀の上に立った。

〈やられた〉

求馬は観念した。

「斎藤李之助、一番乗り」

その声が今にも響く筈である。名乗りはあがらず、かわりにのんびりした声がきこえた。

「来たよ」

慌《あわ》てたような金作の声がした。

「待て。こんなに近くちゃ勝負じゃない。子供だって撃てば当る」

「わしは三尺の距離で猪《いのしし》を撃ったよ」

李之助が云った。金作の顔色が変った。大きくうしろに跳びながら撃った。李之助は前に出ながら引鉄《ひきがね》をしぼった。金作の弾丸は足もとの崩れた分だけはずれ、李之助の弾丸はまっすぐに金作の胸を貫いた。金作はものも云わずに死んだ。

その時、やっと求馬が塀の上に立った。

「鍋島藩中野求馬、原城一番乗り」

求馬は同じ頃、殿様の勝茂が松平信綱の苦が虫を嚙《か》みつぶしたような顔の前で、一瞬すくんだようになっていたのを知らない。

「鍋島殿御家中、抜駆け」

たった今、戸田左門のいくさ目付がとびこみざま喚《わめ》いたのである。

求馬はいい気持だった。だがちょっぴり気がさして李之助を見た。

李之助は呆《ほう》けたように本丸の一点を見つめていた。その視線の先に、山田右衛門作の手に、なる天草四郎の陣中旗が、美しくはためいていた。そして李之助も、その右衛門作が原城のゆだとして捕えられ処刑を待っていることを知らなかった。

第二話

祝《しゅう》言《げん》

斎藤杢之助とお勇の祝言があげられたのは、寛永十五年六月四日のことである。原城が落城したのは二月二十八日。諸藩の軍勢が島原を引き払って帰国することになったのは越えて三月三日だから、この祝言は乱後ほとんど三月《みつき》ということになる。いくさが終ったらすぐ祝言をやる筈《はず》だったのに、ここまでのびのびになったのは、杢之助の責任ではない。何よりも先にお勇の父耕作が躊躇《ためら》ったのだ。といって祝言に反対だったわけでは勿論《もちろん》ない。原城一番乗りの大手柄《おおてがら》をたてた以上、杢之助が侍分にとりたてられるのは自明の理である。そうなると女房が一介《いっかい》の馬方の娘では具合が悪い。中野求馬にでも頼みこんで、お勇を、しかるべき士分の家の養女ということにして貰《もら》い、その上での祝言にしなくてはいけないのではないか。耕作はそう思ったのだ。

杢之助にしてみれば馬鹿《ばか》々々しい限りだった。そもそも杢之助本人には一番乗りになる気など全くなかったのである。あの日、杢之助の脳裏にあったのは、そろそろ下針《さげばり》金作と結着をつけなきゃいけないな、という思いだけだった。結着をつけるなら、総攻撃の乱戦の中ではやりたくない。まわりを気にせずに二人きりでやりたかった。だからたった一人で出丸に向ったのだ。途中から中野求馬が割込んで来たので、そういえばこの男はひどく一番乗りをしたがっていたっけ、と思い出し、それで一緒に行く気になった。正直のところ仕寄《しよせ》が一人で動かすには重すぎたためでもある。だから城壁をよじ登った時も、名乗りをあげる気など毛頭なかった。

「鍋島藩中野求馬、原城一番乗り」

という求馬の声も、丁度下針金作を斃《たお》した直後だったので、ほとんど喪神《そうしん》に似た状態で聞いていた。

それが二十八日に戦闘が終ると同時に、いくさ目付に呼びつけられ、勝茂公の本陣に連れてゆかれた。殿様はにこにこ笑って、本当はお前が一番乗りなのに、名乗りをあげ損なったそうだな、と云《い》われた。ちょっと忙しかったものですから、と応《こた》えると、本陣に居合せたお歴々が、揃《そろ》ってどっと笑った。求馬は杢之助のそばにいたが、これも大口を開けて笑っている。杢之助は不愉快になった。本当のことを云ってるのに、何がそんなにおかしいんだ。

勝茂公が、矢張り笑いながら云った。

「では鍋島藩の一番乗りは中野求馬。佐賀浪人一番乗りは斎藤杢之助ということにしよう。異存ないな」

異存などあるわけがないと応えると、褒美《ほうび》は追ってとらす。取りあえずこれを、と云って大刀を一振り下さった。後で中子《なかご》をはずしてみたら、肥前忠吉《ひぜんただよし》だった。忠吉の刀は堅牢《けんろう》で刃味抜群。杢之助は前から欲しかったのだが、高価すぎて手が出なかった。だからこのご褒美はひどく嬉《うれ》しかった。父の用之助は鉄砲にはうるさかったが、刀なぞ何でもいいという主義で、杢之助に譲られたのは頑丈《がんじょう》一点張りの胴太貫《どうたぬき》だったのだ。

「両人とも侍分に取り立てる。役に望みがあるか？」

勝茂がそう云うと、求馬は間髪《かんはつ》をいれず、

「御近習《ごきんじゅう》のはしにお加え下されば幸いです」

きっぱりとそう云った。これは恐ろしい高望みだった。

佐賀藩の家臣団構成は、俗に御側《おそば》四組、先手《さきて》二組、警固六組、留守居三組の計十五組から成るといわれている。御側はまた小馬廻《こうままわり》とも呼ばれるが、近習はここに属する。なにしろ常時殿様の側にいて、比較的気軽に話の出来る立場だ。家老並みにいさめたり、叱《しか》りつけたりは出来ないが、とにかく口を利《き》けるという点が何よりも有難い。死ぬ気ならそれこそ何でも云えるのである。求馬は予《かね》てから、一番乗りに成功したら、近習を望もうと決めていたのである。

「近習？」

さすがに勝茂も驚いたらしい。反対しようと口を開きかけて、そこではたと黙った。暫《しばら》く無言のまま求馬を睨《にら》んでいる。今までの上機嫌《じょうきげん》が嘘《うそ》のような、もの凄《すさ》まじいまでに恐ろしい形相だった。求馬はそこに正しく父の影を見た。

果して勝茂が云った。

「そうか。うぬは将監《しょうげん》の子か」

呻《うめ》くような、無理矢理押し出すような声だった。

それきり勝茂は求馬を見るのをやめた。目もくれない、といった感じだった。近習にするともしないとも云わない。完全に無視した。いや、無視しようとした。明らかに父将監のことを思い出したくないのだ。自分が嘘をついてまで切腹に追い込んだ男の面影《おもかげ》を二度と見たくなかったのである。

〈あんたは偉いなァ、父上〉

求馬は無意識に肚《はら》の中で呻いた。

〈死んで十何年になるというのに、殿はまだお前さまのことを憎んでおられる〉

それほど勝茂にとって苦いことばかり云い続けていたのだろう。そんな加判家老が二人といるわけがなかった。そして今、求馬自身が、その二人といない、苦い近習になろうとしていた。殿様に一生憎まれ続ける近習に、である。

〈ここが勝負だ〉

求馬はせいぜい憎たらしげに、勝茂の所作を全く感じていないようなすっとぼけた顔で坐《すわ》っていた。

〈蛙《かえる》の面《つら》に小便だ〉

心の中でそう繰り返し云った。

〈蛙の面に小便。蛙の面に小便〉

云い続けているうちに、なんとなくいい気分になって来た。

〈憎まれるというのも、悪いものじゃない〉

本気でそう思えて来た。

求馬はうわべは極めて涼しげに淡々と坐り続けている自分の顔が、恐ろしいほど父の若い時の顔に似て来ていることに、全く気付かなかった。

勝茂は内心の激しい動揺を隠すために、なんとか杢之助をからかおうと必死だった。

「お前はどうだ。何が望みだ。え？ まさか家老にしてくれなどというんじゃないだろうな」

皆がどっと笑った。追従《ついしょう》の臭《にお》いがした。

「お前の父は一度たりといえどもそんなことを……」

云ったことはなかった、と云おうとして、又しても勝茂は絶句してしまった。鉄砲を空に向けてぶっ放した時の斎藤用之助の太々《ふてぶて》しい顔が、一瞬にして記憶の中に浮び上って来たためである。

〈なんだってよりによってこんな奴等《やつら》ばかり一番乗りなんだ！〉

勝茂は喚《わめ》き出したくなった。おまけに気に障ることに、杢之助の方も実に親父の用之助によく似ていた。

〈揃《そろ》いも揃って……〉

二人並べて手打ちに出来たら、どんなにせいせいすることか。

その時、杢之助が無愛想に応えた。

「浪人のままでいることが手前の望みでございます」

勝茂は仰天した。

前にも書いたが、鍋島藩では浪人しても他国に出さないのが掟《おきて》である。

『他国を差免《さしゆる》されざるが有り難き事にてこれあるべく候《そうろう》。浪人は御意見にて候。大切に思召《おぼしめ》さるる故、他国へは差出されず候。斯様《かよう》なる主従の契《ちぎり》深き家中《かちゆう》は、又有るまじく候』

と『葉隠《はがくれ》』にもある。浪人させたのは殿様が意見し、懲《こ》らしめているということだ。だから他国に出さないのだ、と云うのである。

浪人が懲らしめだとしたら、手柄を立てた今それを解除しようというのは当然である。それを断わるとはどういう量見であるか。

呆《あき》れたことに杢之助はにたりと笑った。

「何がおかしい？」

勝茂の声が尖《とが》った。何やらこの二人の若者に嘲弄《ちようろう》されているような気がして来たのである。

「奉公人の打留めは浪人と切腹に極まると、かねがね父用之助が申しておりました」

杢之助が淡々と云った。

「それに、浪人と申すものは難儀千万この上なきもののように士分の方々はお思いのようですが、実際はそれほどの事でもございません。浪人し慣れますと、これはこれで身も軽く、仲々に捨て切れぬものでして……」

確かにこの島原のいくさでの杢之助の働きは、士分の者には金輪際許されぬものだった。そんな窮屈きわまる身分に戻るなど真平御免である。祖父や父が無事終りをまっとう出来たのは、浪人だったからではないか。浪人した上に追腹切って死ねるとは、正に奉公人の極致を二度も味わうことであり、武士としてこれにまさる倖《しあわ》せはない。

勝茂は軀《からだ》が慄《ふる》えて来そうな怒りを、やっとの思いで抑えた。この二人の若者は、どういうわけか揃って自分の神経をさかなでにする。それともこれは、若年期の自分の悪業の報いなのであろうか。因果が遂《つい》に廻《めぐ》って来たというのだろうかと、空恐ろしい思いにまで駆られるのである。

鍋島藩における島原のいくさの論功行賞は、その年の三月から五月にかけて、綿密な調査と入札（投書）の結果逐次発表されていった。賞もあり、罰もあった。江戸から勝茂についで佐賀に戻りながら、宿元（自宅）に立ち寄って、島原へは三日も遅れて着いたため浪人させられた者もあり、夜懸《よがけ》（夜襲）の時、与《くみ》の者の取った鼻（首のかわりである）を買いとって、自分の手柄に申したてた罪で切腹を申しわたされた者など、様々である。

斎藤杢之助と中野求馬の賞は、何故《なぜ》か一番最後になった。どうやら勝茂本人のいまいましい気分のためだったようだ。

結果は、中野求馬は二百石を加増され二百五十石で近習にとり立てられ、斎藤杢之助は浪人のまま、祖父杢右衛門同様、生涯《しょうがい》十石の捨扶持《すてぶち》を下さるというものだった。余談だが、米十石の捨扶持は米価の単純計算をすると今日の月八万円ぐらいに該当《がいとう》する。当時の物価を考えにいれて十二、三万円というところだろうか。現代の生活保護の金額にほぼ匹敵するというところがなんとなくおかしい。

佐賀の町の人々は、この結果に目をむいた。片方は二百石の加増で近習役、片方は僅《わず》か十石の捨扶持で浪人身分のままというのでは、あまりにも差が大きすぎるからだ。だがこれが正しく両人の望み通りだったことが分ると、当然のことながら、杢之助の人気がぐんと上った。

わけても浪人の間の人気は空恐ろしいほどだった。江戸木挽《こびき》町での芝居小屋で、半畳売《はんじょううり》という、敷物の半畳や火縄《ひなわ》を売る連中に同輩が手籠《てご》めにあったのを怒り、たった一人で斬《き》り込んで、十数人を相手にうち数人を斬り殺し浪人をした牛島萬右衛門《まんえもん》など、涙を流して杢之助の手を握り、その志《こころざし》の爽《さわ》やかなることをほめ上げたものである。

とにかくこの浪人達が毎日のように耕作の家に押しかけては、日がな一日杢之助を肴《さかな》に飲み食いをしてゆくのだからたまったものではなかった。もっともこの連中は揃って奇妙に誇り高く、飲み食いの材料は必ず銘々が持参するから、出費がかさむわけではない。杢之助がわずらわしくてたまらないというだけのことだった。早朝から嘉瀬川に釣《つ》りに逃げ出しても、この連中は素早く嗅《か》ぎつけて追って来るのである。

だからこの六月四日の祝言も大騒ぎだった。浪人たちが入れ替り立ち替り祝儀に現れ、おまけに町の何のかかわりのない者までやって来る。弟権右衛門の関係で、手明槍《てあけやり》の面々も駆けつけるという騒ぎである。まるで祭礼だった。耕作の家人たちはとっくに諦《あきら》め切って、家をこの連中に明け渡した気で、ただただせっせと料理を運び、酒を運ぶことに徹している。

杢之助は完全に自棄《やけ》で、果てしなく酒を胃袋に流しこみながら、求馬はどうして来ないんだろう、とぼんやり考えていた。その求馬が現れたのは、もう暗くなる頃《ころ》だった。

「お目出度う」

一言そう云っただけで坐りこみ、忽《たちま》ち酒を飲み出したのだが、杢之助の方は酔いなど一遍に醒《さ》めて、急に緊張した顔になっていた。そうさせる何物かが求馬の全身から立ち昇っていたのである。島原のことを告げに来た朝でさえ全く感じることの出来なかった、張りつめた殺気だった。だが、

「どうした？」

とは杢之助は云わない。話す時が来れば求馬は話すだろう。杢之助はただ酒を控え、むやみに水を飲み出しただけである。そして後架《こうか》へ立って、胃の中の物をすべて戻した。つまり死ぬ支度を始めたのである。

さすがに牛島萬右衛門だけは、杢之助の様子が変ったことに気付いた。だがこれもひとかどの男である。やはり、どうした、などと馬鹿な問いは発しない。黙って立ってゆくと井戸端にゆき、釣瓶《つるべ》一杯の水を飲んで後架にゆき、胃の中を空にした。座に戻ると、杢之助の斜め前に坐り、根が生えたように動かない。何事が起るにせよ、杢之助と共に死ぬつもりなの

である。李之助はそれを感じて、泣けそうになった。この時以後、萬右衛門を生涯の友ときめた。

求馬は浪人たちの差す盃《さかずき》を片っぱしから引きうけて、忽ち二升あまりを飲み干すと、ふらりと立った。ちらりと李之助に目をやると黙って出てゆく。一拍おいて李之助が立った。萬右衛門も素早く立つ。揃ってさりげなく表へ出た。李之助はそのまま歩きだした。萬右衛門はついてゆく。この世の果てまででもついてゆくつもりである。

やがて嘉瀬川の水をひいた掘割に出た。李之助の釣場である。

黒い影が、掘割のきわに腰をおろして待っていた。勿論、求馬だった。

李之助と萬右衛門も、腰をおろした。全く口を利かない。

「殿は明朝江戸へ立たれる」

求馬が鋭く云った。

「今日御老中よりの奉書が届いた。城乗りの件につき御詮議《ごせんぎ》の筋ある故、二十六日に評定所《ひょうじょうしょ》へ出頭せよという」

城乗りとは原城攻撃のことである。

「矢張り来たかね」

李之助は淡々とそう云っただけだったが、求馬は激しく頷《うなず》いてみせた。

萬右衛門は暗闇《くらやみ》の中で目ばかり光らせて、この二人をかわるがわる見つめていた。事のいきさつが一切不明だったからである。

百人出家

二月二十七日、早朝から開かれた作戦会議でやっと総攻撃を明二十八日と決定したその直後、副使戸田左門氏鋕《うじかね》のいくさ目付が、

『鍋島殿御家中、抜駆け』

としらせて来た時、上使松平伊豆守信綱は一瞬凄《すさ》まじい目ではったと勝茂を睨《にら》みながら、

『今や前後の評議にや及ぶべき。おのおの心まかせに乗取らるべし』

と喚いた。勝茂はその信綱の目を忘れていない。

更に四月六日、信綱は西国の諸将に小倉へ集合することを命じ、将軍家光の上意を公表した。

この時、信綱は、家光が鍋島勢の働きを聞いて御機嫌《ごきげん》だったことを諸大名の前で披露《ひろう》すると同時に、

『二月廿七日城乗ノ儀ハ江戸ニ於テ御詮議コレ有ルベシ』

と釘《くぎ》を刺すことを忘れなかった。

信綱は鍋島藩の軍令違反をどうしても許す気になれなかったのである。肥後藩主細川忠利はその日わざわざ勝茂の宿舎を訪れ、信綱が先駆けについて非常に機嫌を悪くしているから注意した方がいい、と警告してくれている。

だから老中奉書が届いた時、勝茂は、

〈とうとう来たか〉

と覚悟した。

勝茂はこの翌日六月五日朝に佐賀を発し、道中を急行、大坂で松平忠明と夜半に及ぶ要談をとげた後、東海道を六日間で通過して、六月二十三日に江戸に着いた。

江戸の風説は厳しいものだった。

『勝茂公上使の軍令を相背《そむ》かれ、一番乗をし玉ふこと、伊豆守殿憤《いきどお》り深きに依《よっ》て、領国を召上げられ遠嶋せらる共、又御配所は出羽国と相定めらるなど密《ひそか》に内意を告《つぐ》る者も有、雑説区《まちまち》なる』

そういう状態だった。

佐賀藩邸では、

『当家の浮沈此《この》時に迫れりと上下汗を握る』

という中で、評定所出頭の前日、勝茂の長男元茂、五男直澄をはじめ老臣たちが集って対策を協議することになった。この協議は夜を徹して行われたようだ。

『殿様江戸ニ於イテ万一御不慮ノ儀アラバ、御譜代ノ者トシテ卒爾《そつじ》ニ城ヲ渡ス可《べ》キ筈ナシ。然《しか》ル時ハ御家中悉《ことごとく》籠城ナシ、妻子ヲ殺シ、城ヲ枕ニ討死ス可シ』

忽ちこういう極論がとび出し、それが大方の賛同を得るというところが、佐賀人の恐ろしさである。

勝茂はそのまま眠らず朝を迎え、妻子らと別れの盃をかわして玄関を出た。

その時である。眼《め》の隅《すみ》に異様なものが映った。足をとめもう一度見直すと、屋敷の軒までつみあげられた割木の山である。しかも山の下には付木と、油壺《あぶらつぼ》が用意されている。まるで火をつけてくれと催促しているような案配だった。

「あれはなんの真似《まね》だ」

勝茂は手近かにいた近習に訊《き》いた。

「知りません。中野求馬が一昨日からせっせと手配していたようでございます」

勝茂はもう一度、割木の山を見た。どう見ても火付けの用意である。

「求馬を呼べ」

命令が次々に伝達され、求馬が厩《うまや》の方から走って来るのが見えた。

「あれはお前の仕業《しわざ》か」

勝茂が割木の山を指さすと、跪《ひざま》ずいていた求馬が指先で汗を拭《ぬぐ》いながら、その通りです、と応《こた》えた。

「どういうつもりだ?!」

勝茂の声が尖《とが》った。この当時、町にとって最も恐ろしいのは火事である。別して江戸は既に何度も大火の災にあっていた。幕閣並びに諸大名が一番気にかけていたものだ。それをこの様は何事だ。

叱責《しっせき》されたのが意外だというように求馬は口を開きかけてやめ、口の中で何か呟《つぶや》いた。

「はっきり申せ、はっきり」

勝茂が怒鳴ると、求馬は突然割れるような大声で応えた。

「万一の時はお屋敷に火を掛け、江戸中を火の海に致した上で、公儀に一戦を挑《いど》むしかありません。その支度を致したまでです」

「この屋敷を燃やしても、江戸中が大火になるとは限らんぞ」

勝茂が馬鹿々々しそうに云う。この上屋敷《かみやしき》は桜田にある。目の先は江戸城で町家は離れている。そこまで火が飛ぶとは思えなかった。

「ですから、ほかのお屋敷にもすべて手配致しました」

求馬が叫んだ。

「なに?!」

勝茂は愕然《がくぜん》とした。

鍋島の七屋敷といって、この江戸に鍋島藩邸は七つある。麻布市兵衛町の麻布屋敷が二軒。御成橋の中屋敷。芝増上寺附近、増上寺所化寮《しょけ》あたりにある三島町屋敷。今日の烏森《からすもり》附近にある打越《うちこし》屋敷、苗木山屋敷。求馬はその七屋敷ことごとくに放火の用意をしたと云うのである。確かにこの七屋敷が同時に燃え上ったら、江戸は火の海になるかもしれなかった。

「各屋敷への連絡の法は?」

思わず勝茂が訊いた。怒るより先に昂奮《こうふん》してしまったのである。この焼打ちがかなり効果的なのは間違いなかった。江戸という町の最大の弱点をつくことになる。

「手前ほか二人、騎馬にてしらせます。そのためお厩に控えておりました」

「材料の調達は？」

どこから金をひき出したかというのだ。

「お屋敷内にあるもので間に合せました」

「いつ、わしの許しを得た？」

これが急所である。主君の許しもなく、七つの屋敷を焼く準備をするとは、僭上《せんじょう》の沙汰《さた》もいいところである。

求馬が顔を上げた。まっすぐ勝茂の目を見る。

〈こいつの父も意見をする時は必ず同じ眼をしたっけ〉

勝茂はその眼を思い出した。いやになるほど似ていた。

「焼打ちをする時は……」

求馬が慎重に云った。

「殿に万一のことがあった場合に限ります。既に亡《な》くなられた殿のお許しは不要と考えました」

大胆不敵な言い分だった。

勝茂は一瞬かっとなったが、すぐ思い返した。自分に許可を求めていたら、絶対禁止したにきまっている。江戸焼打ちの支度を整えてから評定所に乗込んだなどと知れたら、それこそ遠島どころではすまないからだ。謀叛《むほん》の志ありと看做《みな》されて、よくて切腹、悪ければ斬首《ざんしゅ》はまぬがれまい。だからこそ、この男は自分の許可を求めなかった。同じ理由で、元茂・直澄はもとより、家老たちの許可も求めてはいまい。彼等は求馬があんまり堂々とやってのけるので、勝茂の許可を得たものと錯覚したに違いなかった。すべて他人に咎《とが》を及ぼさないための策略である。

自分一人で責任を負い、自分一人が腹を切ればすむ。そして万一の時は、幕閣はじめ江戸市民のすべての脳裏に佐賀鍋島武士の恐ろしさを、一生忘れられないほど叩《たた》きこんで死んでやろう、というのだ。壮烈といえば壮烈、危険といえば危険すぎる謀《たくら》みだった。

〈この男は間違いなく死人《しびと》だ〉

勝茂は戦慄《せんりつ》と共にそう悟った。

常時死んでいろ、という鍋島武士の覚悟のほどは、勝茂も知っている。そんな鍛練は一度も本気でやったことがないし、この太平の御代《みよ》に藩士だってそんなことをしていないのは百も承知だった。だがこの男は、確実にそれをやっている。毎朝々々先《ま》ず死んでいるのだ。こんな無法な謀みを、たった一人でやってのけるなど、死人でなくて誰が出来るか。この謀みには明かに死の匂《にお》いがあった。

「知らなかったことにしよう」

勝茂は呟くように云った。

「御意《ぎょい》」

求馬も低く応えた。

勝茂は無言で駕籠《かご》に乗りこんだ。引戸をしめると、初めてふっと溜息《ためいき》を洩《も》らした。求馬のせいで、久しぶりに本気で緊張したのだ。そういえば、今日の評定所ゆきも、求馬ともう一人の死人のお蔭《かげ》だった。

〈わしはまるで死人に引き廻《まわ》されているようだ〉

勝茂は苦笑した。この主君はまだ、もう一人の死人が既にこの江戸に来ていて、更に途方もない、正しく死人の匂いの漂う所業を行っているのを全く知らなかった。

溯《さかのぼ》って六月五日、祝言の翌日の夕方のことである。網代笠《あじろがさ》をかぶり長い杖《つえ》をついた旅僧が一人、のっそり土間へ入って来るのをお勇は見た。とんでいって、

「お坊さま。なんの御用で……」

いいかけて口が、あんぐり開いたままとまった。

旅僧が網代笠を僅《わず》かに上げて見せて、にやりと笑ったのである。笠の中の顔は杢之助だった。

「どうしたのよ、あんた?! なんて姿に……」

笠をぬいだ杢之助の頭は剃《そ》りたてで青々とし、いっそ可愛《かわい》かった。朝からぷいと出て行っておいて、帰って来たと思ったらこのざまである。昨夜はあの乱痴気騒ぎで、お勇は気持の落着く暇もなかった。改まった気分で、思い切り可愛がって貰《もら》おうと思っていたのに、それどころの話ではなく、お勇は自分がいつ眠ってしまったのかも覚えていない。気がつくと朝

で、母のお咲の蒲団《ふとん》の中で、並んで寝ていた。慌《あわ》てて家中を歩き廻ってみると、そこかしこに男どもが酔いつぶれて、様々な格好で眠っている。浪人衆もいれば手明槍衆《てあけやり》もいる。商人もいれば職人もいた。不思議に徳利《とくり》も皿小鉢《さらこばち》も綺麗《きれい》に片づけられていて、ただもう人間ばかりが、これだけは片しようがないとでもいうように転がっているのである。

自分たち若夫婦のものときめられた離れの部屋へ行って見ると、父の耕作が新しい夫婦用の寝具の中で大いびきで眠っており、杢之助はすっきりした顔で袴《はかま》をつけているところだった。

「どこへ行くの？」

甘えてきくと、

「願正寺」

と云う。願正寺は直茂公が、西本願寺座主《ざす》准如《じゅんにょ》のために建立《こんりゅう》した一向宗の寺だ。関ヶ原の合戦で西軍石田三成方についたため窮地に陥った鍋島藩を、准如は随分骨を折って助けてくれた。その礼のためだった。その上、直茂は佐賀一国に真宗は西本願寺派だけと定め、すべてこの願正寺の支配下に置いたのである。

だがお勇は杢之助が一向宗門徒だということをはじめて聞いた。それきり杢之助は出かけてしまい、夕めしに近いこんな刻限までどこかをふらついていたわけだ。

それにしてもこの坊主頭は、とお勇が文句を云おうとするのに、杢之助はその唇《くちびる》を塞《ふさ》いでおいて、

「ちょっと離れへ行こう」

と誘う。お勇が顔を赧《あか》くして、

「冗談でしょ。夕ごはんの支度が……」

云う間に抱き上げられて離れに運ばれ、夜具も敷かずに畳の上で、あっという間に刺し貫かれてしまっていた。

「いやだなァ。みんな気が付いてるわ。どんな顔したらいいのよ」

喘《あえ》ぎ喘ぎ文句をつけたが、杢之助はただただ激しく軀《からだ》を動かすだけである。まったく何時《いつ》にない激しさで、しかも形を変えて、二度三度と呆《あき》れるほどのしつこさだった。

お勇も漸《ようや》く異常を感じはじめた。気がつくと、痺《しび》れるような悦《よろこ》びの連続の中に、奇妙な悲しみが色濃く漂っている。それが別離の悲しみ以外の何物でもないことに気がついた瞬間、お勇の胸に早鐘が鳴りだした。

「またどこかへ行く気ね、あんた！」

お勇はほとんど叫んだ。

「修行の旅」

所作を早めながら杢之助が云った。

「嘘《うそ》よッ！　どこへ修行に行くのよッ！」

お勇が喚《わめ》くと、

「江戸」

一言そう云ったきり、杢之助は果てた。

猿《さる》をつれた坊さんが来てるよ、と弟の太吉がしらせに来たのは、四半刻《しはんとき》（三十分）もたたないうちだった。この間に杢之助は手早く旅装を整え、部屋にまで持ち込んでいた長い真新しい杖を改めていた。それは仕込杖だった。それも二重である。一方の端にはどきどきするような槍の穂が仕込まれ、他の端は刀の柄《つか》だった。例の肥前忠吉が仕込まれている。木は目のつんだ樫《かし》で、見るからに堅そうだった。これを作らすのに手間をくって、帰りが夕刻になったのだと、杢之助はすまなそうに云った。

その仕込杖を見た時から、お勇は何も云わなくなった。お勇も佐賀の女である。殿様が御公儀からとんでもない云いがかりをつけられ、今朝早く江戸へ向ったことは、とっくに知っている。その殿様をお守りするために杢之助が江戸へ行くのだということを、この仕込杖が語っている。出家に姿を変えたのは、旅の自由を手に入れるためだろう。佐賀から江戸までの道中には、幾つも関所があって、浪人はよほどしっかりした手形を持たない限り通れないという。しかも鍋島藩は浪人の他出を禁じている。急いで出かけるとしたら、僧になるしか仕方がなかったのである。

それにしても猿をつれた坊さんとは誰のことだろう。そう思いながら杢之助と共に土間に出たお勇は、ばかでかい旅僧と、これまたばかでかい猿を見て、悲鳴をあげそうになった。

これは牛島萬右衛門だった。萬右衛門は木挽町の芝居小屋で無頼の半畳売たちを斬《き》る前に、猿廻しを一人斬っている。図体《ずうたい》だけは大きなくせに少々智恵《ちえ》の廻らないどじな猿を、あんまり虐待《ぎゃくたい》するのにかっとなって斬ってしまったのである。この時は猿廻しの非道《ひど》さがあまりに有名だったので、萬右衛門はお咎めを受けずにすんでいる。そのかわり、ゆきどころのなくなった大猿がすっかりなついてしまったので、自分で飼うしか法がなくなり、半畳売たちを斬って浪人し佐賀に帰って来た時も、これだけは連れて来るしか仕様がなかった。江戸では一時、猿を連れた萬右衛門が町を歩くと子供たちが恐怖の声をあげて逃げ出し、母親たちはいたずらのきつい子には、

「萬右衛門さんが来るよ」

と云っておどしたという。正しく泣く子も黙る萬右衛門だったわけだ。

「そういうわけだ。こいつだけは……」

訊かれもしないのに訥々《とつとつ》と猿と自分の結縁《けちえん》を語り終えた萬右衛門が、そこで言葉を切ってぺこんと一つ頭を下げた。

杢之助は軽く頷《うなず》いただけである。歯牙《しが》にもかけていないように見えた。

だが見ていたお勇は、かっとなった。どうして猿は連れて行けて、あたしは駄目《だめ》なんだ。

「あんた」

万感の思いを籠《こ》めてそう云った。

「猿には手形はいらない」

李之助がにべもなくそう云った。それでお勇はぺしゃんこになった。なまじ人間であることが恨めしかった。

「それで……？」

李之助が萬右衛門に尋ねた。

「皆ゆく。遅い者でも明後日」

萬右衛門は大猿を抱きながら云った。

「五人と集るな」

「分ってる。てんでんばらばらになる」

「じゃあ、わしは先に」

云うなり李之助は軽くお勇の指を握っただけで、もう戸口を越えようとしていた。

「待ってくれ」

萬右衛門が珍しく慌《あわ》てたような声を出した。

「江戸での集合場所がまだきまっておらん」

「老中松平伊豆殿の屋敷門前」

それだけで李之助の姿が消えた。

「あんた！」

お勇が蹴《け》つまずきながら後を追ったが、李之助の姿は闇《やみ》の中に消えていた。

「忘れろ」

どこからか声だけが聞えた。

「馬鹿いうんじゃないよッ」

お勇が喚くと笑い声が返って来た。大分遠くなっているようだ。初めてお勇の頬《ほお》に涙が流れた。

評　定

老中松平伊豆守信綱がその旅僧たちに気づいたのは、六月二十四日のことだ。

朝、いつもの通り登城しようとして門を出ると、突然駕籠《かご》がつんのめるようにとまりかけた。信綱は危く前の板に髷《まげ》をぶつけそうになりながら、

「何事だ」

と云った。

「旅の出家です」

駕籠脇《わき》の者が応《こた》え、くどくどと詫《わ》びている訛《なまり》の強い声が聞こえ、駕籠はすぐ駆け足になった。登城の際の老中の駕籠は常に駆け足で矢のように走る。これは大事のあった時だけ早く走ると、世人が何事が起きたかと不安に思うのは必定なので、それを防ぐために、していることだった。

信綱が引き窓のすだれ越しに見ると、十人余りの旅僧が道端に並んで自分の駕籠を見送っ

ている。中の一人が大きな猿を肩に乗せていた。

〈猿を連れた出家など見たこともないな〉

信綱はぼんやりそう思った。そしてそれだけですぐ忘れた。老中の仕事はそんなことをいつまでも覚えていられるほど暇ではなかった。

同じ日の午後、お城を下って来て門を入ろうとして、信綱はまたあの僧たちを見た。相変らず大猿を肩に乗せた僧のまわりに、二十人あまりの僧がかたまっていた。彼等は信綱の駕籠を迎えながら、低い陰に籠《こも》った声で念仏を誦《とな》えていた。

〈今朝の倍か〉

漠然《ばくぜん》とそう思った。

〈半日もこんな所で何をしているんだ?〉

ちらりと疑問が湧《わ》いたが、托鉢《たくはつ》の帰途、集ったのだろうとしか考えなかった。

その夜、信綱は妙に寝苦しかった。暑さのせいかと起き出して縁先に出てみた。風が吹いて、しのげないほどの暑さではない。それよりその同じ風が奇妙な音を運んで来ていることに気づいた。樹々の鳴る音でも、虫の啼《な》く音でもない。何かぶつぶつと不平不満を訴えるような呟《つぶや》き声だ。地の底から湧くような声だった。それも五人や十人ではない。

〈疲れているのかな〉

ふとそう思った。島原の乱以来、島原領主松倉勝家への処罰、唐津領主寺沢堅高からの天草領召し上げなど劇《はげ》しい政務の連続である。疲れて当然だった。だがそんな弱音を吐いている時ではない。明後日から鍋島勝茂への査問が始まるのだ。秩序を乱す者は厳罰に処す。これが信綱の基本方針である。その基本方針を徹底させるためのみせしめとして、鍋島勝茂を思い切り重い罪におとし入れねばならぬ。昂揚《こうよう》して来る気持を抑えようと、ふと庭に下りてみた。急に風の運んで来る音が大きさを増したようだった。今度は音の性質がはっきり分った。それは念仏だった。

「南無阿弥陀仏《なむあみだぶつ》。南無阿弥陀仏。南無阿弥陀仏」

暗い地を這《は》うような声。だが何人の声か。しかもこの深夜、何に向って念仏を誦《とな》え、何を祈ろうとしているのか。

信綱は急に思い立って家臣を呼んだ。

「この念仏が不審である。何人ぐらいの人数が、何故《なぜ》、何に向って祈っているのか。早急《さっきゅう》に調べて参れ」

かしこまりました、といって張り切ってとび出していった家臣は、四半刻もしないで戻って来た。顔面蒼白《そうはく》になっている。

「どうだ？」

と訊《き》くと、暫《しばら》く息を吸いこんでから話し出した。

「黒衣の僧五十人余り。当御屋敷を取り囲み、いずれも当屋敷に向って、絶え間なく念仏を誦えておりまする」

理由は、と訊いたが、僧たちは一言も口を利《き》かず唯《ただ》念仏を繰り返すのみにて、返答を仕《つかまつ》りませぬという答えである。

漆黒《しっこく》の夜の闇の中に立って、この屋敷をとり囲み、呪《のろ》うが如《ごと》く念仏を誦える黒衣の僧五十余人。その映像がぱっと信綱の脳裏に描き出された。

なんとも不吉だった。おぞましい思いだった。一瞬島原の切支丹《キリシタン》たちの亡霊かとも思った。だが切支丹なら『おらしょ』を誦える筈《はず》だ。断じて念仏を誦えるわけがない。

ふっと昼間の旅僧たちの姿が浮んで来た。

「その僧たちの中に、猿を連れた者はおらなんだか」

家臣は大きく頷いてみせた。

翌二十五日の朝。信綱は三度旅僧たちにぶつかりそうになった。旅僧はまたくどくどと詫びを述べた。乱暴や妨碍《ぼうがい》の気配は少しもなかった。ただそこにいた。そこに立って念仏を誦えていた。心持ち人数が増えたような気がした。信綱は駕籠脇の家臣に命じ、正確な人数を数えさせた。僧の数は八十一人にふくれあがっていた。

下城の時、信綱は目が眩《くら》んだような感覚に襲われた。旅僧の数がまた増えたような感じなのだ。昨夜の不眠のためかとも思われたが、念のため、朝と同じ家臣にもう一度数え直させた。数は百三人に増えていた。

その夜、信綱はまたもや眠れなかった。今や昨夜の倍にふくれ上った黒衣の僧たちが、屋敷をとり囲んで果てしなく念仏を誦えているのである。

「南無阿弥陀仏。南無阿弥陀仏。南無阿弥陀仏」

百人を越す斉唱《せいしょう》となると、さすがに地の震えるような迫力があった。

この夜、松平家ではほとんどの人間が眠れなかった。女たちは不安に慄《ふる》えながら、陰々滅滅たる念仏の声を聴いていた。

六月二十六日。この日は評定所で鍋島勝茂が裁きを受ける日である。

信綱は既にこの百人を越える僧たちが、勝茂によって放たれたものであることを確信していた。

〈小賢《こざか》しい真似《まね》を……〉

信綱の怒りは益々《ますます》深まっていた。どんなことをしても勝茂を厳罰に処してくれる。そうかたく誓っていた。抜駆けは仕寄の者だけだったとか、息子たちが若すぎて血気にはやっためでとか、そんな勝茂のいい抜けなど聞く気にもならなかった。聴聞は半日で終り、後は評定所の裁定ということになった。

いくさ巧者《ごうしゃ》ということで、特別に評定所の裁定に参加した大久保彦左衛門忠教《ただたか》は、信綱の厳罰説に強硬に反対した。

「大体城攻めは茶の湯と違って、期日を定めて行なうべきものではない。戦機が熟したら即刻、乗っ取るべきだ。これはいくさに慣れた者でなければ、分らないものだ。鍋島は武功の家だからこそ、好機と見て、後日の咎《とが》めも省みず一番乗りをしたのである。惣《そう》じて城攻めの目的は、城を乗り落して敵を討ちとるにある。此《こ》の度《たび》、鍋島が法を破って乗っ取りに失敗したら、御咎めをうけることもっともであるが、首尾よく乗り落したのを軍法を破ったというのは心得難い。茶の湯の例によって佐賀藩主に遠流《おんる》を命じ改易《かいえき》したら、鍋島家中のものはすぐには城を明け渡すまい。有馬の百姓ばらの籠城《ろうじょう》ですらあれほど手間がかかったものを、そんなことにでもなったら、なかなかむつかしいことになるだろう」

これは信綱に対する痛烈な皮肉である。茶の湯の例といい、有馬の百姓ばらの籠城云々《うんぬん》といい、すべていくさに不慣れな官僚信綱にあてつけたものである。

信綱は顔の筋一つ動かさず、平然としてこの大久保彦左衛門説を無視し、再び機械のように厳罰説を主張した。だが他の老中は彦左衛門の説に動揺した。なにより後段の脅迫が身にこたえた。

彦左衛門のいう通り万一鍋島藩が佐賀城に拠《よ》って幕閣に抵抗したらどうなるか。九州にも北陸にも奥州《おうしゅう》にも、高姿勢の今の幕閣にあきたらない嘗《かつ》ての戦国大名は多いのである。それが今度の鍋島藩の処置を見て、明日は我が身と思ったらどうなるか。佐賀城の籠城が長びけば長びくほど、これらの大名の動揺は激しくなるであろう。何か些細《ささい》なきっかけがあれば、

なものだ。万一それが一時に火を吹いたら、今の幕閣も決して安全とはいえないのである。権現様《ごんげん》以来の平和はそれは忽ち《たちま》火を吹くかもしれない。あちこちに今にも爆発しそうな活火山を抱えているよう

なものだ。万一それが一時に火を吹いたら、今の幕閣も決して安全とはいえないのである。権現様《ごんげん》以来の平和は
たとえ戦いには勝ったとしても、土地は荒れ、民情も荒れるだろう。権現様以来の平和は一気に崩れ、元の木阿弥《もくあみ》になるかもしれない。そして、ここが問題なのだが、その責任はあげて現在の幕府の閣僚の肩にかかって来るのである。

冗談ではなかった。そんな思いをするのは真っ平である。しかもそれを誘発するのが、同僚とはいえ、たった一人の老中の意地だとしたら、自分たちこそいい面《つら》の皮である。

信綱は一座の空気に敏感な官僚である。この時、忽ち他の閣僚たちのいやけを感じとり、内心愕然《がくぜん》とした。無理に押せば、自分が傷つく結果になる。咄嗟《とっさ》にそれを痛感した。

とにもかくにも戦いは勝ったのである。抜駆けは軍令違反かもしれないが、そのお蔭《かげ》で勝てたのかもしれないではないか。何より鍋島の犠牲者の数を見よ。戦死者数六百二十名。負傷者数三千三十四名。総計実に三千六百五十四名である。従軍した大名の中で最高位だった。二位は細川藩だが、戦死者二百七十四名、負傷者千八百二十六名。〆《しめ》て二千百名。戦死者数は半数以下だ。更に松平信綱の犠牲者はどうか。いくら参戦の兵数が少いとはいえ、死者六名、負傷者百名。併《あわ》せてたった百六名ではないか。合戦が終って四月《よつき》にもなることだし、もういい加減に勘弁してやったらどうか。

全老中、若年寄《わかどしより》の顔がそう云っているのだった。

信綱にとっては思いもかけぬ大逆転である。だがこのまま押し切られるわけにはゆかなか

った。老中として、また島原戦の総指揮官としての面目がある。たとえ所期の目的と違って軽いものであっても、絶対に勝茂に罰を与えなければならない。出来れば一見したところでは軽く、巧《うま》く利用すれば果てしなく重い罰。

結局、勝茂に下された罰は閉門と江戸桜田屋敷での蟄居《ちつきよ》だった。但《ただ》しこれには期限がない。これをほとんど無期限まで引きのばすことによって、この軽い罰を重罰に変えることも出来る。

蟄居を命ぜられた以上、国許《くにもと》へ帰ることは出来ない。ところが鍋島藩はほかならぬその国許に強烈な爆裂弾を抱えていた。一つは前領主だった龍造寺《りゆうぞうじ》家の血筋の問題、もう一つは勝茂が龍造寺家圧殺のために自ら作りあげた三支藩の問題。どちらをとってもいずれ勝茂抜きでは巧く治まらなくなって来る可能性が大きい。ひそかにそれをかき立ててやることも出来るかもしれぬ。家中に争いでも起きればしめたものである。家中不取り締りの名目で潰《つぶ》された大名は多い。信綱は腹の中で益々残忍な決意を固めていっていた。

それにしても信綱の心は決して穏やかではなかった。外見だけとはいえ所期の目的にはほど遠い軽い処罰は、評定所に於ける信綱の敗退と世人はうけとめるに違いなかったからである。

その怒りがその夜、珍しく信綱の心の平衡を崩した。

屋敷に戻った信綱は、旅僧の数がまたも増えたことを知らされた。只今《ただいま》の総数百二十一名。そしてその夜はまたしても念仏の大攻勢だった。今夜も眠らせないつもりなのである。鬱屈《うっくつ》した怒りと連夜の不眠が、信綱の癇癪《かんしゃく》に火を点じた。

「引っ捕えろ!」

信綱は全家臣を集めてがなった。天下の智者信綱らしからぬ、甲高《かんだか》い、うわずった声だった。

「一人でも多く引っ捕えろ。逆らうようなら痛めつけてもいい。但し……」

さすがにいつもの用心深さが甦《よみが》えった。

「但し、決して殺すな。よいな。殺してはならんぞ」

今、この時点で、老中の家臣が一向宗の僧侶《そうりょ》を斬《き》ったとしたらどういうことになるか。さすがの信綱にも予測がつかない。信長・秀吉の時代の一向宗門徒の手強《てごわ》さは、歴代の為政者《いせいしゃ》の恐怖のまとである。今は骨抜きにされているといっても、いつ目覚めて起《た》ち上るか分ったものではない。そんな真似だけは断じて出来なかった。

迂闊《うかつ》なことに、信綱はこの連中が僧侶ではないなどと一度も疑ったことがなかった。勝茂の西本願寺派に対する異常なまでの肩入れを知っていたためである。あれほどの大檀越《だんおつ》に対して、西本願寺もそれ相応のお返しをする筈だ。その計算が、信綱の勘を狂わせたのかもしれない。

その深夜、松平屋敷の周囲で繰り展《ひろ》げられた凄《すさ》まじい戦闘に関する証人は一人もいない。

戦闘が完全な沈黙の内に行われたからであり、刀槍のたぐいが全く使われなかったためである。

信綱の家臣の武器は、旅僧たちと同じ棒か、それ以下の薪《まき》ざっぽうだった。十手《じって》を持っている者もいたが、ごく少数である。全員、たかが坊主だと思いこんでいた。その油断は即座に強烈なしっぺ返しという形で報いられた。信綱の家臣たちは忽ちとり囲まれ、恐ろしく適確な棒の連打を受け、一人残らず失神した。その上でご叮寧《ていねい》に屋敷の中へ放りこまれた。しかも僧たちは全く立ち去る気配を見せず、地を揺るがすような念仏の声は、延々と白々《しらしら》明けまで続いたのである。

「少しやりすぎじゃないか」

大猿の蚤《のみ》をとってやりながら牛島萬右衛門が云った。

翌二十七日の朝である。信綱はついさっき、蒼《あお》い顔で登城していったところだった。

「どうってことはない。死人は一人も出ていないんだ」

李之助は厳しい眼で応《こた》える。

「殿へのお裁きに影響したらどうする？」

「どちらにしても罰が厳しければ、松平屋敷は死人の山になる。あのお人にもそれだけはしかと分った筈だ」

「今日はお城から下って来ないかもしれんぞ」

「少しも構わぬ。斬り込んで火を放つだけだ。それであのお人は終りだ」

お上《かみ》から拝領した屋敷を不逞《ふてい》の徒に襲われ多くの家臣を殺され、あまつさえ火をかけられては、たとえ老中といえども無事ですむ筈がなかった。拝領屋敷は城と変りない。自分の城ひとつ守れないで、老中が勤まるわけがなかった。

「それもそうか」

萬右衛門は屈託なげに笑った。

その日、鍋島勝茂は閉門と蟄居の云い渡しを受けた。承知の旨《むね》を答えて評定所を出ようとする勝茂を、信綱が追って来た。

「すぐあの僧どもにしらせて……」

信綱は不眠のため真っ赤な目で云った。

「一刻も早く立退《たちの》かせていただきたい」

声が震えた。

「僧侶を使うなど全くもって言語道断……」

「どういうことでしょう」

勝茂は本気で聞き返した。また何かいいがかりをつける気なのだろうか。

「百二十一名の旅僧のことでござるよ」

「百……百二十一名の旅僧？」

勝茂も仰天している。その顔に嘘《うそ》のないのは信綱にも分った。

「御存知ない？」

「不敏にして全くもって存じませぬ」

「大猿を抱いた僧侶がいた」

「大猿？」

何かがちかっと勝茂の頭の中で閃《ひらめ》いた。勝茂も牛島萬右衛門と大猿の話は知っている。だがここはあくまでとぼけるしかなかった。

「大猿……でござるか」

「左様か。御存知ないとすると、これは西本願寺の独断か」

これはまずい。この件に准如を巻きこんではならぬ。咄嗟に勝茂はそう思った。

「准如殿の片腕ともいうべきお人が江戸に来ておられるとか。手前からその仁《じん》に……」

「是非そうしていただきたい。固くお願い申す。まだ二刻《ふたとき》はお城に居る故《ゆえ》……」

それで信綱はそそくさと去っていった。およそ智恵伊豆らしくない落着きのなさだった。

勝茂は桜田の屋敷へ帰ると、一同の祝いの言葉を受けるのもそこそこに求馬を呼んだ。

「焼打ちの支度なら既にとり払いました」

「ついでに百二十一名の出家もとり払え」

「百二十……」

「知らぬ筈はあるまい。大猿を抱き、牛島萬右衛門によく似た僧もいたそうだ」

「ははあ」

「また杢之助か」

「はい」

「何をやったのだ、今度は?」

「百人の僧侶をもって伊豆守さまお屋敷を取り囲み、昼夜をおかず念仏を誦《とな》えたとか……」

勝茂は信綱の真っ赤な目を思い出し、思わずにたりと笑ってしまった。

「昼夜をおかずか」

「はッ」

「小癪《こしやく》なことを……」

それは実感だった。生意気に天下の御老中に対して小癪なことを……。そう思いながら勝茂は不覚にも涙ぐんだ。それも容易にはとまらなかった。自分でも驚き、少々腹を立てた。

「出過ぎた真似をするなと申せ」

「はい。伝えます」

「金子《きんす》と手形をとらせろ。あくまで僧としてだぞ」

「はい」

「百二十一名の名を書き出してわしに渡せ」

「はい」

「懐紙をよこせ」

求馬が渡すと勝茂は大きな音をたてて洟《はな》をかんだ。

第三話

悪《あく》所《しょ》

ききっ。

大猿《おおざる》が歯を剝《む》いて啼《な》いた。

陽《ひ》は強いが、どこか冷《ひん》やりとした風の吹く、すがすがしい日である。

いつか江戸も七月に入っている。

町娘が一人、おびえたように立ちすくんだ。大猿が毛むくじゃらの双手を拡《ひろ》げて、通せんぼをしたのである。

「よさんか、馬鹿者《ばかもの》！」

牛島萬右衛門が怒鳴った。

「ぶん殴られたいか」

大きな拳固《げんこ》をつくって見せた。

大猿は慌《あわ》てて腕で頭をかばい、軀《からだ》を丸くかがめて萬右衛門の足もとへ跳んで来た。哀れみを乞《こ》うように、おどおどと飼い主の顔を見上げる。その意気地のなさが、図体《ずうたい》が馬鹿でかいだけに余計おかしげで、べそをかきかけていた町娘が思わず白い歯を見せて微笑《わら》ってしまった。

「すまんな」

萬右衛門は娘にぺこりと頭を下げた。

「飼い主に似てどうしようもない助平猿でな。悪気はないんだよ」

そのあくまで生真面目《きまじめ》な顔に、町娘は袂《たもと》で口を抑え、急ぎ足ですれ違っていった。うちへ辿《たど》りついたら、笑い転げるにきまっている。

萬右衛門はこつんと大猿の頭を叩《たた》いた。

「もう少し年増《としま》を狙《ねら》わんか。武士たる者が生娘《きむすめ》に手が出せるか」

さすがの中野求馬がこの言い草にはぷっと吹き出したが、斎藤杢之助の方は目を剥《む》いた。

「お主、猿を使って女を口説くのか」

「そういうこともないではない」

萬右衛門の女癖の悪さは、佐賀でも評判だった。

「だが、猿を使って、とは人聞きがよくない。猿の助けを借りて、と云《い》って欲しいな、うん」

「よくもまあ飼い慣らしたもんだ」

「以心伝心というな」

萬右衛門は澄ましたものである。この男は本来愚鈍に近い直情径行の正直者だが、江戸勤めが長かったせいか、どこか洒脱《しゃだつ》なところがある。どうやらそのあたりに女を惹《ひ》きつける原因があると、求馬は睨《にら》んでいた。図体はあくまで大きく、樽《たる》のような腹をつき出し、上下から押し潰《つぶ》したようなひどいご面相だが、何かの拍子にひどく可愛《かわい》げに見える。確かに生娘より年増にもてる顔だった。

〈己れを知っているな〉

求馬は妙なところで感心した。

「おう、橋が見えた。懐《なつか》しいなァ。斎藤さん、あれが思案橋だよ」

萬右衛門の声が弾んだ。

これは寛永五年十一月、よし町と堀江町の間にかけられた橋のことである。一名わざくれ橋（わざくれは、ままよの意である）、又おやじ橋ともいわれた。吉原《よしわら》の創立者で、おやじの異名をとった庄司甚右衛門がかけたからだ。

三人が目指した場所はこの橋の先にある御免色里、吉原だった。

この吉原は勿論《もちろん》後年山谷《さんや》に設けられた新吉原ではない。後に元吉原と名づけられた元和《げんな》三年創設以来の古い色里である。元北条家の家臣庄司甚右衛門が、京橋の柳町（現堀留二丁目）に二町四方（約二百メートル四方）の土地を拝領し、ここに三方を濠《ほり》で囲んだ御免色里を造ったのがこれだった。この寛永十五年当時は、吉原はまだ夜昼ともに遊ぶことが出来た。昼遊びのみに限定されたのは二年後の寛永十七年だが、この頃《ころ》の吉原の遊客の大半を占めた武士にとっては、どっちみち昼しか遊ぶことは出来なかった。旗本だろうが大藩の藩士だろうが、夜間の外出は禁じられていたからである。世人はこの吉原を悪所《あくしょ》と呼んだ。

吉原に行きたいと云い出したのは萬右衛門である。どうやら江戸勤番の頃は散々通いつめたらしい。折角江戸まで出て来たのに、この懐しい吉原に寄らずに戻っては、男として生きている値打ちがないとまで云い張った。

殿さまからかなりの金子《きんす》を賜わって、懐《ふとこ》ろが温かいのも理由の一つに違いなかった。

杢之助は遊里という場所を全く知らない。佐賀にだって似たような場所はあるが、一度も足を向けたことがない。銭がなかったせいもあるが、何より興味がなかった。どちらかというと嫌悪《けんお》していたと云っていい。

別段女が嫌《きら》いなわけではなく、衆道《しゅどう》の趣味があったわけでもない。銭を払って女を抱くということが、どうにも薄汚れたもののように思えるだけである。行為それ自体ではなく、そうした男の気持が、なんとも陋劣《ろうれつ》なものに思える。すがすがしくない。そんなことのあった翌朝、男は女をどんな顔で見るのだろうかと考えると、ぞっとする。惚《ほ》れた結果ならいい。銭を払うというところが何とも我慢出来ない。銭を払うとは、人を人と認めないことではないか。人と認めない女とどんな顔をして向い合い、どんな言葉を交わすと云うのか。

青臭いと云われ、所詮《しょせん》銭がないからだろうと云われることは、杢之助も承知している。だから求馬にさえ、そんな話はしない。だが大門をくぐりながら、杢之助はひどく困惑していた。矢張り同行するのではなかったと後悔していた。

かぶきもの

事件は向うからやって来た。いや、ぶつかって来た、と云った方が正確かもしれない。

大門をくぐって仲之町の大通り、といってもたかだか幅四間（約七メートル半）の道だが、三人がその大通りを歩きはじめたかはじめないうちに、相撲取りのような軀をした侍が、ぶちかましをかけるような勢いで萬右衛門めがけて突進して来たのである。

萬右衛門は肥えている割に身が軽い。この時も無造作に身をかわした。ぶつかって来た方は派手につんのめって転んだ。別に足をひっかけたわけではない。勢い余って、天然自然に転んだのである。次の瞬間、ぱっとはね起きた大男が、

「無礼者！」

喚《わめ》くなり大刀をひっこぬいた。刃長二尺八寸はあろうと思われる無ぞりの長大刀である。

これだけの刀を一瞬に抜き放つとはいい腕だと、はたで見ていた杢之助は思った。

それにしてもこれは無茶が過ぎる。明らかに自分の方からぶちかましをかけて来て転っておいて、無礼者もないものである。だがそれだけではなかった。

「どうした、金時」

横柄《おうへい》な感じの声がかかって、八人の異様な武士たちが、三人を取り囲んで立った。異様なと云ったのは服装のことだ。八人が八人とも、いや突き当って来た男もいれて九人とも、およそ武士というには遠い服装をしている。全員着流しはまあいいとして、恐ろしく派手な模様の着物を脛《すね》が五、六寸も出るような着付をして、その上に羽織った羽織が着物と同じ丈《たけ》なのである。胸もとからのぞいているのは鉄鎖だ。なんと鎖帷子《かたびら》を着込んでいるのである。明らかに戦闘用のいでたちだった。全員が刀の柄《つか》を棕櫚《しゅろ》で巻いている。これも血ですべらない用意だった。

大男に声をかけた武士は意外に涼しげな顔立をしている。美男といっていい。だが頭は糸《いと》鬢奴《びんやっこ》にし、羽織も着物も鼠地《ねずみじ》に野晒《のざらし》の模様を染めさせたものだ。紋所は右に花切鎌《がま》、左に輪違いをつけている。これが棟梁《とうりょう》らしい。

金時と呼ばれた男が萬右衛門を指さした。

「この猿男が俺《おれ》をつきとばしたんだ」

成程、怒って真赧《まっか》になった顔は、絵で見る坂田の金時に似ていなくもない。そして萬右衛門の肩には、おびえた大猿がしっかりかじりついていた。

棟梁らしい男が、屹《き》っと三人を見た。

「わしは水野出雲守《いずものかみ》成貞だ。お主ら、この男を棕櫚柄組と知っての狼藉《ろうぜき》か」

水野出雲守成貞は、裏三番町に屋敷を持つ三千石の寄合旗本である。この水野家は、もともと徳川家康の母於大《おだい》の方の生家で、従って徳川家の姻戚《いんせき》に当る名家である。当主水野日向《ひゅうが》守勝成は備後《びんご》福山十万石の大名で、出雲守成貞はその三男であり、二代将軍秀忠の小姓をつとめたことがあるという。後に阿波徳島の城主蜂須賀《はちすか》阿波守至鎮《よししげ》の姫君に見染められ、押しかけ花嫁同然に輿入《こしい》りをされたほどの美男だった。ちなみに幡随院長兵衛《ばんずいいんちょうべえ》を殺した水野十郎左衛門は、この成貞の嫡男《ちゃくなん》である。親子二代のはぐれ者ということになる。

〈これが噂《うわさ》に聞く旗本奴というものか〉

杢之助は珍奇な物でも見るように、目を瞠《みは》って水野成貞を見た。白皙《はくせき》の顔にほんのり血が上って、なんともいい男振りだった。

萬右衛門を見ると、こちらは当惑を絵に描《か》いたような顔をして立ちすくんでいる。物を云うのが苦手なところは杢之助と同じだった。

自然に口上《こうじょう》の役は求馬がひきうけることになった。

「我々は何もしておりませんよ。その人が勝手にとび出して来て、勝手に転んだだけだ。狼藉などと云われては迷惑ですな」

求馬の口上は爽《さわ》やかだが、惜しむらくは佐賀の訛《なま》りがある。水野はすぐそれと悟った。軽《けい》蔑《べつ》に口をかすかにゆがめて云った。

「これは佐賀鍋島のお歴々か」

ここまではどうということはなかった。水野は調子に乗って云わなくてもいいことを云った。

「手柄《てがら》にがつがつして閉門とは、なんとも……」

お気の毒な、と云おうとしたのだが、その暇はなかった。

杢之助の抜きつけの一刀が、充分にその胴を斬《き》ったのである。鎖帷子をつけていなかったら間違いなく水野は即死していた筈《はず》である。鎖に助けられてただの打撃に終ったが、それでもあまりの強烈さに、うんとも云わず気絶している。

同時に萬右衛門が金時を斬った。これは真向唐竹割りである。頭蓋《ずがい》から顎《あご》まで斬り割られて、金時は即死した。

求馬は一呼吸遅れて、水野の隣りにいた男の右腕を斬った。

杢之助が左隣りの男の右脚を斬りとばしたのは同時である。

旗本奴たちは心底仰天して、五、六歩後に退《さが》った。

こんな馬鹿なことはなかった。我ひと共に許した無法者たちを、遥《はる》かに上廻《うわまわ》る無法である。自分たちは喧嘩《けんか》を売っただけである。九対三では勝負になるわけがないし、当然詫《わ》びを入れて来るにきまっていた。許してやるかわりにどんな奇妙な条件をのませるか、その辺がこの遊びの面白さなのに、この男たちは一瞬にして生命のやりとりに踏みきった。しかも瞬時に四人が斬られている。彼等はこんな勁悍《けいかん》な剣を見たことも聞いたこともなかった。

だが逃げ出すことは出来ない。ここで逃げたら二度と吉原はおろか江戸の町まで歩けなくなってしまう。男の見栄《みえ》は勇気の根源になりうるということを、この旗本奴たちは証明しようとしていた。遅ればせながら、揃《そろ》って二尺八寸以上の長大刀をすっぱ抜いた。内二人が抜き損って、慌ててやり直した。五人とも若く、合戦の経験がなかった。

杢之助と萬右衛門は、求馬を中心にして、恐れげもなく五人に向っていった。三人とも刀を肩にかつぐようにしている。戦場独特の一撃必殺の刀法である。

『葉隠《はがくれ》』に云う。

『中野神右衛門申し候《そうろう》は「兵法など習ふ事無益なり。目を塞《ふさ》ぎ、一足なりとも踏込みて討たねば役に立たぬものなり」と』

また云う。

『大木前兵部勇気勧《すす》めの事　兵部組中参会の時、諸用済みてよりの話に、「若き衆は随分心掛け、勇気をお嗜《たしな》み候へ。勇気は心さへ附《つ》くれば成る事にて候。刀を打《うち》折れば手にて仕合ひ、手を切落さるれば肩節《かたぶし》にてほぐり（押し）倒し、肩切離さるれば、口にて、首の十や十五は、喰《くい》切り申すべく候」と、毎度申され候由《よし》』

幼時からこんな言葉で育成されて来た男たちの剣がどんなものになるか想像がつくと思う。

それは守りのない剣である。自分は既に死んでいる。死人を守るのは愚かであろう。剣はすべてこれ相手を殺すためにある。体力の尽きるまで斬撃《ざんげき》に次ぐ斬撃を送り続けねばならぬ。これは死人《しびと》の剣だ。死人が目を据《す》えて、ひたすら剣を振って前進して来る様を想像して欲しい。それがこの時の旗本奴たちの印象だった。

この時、早くも周囲をとり巻いた見物人たちの間から、一人の老人がとび出して来なかったら、五人の旗本奴たちは間違いなく死んでいた筈だ。

老人は五十がらみ。齢《とし》にしては恐ろしく頑丈《がんじょう》そうな体軀《たいく》の持主だった。背丈も萬右衛門を越え、目方も同じくらいはありそうだ。町人態《てい》で涼しげな浴衣《ゆかた》がけ。無腰で、ただ一本の鉄《てっ》鞭《むち》を手にしているだけだった。

「もういいだろう。双方、刀を引きなされ」

旗本奴たちは即座に刀を下げた。渡りに舟という感じである。全員、唇《くちびる》までまっ蒼《さお》だった。

萬右衛門と求馬は旗本奴同様刀をおろしたが、杢之助は同じ姿勢のまま前に進んだ。

老人がその前に立った。

「この爺《じじ》いを斬るつもりかね」

杢之助は無言で斬撃を送った。老人を斬りたかったわけではない。一度刀を抜いたら、最後まで斬り伏せる、そう思い定めていただけのことである。間に何が入ろうと斬る。仏が立てば仏を斬り、神が立てば神を斬る。老人といえども容赦はしない。可哀《かわい》そうだなどという感情は、死人には無縁である。

驚くべきことが起った。

老人の鉄鞭が鋭く鳴ったと見る間に、杢之助の大刀が二つに折れてとんだ。間髪をいれず杢之助は脇差《わきざし》を抜き、大きく踏みこんで斬った。

鏘然《そうぜん》と音が鳴った。脇差も折れた。

杢之助はそのまま突っこみ、老人の常人の倍はありそうな首に手をかけた。しめあげた。

だがその前に老人の左拳《ひだりこぶし》が正確に杢之助の水月《みぞおち》を突き、杢之助は気を失っていた。気を失いながらも杢之助の手は万力の強さで老人の首をしめあげている。老人はその手を摑《つか》んで、なんとか引きはがした。同時に杢之助はうつむけに倒れた。

老人は咳《せ》きこみながら首をさすった。杢之助の指の痕《あと》が紫色に残っている。

「なんて奴だ」

老人が誰にともなく云った。声が掠《かす》れている。

「なんともとんでもない男だぜ」

声の中に畏《おそ》れがあった。

亡《ぼう》八《はち》

失神から醒《さ》めると、どこかの二階座敷だった。

まわり廊下の向うが開け放たれていて、いい風が入って来る。

「ここはどこだ」

起き上りながら訊《き》くと萬右衛門が応《こた》えてくれた。

「西田屋の二階座敷じゃ。格子《こうし》がないんで、太夫《たゆう》の道中がよく見える」

はしゃいでいると云ってもいい。

杢之助は眉《まゆ》を顰《しか》め、腰をさぐった。刀がない。

「そうか。脇差まで折られちまったんだ」

「恐ろしい爺さまだな、あれは。元は北条の武将だというが、満更嘘《うそ》でもなさそうだ」

求馬が感心したように首を振った。

「何者だ、あの老人」

「庄司甚右衛門。この店の主で、吉原の惣名主《そうなぬし》だ」

萬右衛門がぴたぴたと首筋を叩《たた》きながら云った。

杢之助だって庄司甚右衛門の名は聞いたことがある。元の名は庄司甚内。天正十八年、北条氏滅亡と共に武士を捨て、東海道吉原宿で遊女屋稼業《かぎよう》をはじめたという変った男だ。やがて江戸に下り、元誓願寺辺で同じ亡八《ぼうはち》稼業を続けていたが、江戸中の遊女屋の統合をはかり、慶長年間から御免色里の許可願いを出すこと三度、ようやく元和三年に許可されて、翌元和四年からこの土地に江戸で唯一《ゆいいつ》の御免色里を開いたと云う。

「あの爺さま、いくつだと思う」

求馬が訊いた。

「五十というところか」

杢之助が答えると、のけぞるようにして笑った。

「六十三だぞ、六十三。本人が云うんだから間違いない」

「六十三？」

信じられなかった。下手をすれば四十台でも通りそうな若さなのである。もっとも北条氏の武将だったと云うのが事実なら、そのくらいでなくてはおかしい。

「よほど鍛えた軀《からだ》だな。まるで石にぶつかったような手ごたえだったよ」

首をしめるためにとびかかった時の、甚右衛門の手ごたえを思い出しながら、杢之助は云った。自分が負けたことは確かだが、奇妙にも口惜《くや》しさはなかった。何故《なぜ》か当然だという気がする。

「妙なのにぶつかったもんだな」

それが杢之助のたった一つの恨みごとだった。

「水を浴びたいな」

汗もかいていたが、これはそのためではない。今のうちに身を潔《きよ》めておきたかったのである。自分が二人、求馬と萬右衛門が一人ずつ人を斬っている。しかも直参《じきさん》旗本をである。萬右衛門の斬った相手が確実に死んでいることを、杢之助は眼《め》で見なくても知っていた。

将軍家のお膝元《ひざもと》で、将軍家の直臣を四人も斬って無事に済むわけがない。捕吏が来るまでに手早く腹を切らねばならない。お家に迷惑をかけぬためにも、急ぐ必要があった。軀を潔めるのはそのためだった。

「下に湯があるぞ。俺はもうつかって来た。花魁《おいらん》が二人いてな。いやァ、いい軀だった。眼福をしたよ」

萬右衛門が舌なめずりせんばかりの表情で云う。

「馬鹿をいえ。そんな白粉《おしろい》臭い湯につかれるか」

李之助が一喝《いっかつ》したが、てんでこたえた様子がない。

「白粉臭いところがなんともいえずいいんじゃないか。お主はいい男だが、女についてはからっきしだな。困ったもんだ」

「俺は少しも困らないよ」

云い捨てて李之助は立った。見たこともない馬鹿でかい階段を降り、通りがかりの可愛《かわい》い女の子に井戸のありかを訊く。この少女が禿《かむろ》と呼ばれる太夫の付人であることなど、李之助は全く知らない。

教えられた井戸端にゆくと、素ッ裸になって何杯も水を浴びた。水質はあまりよくない。口に含んでみたが甘みが足りず、ざらっとした感じがある。この時だけ、郷里《くに》で死ねたらよかったのに、と思い、ちらりとお勇の顔が脳裏を掠めた。

下帯は今朝切ったばかりなので心配はいらない。鍋島武士はいつでも死ぬ用意だけは出来ている。だが……。

李之助ははたと当惑した。脇差を折られたのを思い出したのである。刀自身はどうでもよかった。大小とも吉原へ来るために借りたものである。李之助の肥前忠吉《ひぜんただよし》は、槍の穂ともども杖《つえ》の中に仕込まれている。明日はまた僧形で郷里《くに》へ立つつもりだった。

腹を切る刀がない。出来れば肥前忠吉で切りたかった。まだ切れ味を確かめていないのである。だがまさか佐賀藩下屋敷に人をやって、忠吉をとりよせることも出来まい。

李之助は深い溜息《ためいき》をついた。諦《あきら》めて求馬の大刀を借りようと決めたのである。

座敷へ戻ったらすぐ求馬に頼むつもりでいたのがいいそびれた。

例の老人が来ていたためだ。

庄司甚右衛門は杢之助の顔を見ると、壮者のように笑った。からっとした、男らしい、いい笑いだった。

「やあ、一番の悪《わる》が来たな」

杢之助はむっとした。悪とはなんだ。だが思い返してみると、自分はこの老人をわけもなく斬ろうとしたのである。自分としては邪魔物をどけようと思っただけのことなのだが、向うにして見れば、狂人かと思ったに相違ない。たまたま老人の腕が立ったから何事もなくすんだようなものの、並の老人なら死んでいた筈だ。これでは悪といわれても仕方がない。杢之助は苦笑した。

だが老人の悪と云った意味は全く違った。

「これをどうしてくれるんだよ、ええ」

顔を仰向けて咽喉首《のどくび》を見せた。杢之助の指の痕が黒く染《し》みついている。

「女たちに、どういいわけすりゃいいんだと、訊いてるんだよ」

杢之助には何のことやら不明である。求馬も怪訝《けげん》な顔をしていた。萬右衛門だけが即座に理解したらしく、にたにたしながら解説してくれた。

「おしげりの極みに、首をしめる女がいるんだな。庄司殿は他の女どもに、それと思われるのを畏《おそ》れていられるのだよ」

李之助と求馬は茫然《ぼうぜん》と顔を見合せた。おしげりが男女の情交を現す廓言葉《くるわ》だぐらいは察しがつく。だがそれ以上は二人の理解を越えた。到底尋常の男女の営みとは思えなかった。それにその異常な営みの話が当年六十三歳の老人の口から、生《な》ま生《な》ましく語られたことに衝撃があった。

老人は忽《たち》ちそれを悟った。

「こりゃあ悪かった。通じない冗談をいっちまった」

「驚きました」

求馬が素直に云った。

「死ぬ前に思いもかけぬことを習いました。生れ変ったら、今度こそ一番に吉原へ駆けつけることにします。知らぬことが山ほどありそうですから」

「死ぬ？」

老人が一瞬真顔になった。

「どうして死ぬんだね？」

求馬も李之助もまたもや呆《あき》れ返った。この老人はとぼけているのではないか。吉原の惣名主を勤める身で、武士社会のならわしをまさか知らない筈《はず》はなかった。

「一人は死んだ筈です」

求馬はそれだけ云った。これで分らなければ、この老人は阿呆《あほう》である。

「ああ、あのことか」

　老人はにこりと笑った。

「確かに一人死んだ。即死だったね。腕をやられたのと脚を切られたのは、五分五分というところかね。手当が早かったから、失血はたいしたことはなかったんだが、どうも季節が悪い。膿《うみ》さえもたなきゃ助かるって医者は云ってるが……」

　どうやら今まで怪我《けが》人たちとつき合っていたらしい口ぶりである。

「棟梁《とうりよう》らしい男は？」

　杢之助が初めて訊いた。鎖帷子《かたびら》が切れなかったことは、自分でも感じている。これは確認のための質問だった。

「ひどい痣《あざ》になってたよ。打身が十日は痛むだろうって話だ。鎖帷子が半分以上切られていたな。たいした腕だ」

　感嘆するように杢之助を見た。

「不覚でした」

　杢之助はそう呟《つぶや》いただけである。いくら咄嗟《とつさ》のこととは云え、鎖帷子に気づいていながら胴を払ったのは間違いである。あれが胴丸だったら、こちらの刀は折れているところだ。不覚としか云いようがなかった。

「人一人殺した以上は……」

　求馬がいいかけるのを、老人が手を振って遮《さえぎ》った。

「いいんだ、そりゃあ」

今度は萬右衛門までが不審な顔になった。

「よくはないと思います」

求馬がきっぱりと云った。妙な慰めを云われてはたまったものではない。

「お前さん方、本当に吉原を知らないようだね」

老人が漸《ようや》く本気になって云う。

「色町の喧嘩《けんか》で死んだ奴《やつ》ァ、死に損ってきまりなんだよ」

これは御免色里に与えられた一種の特権だった。だがさすがに制度の確立と共に問題になったらしく、明暦三年の吉原移転以後にこの不文律はない。元吉原の、それも寛永期の終り頃までのことだったようだ。

李之助たち三人が、よほど驚いた顔をしたらしく、老人はさらに細かく講釈をしてくれた。

「よく考えてごらん。その方が斬った側にも斬られた側にもいいんだよ。たとえば今日死んだ金時ってお人だがね、ありゃァ、実はさるお旗本の三男坊だ。それが仲之町の喧嘩で斬られたと届けが出たら、どういう騒ぎになると思う?」

当主である親は身内不取締ということで改易《かいえき》、下手《へた》をすると切腹である。更に当然一緒にいた連中も取調べを受け、名門水野家はじめ八家の旗本はおとりつぶし、本人たちは切腹になる。部屋住みの者は親まで切腹させられかねないのは、金時の場合と同様である。

「お前さま方の方だって同じことだ。腹を切れば終りってもんじゃない。どこかの殿さまもお咎《とが》めをうけるだろうし、そうなればお前さま方の親兄弟も無事にはすむまい」

そうしたごたごたを考えて見れば、喧嘩の死は死に損とする方が、遥《はる》かに合理的ではないか。勿論《もちろん》、死体は親元に極秘裡《り》に送り、お上《かみ》には病死の届けが出される。怪我人も同様、病気中の届けが出され、手足を失った場合は、当主並びに嫡男《ちゃくなん》なら後継ぎを立て、本人は隠居ということになる。これで誰一人傷つかずに愚か者の処理が出来る。

「仲之町で働いている者や堅気のお百姓・町人が斬られた時は、そうはいかない。お上に届け出てあくまで公正な結着をつけていただく」

老人はきっぱりと云った。死に損は喧嘩の場合に限る。無法な殺人には適用されない、と云うのだ。弱い者への肩入れがはっきり表情にまで出ていて、老人をひどく頼もしげに見せていた。

求馬は無意識に大きな溜息をついた。生命《いのち》を拾ったと思ったのだ。犬死をせずにすんだ。

杢之助と萬右衛門を見ると、別段どういうこともない顔をしている。この二人にとって、犬死などというものはないのだ。犬死という言葉には、価値観が含まれている。何をもって犬死と云い、何をもって犬死でないと云うのか。それはその人間の判断による。要するにそれは計算であり、損得ということになる。

『武士道といふは、死ぬ事と見附けたり。二つ二つの場にて、早く死ぬ方に片附くばかりなり。別に仔細《しさい》なし。胸すわつて進むなり。図に当らぬは犬死などといふ事は、上方風の打上《うちあが》りたる武道なるべし。二つ二つの場にて、図に当るやうにするは及ばぬ事なり。我人《われひと》、生くる方が好きなり。多分好きの方に理が附くべし。若《も》し図にはづれて生きたらば腰抜なり。この境《さかい》危きなり。図にはづれて死にたらば、犬死気違ひなり。恥《はじ》にはならず。これが武道に丈夫なり。毎朝毎夕、改めては死に改めては死に、常住死身《しにみ》になりて居る時は、武道に自由を得、一生落度なく、家職を仕果《しおお》すべきなり』

これは余りにも有名な『葉隠』の一節である。佐賀鍋島の武士のこころざしたものは、この大小を問わず、理由の正逆を問わず、一瞬に己れのすべてを賭《か》けて悔いることがない。こ

『犬死気違ひ』になることだった。李之助と萬右衛門の二人には、明らかにそれがある。こ

正に勁烈《けいれつ》としかいいようのない生きざまである。だからこそこの二人は、今、突然切腹する必要がなくなっても、眉毛一本動かさない。そんなものか、と思うだけなのだ。生命を捨てることが別段どうと云うことでもない以上、不思議に生命を拾うこともまた、別段どうと云うことではあるまい。思わずほっと安堵《あんど》の溜息を洩《も》らした求馬の方が、佐賀鍋島の士風にはずれているということになる。

〈いやになるほど見事な奴等だ〉

求馬は李之助と萬右衛門を認め、己れを恥じながらも、どこかで、

「そりゃァ違うぞ」

という声を聞いていた。李之助たちはそれでいい。だが俺は違う。はっきり云えばその声はそう云っているのだった。その声に聞き覚えがある。死んだ父親の声だった。

「すまんが、わしがところには太夫《たゆう》は一人しかおらんのだよ。あとは端《はし》ばかりでな」

庄司甚右衛門があまりすまなそうでもない声で云った。

局《つぼね》 女 郎

寛永期の花魁《おいらん》の序列は太夫・格子《こうし》・端の三種で、この端女郎が局女郎と呼ばれた頃である。局女郎は花魁の中では最下級に属するが、後年の切見世《きりみせ》の女たちとは違う。いわゆる河岸の切見世でちょんの間の切り売り専門だった売女《ばいた》ではない。当時大見世といわれた大三浦屋や三浦屋にも、この端女郎つまり局女郎はいたのがその証拠であろう。

ちなみに『あづま物語』によれば、大三浦屋抱えの太夫は七人、格子が二人、端女郎は四人である。これに対して庄司甚右衛門の西田屋には、太夫一人、端女郎九人と書かれてある。甚右衛門は死ぬまで吉原の惣名主を勤めたが、店の方はそれほどの大店《おおだな》ではなかったようだ。甚右衛門が商《あきない》に熱心でなかったのか、或《ある》いは独自の考え方があったのか、文献上では不明である。

だが場所は一等地だった。大門をくぐってすぐ右側の、江戸町一丁目の角にある。

甚右衛門はよほど三人が気に入ったらしく、うちで遊んでゆけと云ってきかなかった。

「もっとも……」

甚右衛門がにかっと笑った。

「太夫というのは格別の女でね。買われる女じゃないんだ。自分から売る女なんだよ」

　これは本人の意志の問題である。吉原の太夫は断じて売女ではなかった。一流の学問、伎《ぎ》芸《げい》を身につけた、当代一流の女だった。彼女たちは一切化粧をしない。常に素顔である。買われる身ではないのだから、これは当然だった。太夫は客とつき合うだけである。つき合って客が気に入れば、恋をする。恋をすれば寝ることもある。だが気に入らなければ、どれだけ金を積まれようと断乎《だんこ》として振るのである。高い金はとったが、それはいわばつき合い料であり、人肉代ではなかった。江戸吉原の太夫のいわゆる『張り』はここから来ている。

「だから惚《ほ》れ合わねえ限り、ちっとも面白い女じゃねえ」

　初回・裏・馴染《なじみ》の三段階があり、いくら気に入った客でも、この馴染の段階に達しなければ指も触らせないのが太夫である。初回と裏が儀式のように面白味のないものだったことは、多くの川柳が証明している。その面白くない場を面白くするのが、いわば遊客の腕だったわけだが、これは遊びに慣れ切った男に初めて可能なことであり、杢之助たちのような野暮天に求めることは無理である。

「だからうちじゃ端女郎を沢山抱えるようにしてるんだ。太夫は店の格づけのためのようなもんでね」

　これが甚右衛門の真意だった。そして明日佐賀に旅立つ男に太夫はむかないというのも、また事実だった。

太夫・格子とその店で遊ぶことが出来ない。必ず揚屋《あげや》という所に呼び、そこで遊ぶのである。酒を飲むのも寝るのも揚屋でだった。

端女郎は違う。初期、格子と端の区別がなかった頃は格別として、局女郎としてはっきり格子の下に位置してからは、問題の局が遊女屋の中に作られたから、客は遊女屋で遊ぶしかない。揚屋にゆかない分だけでも、端女郎の方が割安だったようだ。

西田屋二階座敷で繰りひろげられたこの日の宴席は破天荒なものだった。局女郎は三人だが、新造・禿など手のすいている者は残らずかき集められ、飲めや唄《うた》えやのどんちゃん騒ぎになったのである。女郎代金のほかは、すべてこれ甚右衛門の振舞いである。甚右衛門自らも立って、陽気な傀儡《くぐつ》舞いを踊ってみせた。大猿《おおざる》が宴席の空気に浮かれて、甚右衛門のあとをついて、同じ手振りで踊り、そのまたあとを、容貌魁偉《ようぼうかいい》の萬右衛門が大猿を真似て踊りだすと、やんやの拍手となり、禿たちは転げ廻って笑った。

さすが色里嫌《ぎら》いの杢之助が、

「成程。これが吉原か」

と呟いたほど、楽しく盛り上った宴だった。

もっとも杢之助の感慨は誤りである。吉原がいつもこんなに面白いわけではない。これは庄司甚右衛門という遊びの天才が仕切ったからこその面白さだった。そして甚右衛門をそんな気持にさせたのは、ほかならぬ彼等自身だった。

甚右衛門は完全にこの三人に惚《ほ》れたのである。特に斎藤杢之助にぞっこんだった。大刀を折られ、脇差を折られて尚、その大きな手の力で危く甚右衛門の首を折りかけた凄まじさがいい。失神から醒《さ》めると直ちに水をかぶり、当然のように切腹の支度にかかったいさぎよさもよかった。最後に腹を切る必要がないと分った時も恬然《てんぜん》として些《いささ》かの動揺も示さなかった態度はどうだ。杢之助は明日のない今日を生きる男である。たとえそれが愚劣な喧嘩にすぎなかろうと、今日只今《ただいま》に己れの全存在を賭けて決して悔いることのない男である。だからこそ生にも死にも恬然としていられるのではないか。

その凄愴《せいそう》ともいうべき杢之助の生きざまを、甚右衛門は確実に感じとった。久しぶりに血が騒いだ。自分も嘗《かつ》ては杢之助のように、常に死と隣り合わせて生きていた。傀儡一族の長《おさ》という責任がなかったら、甚右衛門はとうに死んでいた筈である。その頃の切迫した日々の生きざまが、鮮やかに胸の中に甦《よみが》えって来た。じっとしていられない、突き上げるような昂《こう》揚《よう》感があった。俺《おれ》だってまだまだ戦える。この世も満更捨てたものではない。六十三歳の老人の胸の中に、これだけの思いを甦えらせてくれた男に惚れるなと云っても無理だった。それがこの狂ったような大盤振舞いの理由だった。

お引けの刻限になった。萬右衛門も求馬もそれぞれの敵娼《あいかた》に手を引かれて局の中に消えていった。

杢之助にとって最も困る事態である。

杢之助の敵娼はおせんと云った。ひどく小《こ》柄《がら》で、そのくせ肉がぎっちりつまった感じの女である。肥えているという程ではないが、尻《しり》の肉などもっこり盛り上って、かぶりつきたいような肉づきだった。寛闊《かんかつ》な着衣の上からでさえそれが感じとれるのだから、たいした軀《からだ》だった。突つけばぱちんと音をたてて破れそうな、張りつめた肌《はだ》をしている。北国の出か、色が驚くほど白い。

そのおせんが杢之助の手をとって誘った。

杢之助の方はこの座敷で朝まで飲んでいたいのだが、それでは店の手前、おせんが困ることになるのは、なんとなく分る。

誘われるままに立った。

甚右衛門は酔いつぶれて、禿の膝《ひざ》を枕《まくら》に正体もなく眠りこけている。

杢之助はその方へ叮寧《ていねい》に一礼すると、おせんの局の方へ曳《ひ》かれていった。

眠りこけていた筈の甚右衛門の眼がぱちっと開いた。怪訝《けげん》そうにおせんの局の方を見、困ったように首を振った。

思った通り悶着《もんちゃく》が起きた。

おせんが声を忍んで泣きだした。

「いやならいやと初めに云ってくれたらいいのに。そうすればいくらでも敵娼を代えられたのに」

これを花魁言葉でくどくどと云う。

いくら気に入ってはいるのだと強調しても、おせんは納得してくれない。それはそうだろう。吉原へ来て、気に入った女と床につかない、などと云う話は聞いたことがない。

杢之助は文字通り大汗をかいていた。

気に入ったということと、惚れたということは全く別物であり、自分は不幸にして惚れた相手としか軀をまじえることの出来ない偏屈な男なのだと、誠心誠意、縷々《るる》として述べ立てた。どこかでそんな己れを滑稽《こっけい》きわまりないと貶《さげす》んでいる眼があったし、たかがゆきずりの女に何をむきになって、という声も聞こえて来るのだが、杢之助は誤魔化すことの下手な男である。喋《しゃべ》ることの苦手な男が、つかえつかえ、顎《あご》の先から汗をぽとぽと落しながら、ほとんど必死になって説得しようとしている。

おせんは内心呆《あき》れ返っていた。野暮の中でもこんなぶきっちょなのは珍しい。女郎は別に寝なくてもいいのである。軀を変になぶられることもなく、一晩ぐっすり眠らせてくれるのなら、こんないい客はいないのだった。泣いてみせたのは勿論空涙《そらなみだ》である。この人は本当に女郎の手管ってものを知らないいんだろうか。

汗をぽとぽとたらしている生真面目《きまじめ》な顔を見ると、そうとしか考えられない。ついからかってやりたくなった。

「ご内儀に惚れてるってわけ？」

「まあそういうことだ」

ぬけぬけと云ってのけたものである。少々癪《しゃく》にさわって来た。

「ご内儀だけ？　本当にご内儀一人なの？」

杢之助が困ったように黙りこんでいる。

「嘘《うそ》を云っちゃいや。嘘ついたら、また泣いてやるから」

「泣くのは勘忍《かんにん》してくれ」

「じゃァちゃんと云って。惚れているのは、ご内儀だけ？」

「いや」

遂《つい》に云ってしまった。

死ぬまで色にも出さず秘めておこうと思った大事を、ゆきずりの花魁に打明けてしまいたくなるとは、人間の心はどういう風に出来ているのだろうか。ゆきずりの相手だからこそ打明けてみたい秘事を、人は誰でも抱えているのではないか。そしてその種の秘事のきき役と云うのが、古来から遊女の本質的な役割だったのではないか。巫女《みこ》が遊女の源《みなもと》だったという説も、そこから導き出されて来たのではないか。

実はこの時、杢之助は遊女と云うものの本質、今日でいう『聖遊女』説のすぐ近くまで感じていたのだが、本人はそんなこととは夢にも知るまい。

杢之助はただ憑《つ》かれたように喋ってしまっただけである。

「もっとよ。もっと高く。もっと。もっと」

杢之助は自分の頭を踏んで立っている足を摑《つか》んで、更に高く持ち上げようとしていた。少女の軀は軽かったが、腕だけの力では仲々持ち上らない。それに少女を支えるのもその二本の腕だけなのだ。平衡をとるのが何より難かしかった。

「もう少し。もう少し。あっ、届いた」

危く揺れていた少女の軀が一時安定した。枝を摑んだのである。

「上を見ちゃ駄目《だめ》」

確かめようとして上を向いた途端に、鋭い声が降って来た。慌《あわ》ててうつむいたが、胸の動《どう》悸《き》が急に早く大きくなる。一瞬に見えたものが目の奥にしっかり焼きついてしまった。滑らかで真白な肉の間の桃色の割れ目。ふっくらした二つの丘の間に、桃色の小さな突起物があった……。なんとも可愛《かわい》く、美しかった。

思わず軀が慄《ふる》えた。手にも慄えが伝わる。

「動いちゃ駄目。おっことしたいの、あたしを」

歯をかみしめて、慄えをとめた。渾身《こんしん》の力を腕に集める。ほとんど限界だった。

「左へひと足」

ひと足、横へよる。顔から汗が吹き出す。

「もうひと足」

少女はせっせと柿《かき》をもいでは懐《ふとこ》ろにつめこんでいた。左の枝にはまだたわわに熟した果実があるのだった。

「もうもたん」

「なによ、もう少しなのに」

「力がなくなる。降りてくれ」

少女の足が頭を踏み、次いで肩を踏むと下へ跳んだ。顔をつき合せた。息を切らしている。

「意気地なし」

ぴしりと云った。

「六つしかとれなかったじゃないの」

「すまん」

素直に頭を下げた。

少女の眼が濡《ぬ》れたようにきらきら光っている。

「見たでしょ」

断定だった。

「何を……」

声を呑《の》んだ。桃色の小さな突起物が脳裏を掠《かす》める。ごくんと唾《つば》を呑んだ。

「見たんでしょ」

「見るもんか」

「嘘！　見たのよ。正直に云いなさい」

「見た」

ぱちんと頰《ほお》を張られた。でも少女は怒っているわけではなかった。

「いや」

「どうして？　昨日は泳いだじゃないか」

眩《まぶ》しい夏の日。嘉瀬川の河原だった。

李之助は褌《ふんどし》もしめない丸裸で、もう水の中にいる。浅瀬に少女がいた。暑いのに着物を着たままだ。昨日までは平気で裸になったのに。ちょっぴり盛上った胸のふくらみが、どきどきするほど美しかった。

「おいでよ」

「昨日は今日じゃないわ」

「変だなあ」

本気で首をひねった。

「もう子供じゃないのよ、あたし」

いうなりぱっと赧《あか》くなった。いきなり走り出した。走る形もおかしい。昨日までの小鹿《こじか》のようにしなやかな、大股《おおまた》の走り方ではない。なんだか縮こまったようだった。

「変だなあ」

もう一度、首をひねった。

「それで？」

おせんが訊《き》く。

「それっきりだ。その年の暮、わしの家はつぶれたんでね」

「根っきり葉っきりそれでおしまい？」

「ああ」

「今はどうしてるの、その人？」

「友人の内儀になった」

婚礼の晩のことを、杢之助は鮮明に覚えている。短かい花嫁行列を、遠く離れて追っていった。提灯《ちょうちん》の列が狐火《きつねび》のように見えた。ぞっとするような喪失感があった。

〈あんたのためなら、なんでもするよ、お愛さん〉

闇《やみ》の中を歩きながらそう誓った。

少女の名は愛。中野求馬の妻だった。

それが杢之助が絶対に求馬の屋敷に行かない理由だった。

「その人、知ってるの、あんたの気持？」

「知るわけがない」

「知らせる気はないの？」

「ないな」

「そんな、馬鹿々々しいじゃないの」

「そうかな」

「馬鹿々々しいわよ。聞いてるだけで、じれったくて胆《きも》が煮えるわ」

李之助は微笑《わら》った。何か永いこと背負い続けて来た大きな荷物をおろしたような、すがすがしさがあった。

「聞いてくれて有難う」

心の底から礼を云った。おせんは鼻を鳴らして立った。

「お酒もって来るわ」


呑み明かして空が薄明るくなった時、おせんがぽつんと云った。

「あたしにもそんな男がいたらいいなぁ」

「いるかもしれないよ」

「そうね。気がつかないだけね。あたし、鈍だから」

一瞬だが、おせんの顔が倖《しあわ》せそうに耀《かがや》いた。

首《くび》　代《だい》

李之助たち三人が大門を出たのは明け六つ（午前六時）である。

李之助と萬右衛門は下屋敷で僧形になり、すぐ旅立つつもりだった。

思案橋を渡りかけて、李之助が足をとめた。

「萬右衛門。お主の大脇差《おおわきざし》を貸してくれ」

杢之助は一応大小を差しているが、これはみせかけだけである。二本とも鞘《さや》の中で折れている。使い物にならなかった。

「どうした？」

萬右衛門が大脇差を鞘ごと抜きながら訊いた。

杢之助は無言で大脇差を抜き、腰に下げた袋から小さな荒砥石《あらといし》をとり出して、寝刃《ねたば》を合わせはじめた。寝刃を合わせるとは、砥石などで刃の部分をざらざらにすることである。ざらざらの刃は摩擦力が強くなり、滑らかな刃より格段に切れ味を増す。

これは明らかに戦闘準備である。

求馬と萬右衛門はぎょっとして周囲を見渡した。二人とも杢之助の獣のような勘を信じている。よく見ると、そこかしこの物蔭《ものかげ》に派手な衣裳《いしょう》がちらちらとしていた。旗本奴に違いなかった。

「すんだら俺にも貸してくれ」

求馬がいまいましそうに云った。

「話がうますぎると思ったよ。結局はこれか」

庄司甚右衛門にひっかかったような口ぶりだった。

「老人を疑うのはよせ」

杢之助が砥石を渡しながら云った。

萬右衛門は自分の砥石で、せっせと大刀の寝刃を合わせている。

大門を出て来かけた朝帰りの客が、この異様な光景に慌てて引返していった。

「面番所《めんばんしょ》には同心が詰めている筈《はず》だが……」

求馬が大門を見る。大門の左手は面番所になっていて、昼夜二人ずつの隠密《おんみつ》同心が交替で詰めることになっている。かなりの数の岡っ引もいる筈なのに、今は一人の姿も見えない。

「何事も鼻薬の御時世だ」

萬右衛門は寝刃を合わせ終え、刀の下緒《さげお》をはずして襷《たすき》を掛けながら云う。

ありそうな話だった。それにたった二人では隠密同心もこれだけの旗本奴を抑えることは出来まい。物蔭から現れ、思案橋に近づいて来る旗本奴の数は二十人を数えた。

中央にいるのは水野成貞である。昨日と同様鎖帷子《かたびら》を着込んでいた。

昨日に懲《こ》りたのか、充分の距離をおいて立ちどまった。

「さっさと橋を渡ったらどうだ。臆《おく》したか」

水野が喚《わめ》いた。

「ここで結構だ。そっちからおいで」

普段はろくに喋れない萬右衛門の口が、喧嘩《けんか》となると奇妙に滑らかになる。大猿を欄干の上に置いた。

橋は狭く大人数が一時に渡ることは出来ない。だからこそ杢之助はここでとまったのだ。

水野はじめ旗本奴全員が一斉《いっせい》に抜刀した。さながら白刃の林である。

その林がゆっくりと橋に向って来る。

杢之助たちも刀をかついだ。いつもの突進の構えである。大門の中に逃げ込む気は全くない。橋の上の方が戦いやすいからだ。

不意に背後から声がかかった。

「ごめんなさいよ。ちょっと通しちゃくれませんか」

聞き覚えのある声に振り返ると、庄司甚右衛門だった。にこにこ笑っている。ひどく機嫌《きげん》がよさそうだった。

杢之助たち三人は何となくばつが悪く、あっさり甚右衛門を通してしまった。

気が付くと今日の甚右衛門は例の鉄鞭《てつむち》でなく、恐ろしく長い刀を左手に提《さ》げている。そのまま橋の袂《たもと》までゆくと足をとめた。

「困りますなァ、水野さま。どうもこれではお約束が違うようで……」

依然機嫌のいい声である。

「亡八者相手の約束など無いも同然」

水野が嘯《うそぶ》いた。

「生憎《あいにく》でしたねえ。亡八の約束にゃ、生命が懸かってましてねぇ」

「勝手に懸けたらよかろう。お前の生命だ」

「あんたの生命もですよ」

すらりと長刀を抜いた。

李之助たちが瞠目《どうもく》した。これは唐剣《とうけん》だったのである。唐剣を使う以上、甚右衛門は唐《から》剣法を使うということになる。

「正気か、甚右衛門。こちらは二十人いるんだぞ」

水野が動揺しながらも恫喝《どうかつ》した。

「こちらは五十人なんですね」

甚右衛門が唐剣をまっすぐ天に向って上げた。

李之助たちは己れの眼を疑った。どこに伏せていたのか、全く気配も見せなかった夥《おびただ》しい数の男たちが、一斉に立って旗本奴たちをとり囲んだのである。その数四十。大門からも十人近い男がとび出して来て、甚右衛門をかばうように並んだ。いずれも職人か商人態だが一様に大脇差を帯び、半弓に矢をつがえていた。その半弓が水野たちに向って引きしぼられた。

これは首代《くびだい》と呼ばれる、吉原のいくさ人である。普段は何もすることがなく、廓《くるわ》の中をぶらぶらしているが、一朝ことある時は忽《たちま》ち剽悍《ひょうかん》無比の戦士に変る。

水野が蒼白《そうはく》になった。

「わ、われらは徳川家《とくせんけ》お旗本だぞ、甚右衛門！　二十人のお旗本を殺して無事にすむと思うか！　全員引き廻しの上、はりつけ獄門はまぬがれんぞ！」

甚右衛門は悠然《ゆうぜん》と首代たちに声をかけた。

「おい。今月の獄門役は誰だっけ？」

忽ち五人の首代が一歩進み出て名を名乗った。

甚右衛門がにたりと水野に笑いかけた。

「今月はこの五人がお町に自訴して出ることになってましてね。何も彼《か》も五人でひっかぶって、はりつけ柱に登るってわけで。そうだな、おい」

また首代に問い掛ける。先刻の五人があっさりその言葉を肯定してみせた。五人とも顔色ひとつ変えない。当り前のことをするだけだといった様子だった。

「というわけでして。安心して死んでいただきますよ」

唐剣がさっと振りおろされた。同時に五十の半弓が一斉に矢を放った。

まさかと思ったことが、現実になった。二十人の旗本奴のうち、八人が矢をうけて斃《たお》れた。

甚右衛門の唐剣がふたたび上る。二の矢が弦にかけられ、ひきしぼられた。

「やめてくれ！　謝る！　約定は守る！」

水野が地べたに這《は》いつくばって喚いた。全身がおこりのように震えている。

「さて、どうしますかね。お侍さまの約束はあてになりませんからねえ」

甚右衛門がのんびりした調子で応えた。

第四話

伯《はく》庵《あん》

その噂《うわさ》が佐賀藩江戸屋敷に拡《ひろ》がったのは、寛永十五年も秋たけなわの頃《ころ》である。

四年前の寛永十一年と三年前の寛永十二年の二回、公儀に対して龍造寺《りゅうぞうじ》家再興の執拗《しつよう》な訴えを繰り返し起した龍造寺伯庵が、又ぞろせっせと松平伊豆守信綱の屋敷に通いだしたと云《い》うのである。

「この度は時が時だけに、お家にはちと分《ぶ》の悪いことになるやもしれませぬ」

佐賀藩江戸留守居役の土山五郎兵衛が勝茂にそういうのを、中野求馬は襖《ふすま》越しに聞いている。留守居役とは今でいう外交官である。

「放っておけ。構えて手を出すな」

勝茂は不機嫌《ふきげん》に云った。

「しかし、相手が伊豆守さまでは……」

「だから放っておけと云うのだ。今の伊豆守の立場で鍋島家に何が出来る。伯庵はとんだ阿《あ》呆《ほう》だ」

島原合戦の軍令違反を理由に、遮二無二《しゃにむに》鍋島家を罪に落そうとしたのは、余人ではない、松平信綱である。これは天下に知れ渡った事実だ。その結果、勝茂は無期限の閉門と江戸桜田屋敷に蟄居《ちっきょ》という罰を受けて、国許《くにもと》にも帰れないでいるわけだが、それだけに伊豆守信綱は滅多なことは出来ない状態にある。

この上鍋島を痛めつけるような挙にでれば、依怙《えこ》の沙汰《さた》といわれ、私憤を晴らすものだと評されることが目に見えているからだ。今も昔も、官僚の地位はこの手の評判には弱い。それでなくても老中としての信綱の地位は危い瀬を渡っている。当代随一の切れ者という評価は、武士社会では味方を作りにくくする働きしかない。信綱は老中の中では一人浮き上っている感じがある。

誰よりも信綱本人が、そのことを痛感している。そんな信綱がこの時期に伯庵の訴えをとり上げるわけがなかった。

勝茂は信綱の気持を読み切っている。だから伯庵を阿呆だと云ったのだ。

だが次の間で聞いていた求馬は首をかしげた。求馬は伯庵を知っている。そして求馬の知る伯庵は絶対に阿呆ではなかった。むしろ途方もない智恵者《ちえ》であり、時に口を利《き》くのもいやになるような策士だった。その伯庵が明らかに無駄《むだ》と分る運動をするわけがない。

〈何かある。何かとんでもない策があるに違いない〉

考えれば考えるほど、胸が騒いで来た。

龍造寺伯庵は、求馬が知り合った時、佐賀城下鬼丸の宝琳院という寺の住職だった。六年も昔のことだ。伯庵は齢《とし》もまだ二十代で、白皙《はくせき》という言葉がぴったりする、色の抜けるように白い、秀《ひい》でた額をした痩身《そうしん》の小男だった。病身らしい繊細で智的な顔立ちで、眼《め》が異常なほど澄んでいる。一見したところでは虚偽とか策謀とかいうことには全く無縁の人物に見える。実はそこが曲者《くせもの》だった。雄弁だったが決して滔々《とうとう》といった語り口ではなく、むしろ訥々《とつとつ》とした、いかにも実《じつ》のありげな話しぶりである。

佐賀藩中の、とりわけ龍造寺系の若い下級武士の間では妙に人気があり、何ということもなく若者が集っては、夜の更《ふ》けるまで談笑することが多かった。別して実《み》のある話でなくても、伯庵の涼しげな人柄《ひとがら》に触れ、その誠意溢《あふ》るる言葉をじかに聞いただけで、若者たちは満足するのだった。求馬も当時はそうした若者の一人だった。

或《あ》る日、例によって釣《つ》りに出たが、李之助は山へ行ったと見えて姿を現さず、魚も一向に喰《く》いついてくれないので厭気《いやけ》がさし、思い立ってふらりと宝琳院を訪ねたことがある。

後で思えば、その日は伯庵の佐賀脱出行の当日だった。佐賀人は国を出るのが難かしい。僧侶《そうりょ》は比較的自由に国境いを出入り出来る唯一《ゆいいつ》の身分だったが、伯庵は後で述べるように龍造寺家最後の殿様である高房の遺児である。佐賀藩の警戒は厳重をきわめ、国から一歩も外に出ることは許されなかった。それを敢《あ》えて脱出しようというのだから、決死の覚悟だったに違いない。その決死行の直前に予期せぬ客が現れたのである。迷惑この上なかった筈《はず》だ。

それなのに伯庵の求馬を迎える態度には、平生《へいぜい》と微塵《みじん》も異ったところがなかった。さりげなく茶を点《た》ててすすめ、いつ果てるともなく語り合った。今でも求馬はその午後のことを思い出すたびに、見事だと感服する。今の自分でも、とてもああはゆくまいと思う。

ただ話題がいつもとは違っていた。いつ、どうしてそうなったのかは求馬にも分らないが、気がついてみると伯庵はひたすら弱者の呪《のろ》いについて語っていた。世の中の歴史はすべて強者の歴史である。史上に現れる強者の背後に、或いは足もとに、何百何千の弱者の屍《しかばね》があるか、誰にも分りはしない。その弱き者の屍は一体どこへ行ってしまったのだろう。塵《ちり》のように雲散霧消してしまったのか。自分にはどうしてもそうは思えない。彼等にも一片の魂魄《こんぱく》はある筈である。その魂魄は絶対にこの世にとどまって、勝者である強者を呪い続けているのではないか。

史上にもその例はいくつも見出《みいだ》される。桓武《かんむ》天皇にたたり、遂《つい》には莫大《ばくだい》な経費と労力を投じて造営し移ったばかりの長岡京を見捨てて、ふたたび平安京に遷都《せんと》せしめた早良《さわら》親王の怨《おん》霊《りょう》。雷となって政敵藤原時平《ときひら》一族にたたった菅原道真の怨霊。生きながら天狗《てんぐ》と化し、後白河上皇ばかりか平清盛にまでたたられたという崇徳《すとく》上皇の怨霊。すべてこれ、戦い敗れた弱者の魂魄が、勝者に対して一矢《いっし》むくいたものではないか……。

伯庵の言葉は熱を帯び、眼は爛々《らんらん》と輝き、求馬が返答も出来ないほどの気迫だった。この時点で求馬は伯庵の意図を察すべきだった、と後で横目《よこめ》たちが求馬を責めたが、それは無理というものである。求馬はこの時、伯庵の云い分に全く共感してしまったのである。伯庵の理論には鍋島武士の生きざまと一脈似かよった部分がある。若い求馬はその点で深く共感し、更にこのひ弱そうな僧侶の内に秘めた精神の激しさに驚嘆していた。

夕暮れが来た。伯庵はぴたりと話をやめた。その眼はいつもの澄明《ちょうめい》な優しさに戻っていた。

「粗飯を差上げたい。暫《しばら》くお待ち下さいますか」

と云い、求馬がことわっても、まだ話が尽きませぬ故《ゆえ》、と笑って、なにげなく立っていった。伯庵はそれきり戻らなかった。求馬を本堂に残したまま消えたのである。常時伯庵を見張っていた横目たちも、求馬がいたために欺《だま》された形になった。まさか話の途中で出奔するとは考えても見なかったのである。夜と共に横目は引き揚げ、伯庵は暁《あ》け方までに国境いを越えていた。

それ以後の伯庵の足どりも、慎重すぎるほど慎重だった。まずまっすぐに高野山に行ったのである。万一鍋島の追手がかかった場合の用心である。戦国時代、高野山には『遁科《たんか》屋』が存在し、いかなる罪科人もこの門の中に足を踏み入れれば、その科《とが》を遁《のが》れうる建物といわれた。この時代もまだその伝統は脈々と流れていた。

佐賀藩は勝茂の命によって、伯庵を追うことをやめた。毛を吹いて疵《きず》を求める愚を避けたのである。それに僧侶が高野山に籠《こも》るのは極めて自然なことであり、追手を出すいわれがない。

この対応に安心した伯庵は、寛永十一年閏《うるう》七月九日、折から上洛《じょうらく》中の将軍家光を捉《とら》え、龍造寺家再興の訴訟を起したのである。

『権現様《ごんげん》（徳川家康）の御代まで、父駿河守《するがのかみ》高房は御奉公を相勤めておりましたが、某《それがし》四歳の砌《みぎり》、不慮の死を遂げました。以来龍造寺の名字《みょうじ》は全く失われ、私も永々彼方此方《かなたこなた》を流浪《るろう》して、このほど高野山におりましたが、流浪の末、現在は餓死せんばかりに困っております。それで、今度上様（家光）の御慈悲で何とぞ御奉公致し、年久しく続いた先祖の名字を相続仕《つかまつ》りたいと存じますので、この趣《おもむき》を御前に御披露《ごひろう》下さいますれば有難く存じます。もし、私の申すことを疑わしく思《おぼ》し召すならば、某の叔父の龍安と申す浪人を召出して、仔細《しさい》をお聞き下さい。この外にも存じているものもおりますから、お尋ねになれば、具《つぶさ》に申上げると存じます』

これは老中土井利勝・酒井忠勝にあてた訴えの内容である。この中で龍安というのは龍造寺主膳《しゅぜん》のことで、伯庵の父高房の弟であり、同じ弟の朝山将監《しょうげん》、高房の父政家の弟勝山大蔵と共に、伯庵の介添人をつとめた人物である。時に伯庵三十一歳。

この時は上様御上洛中とのことで全くとり上げても貰《もら》えなかったようだが、伯庵は屈せず、翌寛永十二年、今度は江戸に上って再訴した。正に佐賀出奔の当日、求馬に語って聞かせた通りの怨念であり、弱者のしぶとさだった。

佐賀藩は藩をあげて驚愕《きょうがく》し狼狽《ろうばい》したといっていい。伯庵は佐賀藩の最も触れられたくない弱みを正確に衝《つ》いたのである。

事は佐賀鍋島藩の創成に関《かか》わっていた。

佐賀藩はもともと龍造寺藩だった。天正九年頃がその最盛期で、『島津・大友（宗麟《そうりん》）・龍造寺、鎮西《ちんぜい》を三分して各々《おのおの》その一をたもつ。あたかも三国の鼎《かなえ》の如《ごと》し』
と『歴代鎮西要略』は書いている。龍造寺藩にこの隆盛をもたらしたのは一代の英雄隆信であるが、奇《く》しくもこの隆信はもともと円月という僧侶で、伯庵と同じ宝琳院にいた。馬場頼周《よりちか》に謀《はか》られて子息から孫に至るまで皆殺しにされた龍造寺剛忠がこの曾孫《ひまご》を無理矢理還俗《げんぞく》させ、水ヶ江龍造寺を継がせたのである。隆信は二年後の天文十七年、惣領家《そうりようけ》村中龍造寺を継ぎ、名実共に龍造寺家の盟主となったが、その家臣団の中にあって次第に強力な地位を占めて来たのが鍋島直茂（勝茂の父）だった。特に元亀《げんき》元年、肥前に進出して来た大友宗麟の大軍を夜襲攻撃によって撃退した今山合戦以後、ほとんどあらゆる合戦の先陣は直茂がつとめるようになる。

問題が起ったのは、天正八年に隆信が後を譲った龍造寺政家の武将としての頼りなさと、隆信の思いもかけぬ死のためである。

天正十二年春、島津義久の弟家久は兵を率いて島原に渡った。これを知った隆信は自ら島原に軍を出して家久を討とうとした。この時柳川《やながわ》の城を守っていた鍋島直茂は急遽《きゆうきよ》須古《こ》に赴き、隆信の出陣をとめようと諫言《かんげん》したが隆信はきかなかったと諸書に書かれてある。

真偽のほどは不明だが、人の死ぬ時はこんなものだという気もする。なにしろこの時、島津家久の率いる軍勢は三千とも五千ともいわれ、これに味方した有馬鎮貴の軍も五千というから、合せて精々一万である。それに対して龍造寺の軍勢は二万五千とも五万とも七万ともいう。隆信にとっては絶対に負ける筈のないいくさだった。

島原に到着してからも隆信は、一旦《いったん》軍議の席で決定した作戦計画を突如ひっくり返し、計画では中道を行く筈だった鍋島・神代隊を山手に向わせ、山手を行く筈だった自分の本隊をひきつれて中道を行き、島津・有馬軍の中央突破を試みた。その結果、深田にはまって惨憺《さんたん》たる敗北を喫し、自らの生命までも落してしまった。正に魔に憑《つ》かれたとしかいいようがない。天正十二年三月二十四日の昼さがりだったという。

一方、山手を進んだ鍋島直茂と龍造寺政家の隊は、薩摩《さつま》陣を切り崩し、有利な形勢で戦い進んでいたが、本隊の潰滅《かいめつ》と隆信戦死の報が入るや否《いな》や、まず政家とその部下が逃げ出し、次いで全軍が四分五裂した。直茂は自殺を覚悟したが部下にとめられ、辛《から》うじて落ちのびたという。

肝心の政家がこのていたらくでは龍造寺藩が保てるわけがない。ほかならぬ龍造寺一門がこの政家に愛想をつかした。といって一門の中に政家にとって替るべき人物がいない。当時の龍造寺藩で領国の経営の出来るのは、誰が考えても鍋島直茂ただ一人だった。

こうして龍造寺一門の政治工作が始まる。政家本人は内心不満だったかもしれないが、藩の重職をほとんど独占している一門の意見に従うしかない。直茂は散々拒否した揚句、渋々執権として領国の経営に参加することになった。この時直茂のもとに集った龍造寺家臣団の起請文《きしょうもん》は、一門のみならず譜代・新参のあらゆる階層にわたっており、その総数二百三十名に達したという。これは、龍造寺藩は一門と主《おも》だった家臣のすべてをあげて政家を捨て、鍋島直茂を選んだという証拠であろう。

全国制覇《せいは》を目指し、九州にその触手を伸ばして来た豊臣秀吉はもっと露骨だった。まずまだ三十五歳の政家に五千石を与えて強引に隠居させ、僅《わず》か五歳の藤八郎高房を当主と認める朱印状を与えた。だが高房に与えた実際の知行高は『三万石　京のまかない』分と『佐賀にてのたい（台）所入』一万千二百石、しめて四万千二百石にすぎない。他に鍋島直茂はじめ龍造寺一門・重臣など七名に対して知行地と知行高を明記して与えているが、この中で最高を占めるのが直茂の四万四千五百石であり、嫡子《ちゃくし》勝茂には別に九千石が与えられている。鍋島親子の知行高は、なんと領主である高房と政家の隠居料を合せたものより多いのである。

やがて文禄《ぶんろく》元年、鍋島直茂は一万二千の龍造寺家臣団を率いて朝鮮に出兵し、前後七年にわたって彼《か》の地で戦った。一時帰国の後では嫡子勝茂も同行している。この文禄の役で、直茂及び勝茂と龍造寺家臣団の連帯は強化され、主従の観念を明確にしたものと思われる。政家の方は文禄三年に至って頼みこんで朝鮮に渡ることは渡ったが、何の手柄もたてていない。武将としての器量の差は万人の目に明らかだった。

秀吉の死と共に帰国した直茂はすぐ京に上ったが、続く関ヶ原合戦で大失敗を犯した。石田三成方の西軍についたのである。

この時にいかにも直茂らしいしたたかさを示す逸話が『川角太閤記《かわすみたいこうき》』に書かれてある。直茂は銀子《ぎんす》五百貫をもって米を買い付けさせ、石田三成が挙兵するとこれに味方しながら（直茂は当時伏見にいたため、三成の申し出《い》でを拒否することが出来なかった）、同時に宇都宮にいた徳川秀忠に、尾張《おわり》から関東までの買い占め米の目録を送り届けたというのだ。関ヶ原合戦が敗北に終ると、家康に謝罪し、立花宗茂の筑後柳川城攻撃をもって罪に替え、立花宗茂が降伏すると、共に島津攻めに加わっている。

一方この年、十五歳になった藤八郎高房は、三年後の慶長八年、直茂の尽力によって従《じゅ》五位下・駿河守に任官され、江戸に出て秀忠に仕えるよう求められた。

高房は不満だったらしい。一刻も早く佐賀に帰って、実質的な佐賀藩主として力を振いたかったのである。高房は政家と違って武芸にも秀でた若者だったようだ。国許から勘忍料《かんにん》として八千石のうち二千石を個人の費用にと送ってくるとはいえ、態《てい》のいい国外追放のような状態に満足出来るわけがなかった。

〈なんとしてでも佐賀に帰ろう。帰りさえすれば、郷国《くに》の者は喜んでわしを迎え、領主として認めてくれる筈だ〉

それは一概に青年の幻想と云い捨ててしまえるものではなかった。領内政治の担《にな》い手の大半は、確かに龍造寺一門だったからだ。一門の者が自分を認めないわけがない。高房がそう信じてもあながち無理とは云えないのである。

高房はその一門の者を説き、自分を領主として迎えるよう工作させるため、更にはその時に備えて佐賀に自分の入る屋敷を構えさせるために、腹心の家臣久納市左衛門と石井主水《もんど》を佐賀に送った。だがこの二人は、佐賀に行きっぱなしで二度と江戸に戻って来なかった。実は、ほかならぬ龍造寺一門の人々に、現状を知らぬ愚人と罵倒《ばとう》され、帰るに帰れなくなっていたのだが、高房はそうは思わない。鍋島直茂に懐柔されたに違いない、と信じた。

その間に高房より六歳年長の直茂の嫡子勝茂は、慶長十年に岡部長盛の娘を家康が養女にしたのを妻に迎え、慶長十一年には諸大名に伍《ご》して江戸城の、翌十二年には駿府城の手伝い普請《ぶしん》を命じられ、内外の声望を次第に高めつつあった。

高房としては居ても立ってもいられない思いだったろう。やがて勝茂さえ殺せば、実権は自分のもとに戻ると妄信《もうしん》するようになった。

具体的にどんな企《くわだ》てがあったのかは不明である。だが慶長十二年の年頭にこの企てが実現されかかったのは確かのようだ。だが勝茂は柳生宗矩《やぎゅうむねのり》に傾倒し、新陰流を深く勉《まな》んだ剣の達者である。それもなまなかな腕ではない。家臣の刀の柄《つか》をすべて切柄（頑丈《がんじょう》な木製の柄。ためし斬り用）にさせて父直茂から注意を受けたほどの凝《こ》りようで、とても殿様芸とはいえぬ使い手だった。常住坐臥《じょうじゅうざが》油断がない。高房の放った刺客は手も足も出なかった。

慶長十二年三月三日、高房は突然妻を刺し殺し、自分も腹を切った。近臣がとびついて刀を奪ったので死ぬまでには到《いた》らなかった。

騒ぎは忽《たちま》ち幕閣にまできこえ、本多正信と大久保忠隣《ただちか》の二人が検使として来邸したが、高房が質問に一切答えないので、傷養生だけを厳しく命じて戻っていった。二人とも明敏無比の官吏である。事情は充分に察しただろうが何も云わなかった。云えば佐賀藩に傷がつく。そして高房の身もそのままではすまされない。だから黙って帰っていった。どちらにしても高房はこれで終りだった。

だが鍋島直茂としては、これは放置出来る問題ではなかった。藩内に於ける龍造寺一門の力はまだまだ強力である。直茂はこの時、後年『おうらみ状』として有名な、高房の父政家にあてた釈明文を書いている。全文千数百字という長文である。そこには国政に参加しながら、どれだけ龍造寺家存続のために尽して来たかという苦労話が一々事例をあげて綿々と語られている。

高房は幕府の許可を得て佐賀に帰り、傷養生をすることになった。その時、龍造寺一門がどういう態度に出るか。直茂の関心はすべてその一点に向けられていたのである。

だが高房は遂に佐賀に帰ることはなかった。妻を刺殺したことがよほど心にこたえたらしい。夜毎《よごと》妻が恨めしそうに枕元《まくらもと》に立ったという。絶望もあった筈である。こんなことをしでかした以上、高房は乱心者である。乱心者ということでしか、妻を刺し殺した罪は許して貰えない。だが同時に、公儀が乱心者を藩主の地位につける筈がないことも自明の理だった。

その年の九月六日、江戸で諸大名の乗馬大会が催された。馬術の名手として有名だった高房はこの大会に出場し、凄《すさ》まじいまでの秘術を次々に披露《ひろう》したという。だが三月の割腹の傷がまだ完全に癒《い》えてはいなかった。傷口は再び破れ、激しく出血したが、高房は誰にも知らせず馬を駆り続けた。その夜、高房は死んだ。
そのしらせを受けた父の政家は余程落胆したのであろう。一ケ月もたたない十月二日、息子のあとを追うようにして死んだ。病死である。高房に嫡子《ちゃくし》はなく、ここに龍造寺本家は断絶した。

伯庵はこの高房の隠し子だった。高房の死の時に四歳。当の高房さえ伯庵のいることを知らなかったというから、ほとんど気紛《きまぐ》れに手をつけた身分の低い女が生んだものであろう。だが伯庵が認知されていたとしても、高房の後を継げたかどうかは疑問である。高房には何人かの弟がいたし、あくまで龍造寺本家を立てるつもりなら出来ない算段ではなかった筈だ。

幕府はこの直後に、高房の叔父に当る多久の龍造寺安順と須古の同信昭、遠縁の諫早《いさはや》の同家晴の龍造寺一門三人を江戸へ呼び寄せ、龍造寺家の家督問題について意見をただしたが、三人は揃《そろ》って鍋島直茂の功績によって龍造寺家が今日まで存続しえた事実を語り、直茂こそ家督を継ぐべきだが、老齢のため嫡子勝茂が相続するのが妥当であると意見を述べた。幕府はこれを認め、ここに名実ともに鍋島佐賀藩が成立することになった。皮肉にも高房はその死によって逆に鍋島のために尽したことになる。

だが佐賀では白装束《しろしょうぞく》を着、白馬にまたがった高房の亡霊が現れ、先に高房の命を受けて帰国し、それきり江戸に戻らなかった久納市左衛門、石井主水の二人が先ず刺し殺された。そのほかにも何人もの人が、この亡霊に殺されたという。恐らく高房を哀れに思った龍造寺一門の者の手に掛けられたのだろう。直茂は高房の霊を慰めるために、多布施《たぶせ》高岸《たかきし》に新しい禅寺大龍山天祐寺を建立し、州伝和尚《おしょう》を開山として招き、高房の骨を妻の骨と共にここに埋めた。それでも高房の怨霊は不満だったらしく、お供物《くもつ》も和尚直々《じきじき》の給仕でなければたたり、一般の参詣《さんけい》は勿論《もちろん》、龍造寺一門の参詣も寺の入口までしか許さなかった。押して入るとお咎《とが》めと称してたたるのである。高房の従弟《いとこ》に当る多久《たぐ》美作守《みまさかのかみ》茂辰《しげとき》が、墓に向って切々たる諫言《かんげん》をしたので、以後多久家の者は参詣してもたたりを受けなかったという話は有名だ。

伯庵の幕府に対する訴訟はこの高房の怨念を継いだものである。

先にあげた訴えの趣旨の中に、佐賀藩を返せとか、自分を佐賀藩主にしろなどという言葉が一言もないのに注意して欲しい。伯庵には初めからそんな意志は全くなかったし、又そんな要求が幕府に受け入れられる筈のないことも充分承知していたからだ。

伯庵はただ龍造寺の名跡は自分にあることを認めて欲しい、と云っているだけだ。そしてその自分が餓死寸前の状態にいて、しかも鍋島一族は全く何の救済手段もとってくれないから、なんとか幕府の手で救ってくれ、と云っている。

これは鍋島一門の非情さを天下に訴えるための訴訟であり、鍋島勝茂の古傷をえぐり、かきまわし、高房の怨念は終生消えることがないことを痛感させれば足りたのである。幕府は勿論この訴えをとり上げなかったが伯庵は落胆もしなかった。

それがここへ来て、多少情況が変って来た。それは勝茂の閉門のためばかりではない。佐賀にいる龍造寺一門の中に、漸《よう》や《や》く動揺が認められるようになったのである。

慶長十八年、鍋島佐賀藩が確立されて以後の直茂の動きは、さすがに戦国の世を生き抜いた武将と思わせるような、したたかさと放胆さをものの見事に見せてくれる態のものだった。

直茂は領主である勝茂にすすめて、領国の政治・経済の運営をすべて龍造寺一門の者どもに委《まか》せてしまったのである。これは例えば直参旗本《じきさんはたもと》にだけ委される幕閣の中に、外様《とざま》大名を大量に導入するに等しい暴挙だった。いわば潜在的な敵の手に、自分の生命をあずけたようなものである。佐賀藩が成立ってゆくもゆかぬも、お主たちの心掛け次第である。鍋島が領主になったことが気に入らぬなら、遠慮なく藩を潰《つぶ》せ。そう云っているようなものだった。

当時の佐賀では、まだ龍造寺一門の知行地の方が鍋島一門のそれよりも広く、勢力も大きかった。その点を直茂は逆用したのである。お前たちの知行が大事なら、藩の運営を巧《うま》くやれ、と云ったわけだ。

これが効《き》いた。

龍造寺一門は、ほかならぬ自分の知行地を守るために、必死になって藩政にとり組まざるをえなくなったのである。そして文禄の役以来の佐賀藩の赤字財政を建て直すために、なんと自分の知行を削ることさえしたのである。寛永期の龍造寺一門の実質的な知行高は、往年のそれに較《くら》べて半減したというほどである。

直茂は元和四年、八十一歳で死んだが、直茂の遺志を引き継いだ勝茂は、そうした龍造寺一門の苦しいやりくりを尻目《しりめ》に、着々と鍋島一門の勢力の拡大に向っていった。弟の忠茂による鹿島鍋島二万石の創設、長男元茂による小城《おぎ》鍋島約二万三百石の創設がそれである。それぞれにもっともな理由があり、国政をあずかる龍造寺一門も、一言の文句も云えなかったところに、勝茂の巧みさがあった。

龍造寺一門としては、自分で自分の知行を削り、その分を鍋島一門にくれてやっているようなものだ。気分がいい筈《はず》がない。そこへこの島原の乱である。折角ある程度手当の出来た藩財政に、またぞろどかんと大穴があいたことになる。なにしろこのいくさの費用は、小城鍋島の場合をとって見ても、年収の約二倍だったというから、佐賀藩全体について云えば絶望的な出費だった。

それやこれやで、この寛永十五年の時点で、国許《くにもと》の龍造寺一門の心理は、勝茂への忠誠をめぐって大きく揺れ動いていたと云えよう。しかもその不満を抑えるだけの力を持った勝茂は、江戸を動けない状態にある。当然、不満は深く潜行して、広く拡《ひろ》がっていった。

智者伯庵がこの新しい事態を見逃す筈がない。今度ばかりはひょっとすればひょっとするのである。今もし龍造寺一門が結束して立てば、勝茂が動けない以上、叛乱《はんらん》が成功する確率は大きい。たとえ成功しなくても、佐賀鍋島藩は潰されるか、半知になって転封《てんぽう》される破目になる。

実は伯庵はこの成行について老中松平伊豆守信綱から暗示を受けている。勝茂閉門と同時に間髪をいれず伊豆守邸に陳情に現れた伯庵に対して、信綱は哀れむように云ったのである。

「なんとも智恵のないやり方だな。人に物を頼む時は手みやげの一つもさげて来るのが、礼儀でもあり、智恵でもないか」

伯庵の心にぴんと来るものがあった。

「手みやげについて御所望がおありでしょうか」

相手の眼を覗《のぞ》きこむようにして云うと、信綱はぷいと顔をそむけ、

「佐賀一国」

と云い切った。

伯庵は無意識に震えた。

信綱は幕府が佐賀藩をとり潰せるほど大きな事件を引き起せと云っているのだ。首尾よくとり潰せたら、伯庵の処遇を考えてやってもいいと云うのだ。そして内乱ほど藩とり潰しの口実になりやすい事件はない。

伯庵はこの時、故国に帰る決心をした。危険な賭《か》けである。江戸にいる限り、佐賀藩が伯庵の生命を狙《ねら》うことはない。勝茂が厳禁しているばかりではなく、伯庵が斬《き》られれば却《かえ》ってその主張が正当であることを証明することになるのは、どんな馬鹿にでも分るからだ。だが佐賀へ帰ったら最後、事情は全く違ってしまう。伯庵には無断出国の罪がある。江戸では通用しない罪だが、佐賀に入れば立派な罪だ。その罪で捕えられ、斬首《ざんしゅ》されることも充分考えられる。或いはそんな表立った手だてをとらず、秘《ひそ》かに暗殺するかもしれない。殺して海に

棄《す》てれば、只《ただ》の失踪《しっそう》ですむ。殺人という何の証拠もあがる筈がないからだ。どちらにしても佐賀入りが生死に関《かか》わる問題であることを、伯庵は充分承知している。それでも帰りたかった。いや、それだからこそ帰りたかった。

〈自分の先祖が興した国が滅びるのを、この眼で見ずにすますわけにはゆかない〉

なんとなくそう思った。大きな落日を見たい、と思いつめる気持によく似ていた。

繰り返すが、伯庵には佐賀の殿さまになる気など毛頭なかった。その意味で松平信綱のいやみな仄《ほの》めかしなぞ、何の意味もありはしない。佐賀一国と引き換えに、どこかの小さな国をよこす気でいるのだろうが、そんなものはこちらから願い下げである。伯庵の狙いはたった一つだ。弱者の怨念《おんねん》というものにどれだけのことが出来るか。生れてから負けることを知らない勝茂に、ひいては全国の強者たちにそれを見せつけてやりたい。それだけのことである。

そして佐賀に帰ることを決意した日から、伯庵はせっせと松平信綱屋敷に日参しはじめた。行ったところで信綱が会ってくれるわけではない。それを百も承知で出掛けてゆく。松平屋敷の玄関で暫《しばら》く押問答のようなことをして、あっさり帰ってゆく。それだけのことだ。だがそれが佐賀藩江戸屋敷にどれだけの効果をもたらすか、伯庵はとっくに計算ずみだった。今や歯車は廻りはじめたのである。

その亡霊を現実に見たのはお勇だった。

知人の家に呼ばれて、ついつい時をすごし、帰りが夕暮どきを過ぎた。人をつけてやるというのを断乎《だんこ》として断って、既に暗くなった町をひとり歩いた。気の強いので聞こえたお勇である。しかも町の中だ。怖くもなんともなかった。

それにしても人通りが少なすぎた。お勇のぺたぺたという草履の音が馬鹿《ばか》に大きく聞こえる。

〈はッ。まるっきり幽霊の出ごろじゃないか〉

胸の中で呟《つぶや》いた、まさにその瞬間に、それが出た。路地の奥から湧《わ》いたようだった。

とにかく真白で大きかった。一瞬、お勇は雪の塊《かたまり》か、と思ったくらいである。だが目を凝らして見ると違った。馬にまたがった人間だった。

馬は白馬で、人間は白装束。きちんと裃《かみしも》をつけているのだが、その裃も純白なのである。差している大小も白柄白鞘《しろざや》であり、その上、白覆面で顔を覆《おお》っている。

さすがのお勇が、どきりとして思わず足をとめたのだが、すぐその事実がいまいましくなった。白装束で白馬に乗ってたって、別段どきりとするいわれはない。多分人を驚かすのが狙いの酔狂人なのだろう。

「なんだい、たかが白ン坊に……」

声に出して悪態をつきかけて、あっとなった。総身に冷水を浴びた思いだった。

馬が歩き出したのである。それはいい。だが足音がしない。全くの無音なのである。

〈そんな馬鹿な〉

お勇は耳をほじくった。別に聞こえなくなったわけではなかった。馬がゆっくり遠ざかってゆくにつれて、虫の音が起ったことが、それを証《あ》かしている。

だが馬蹄《ばてい》の音は聞こえない。

やがて白馬は疾走に移った。それでも依然として音がない。

終始無音のまま、いつか白馬の姿は、闇《やみ》に飲まれていた。


「虫の音が起ったって？」

杢之助が訊《き》いた。

お勇の話を聞き終えたばかりである。

あれからお勇は、暫くあの場所を動かなかった。お地蔵さんになったように、立ちすくんでいたのは、脚がいうことを聞いてくれなかったからだ。やっと動けるようになると、つんのめるような勢いで歩き、次いで走った。

家へとびこむなり土間で大きな音を立てて転んだ。そこで初めて悲鳴が出た。

「家まで悲鳴をとっておくとは、いい了簡《りょうけん》だ」

とび出して来た杢之助が、そう云って笑った。抱き上げて井戸端に運び、足を洗ってやってから、この尋問になった。

「そうよ」

「馬が出て来る前には鳴いていたか？」

お勇はちょっと考えた。そういえばずっと虫の合奏の中を歩いていたような気がする。

「成程」

「成程って何よ」

「その馬は本物だってことさ。馬の気配で虫が鳴きやんだんだ」

「だって……そんな筈ない……足音の聞こえない馬なんてある？」

「あるさ」

「嘘《うそ》よ。ひとを馬鹿にして、もう……」

「馬の蹄《ひづめ》を、たっぷりつめものをした布で包むんだ。それなら音はしない」

「あら」

お勇が目を瞠《みは》った。そう云われればその通りである。

「馬の足をよく見たか。先っぽの方を？」

「見えるわけないわ。真っ暗闇なんだもの」

云ってしまってはっとした。そういえば足の先はぷつんと切れたように闇の中に沈んでいて、そのために白馬は宙に浮いているように見え、益々《ますます》幽霊という感じを強めていた。

杢之助が感心したように呟いて、急に情けない顔になった。

「頭のいい奴《やつ》だな」

「どうしたの？」

目ざとく気付いて問うと、

「腹が泣いたよ」

お勇が慌《あわ》てて立った。

「ごめんなさい。御膳《ごぜん》まだだった」

とび出して行こうとするのへ、杢之助が云った。

「今の話、おやじ殿たちには云うな」

「どうしてさ」

「お前、気がつかなかったのか。白裃で白馬に乗ったといえば、三十一年前の高房さまの亡霊と同じなんだよ」

お勇がまたあっとなった。高房さま怨霊《おんりょう》のことは父の耕作から聞いたおぼえがある。

「大きい声じゃ云えんばってん……」

父はその時も声をひそめて喋《しゃべ》った。藩の役人に聞かれると碌《ろく》なことにはならない。だから
杢之助も口留めしたのだ。

「分った。そうする。だけど……」

お勇はまた坐《すわ》りこんで訊いた。

「どうして三十一年目にまた怨霊なの？」

「怨霊じゃないって云ったろ。それに高房さまは覆面なんかしていなかった筈だよ」

のんきそうに云ったが、李之助の首のうしろの毛が逆立っている。これは危険が近くにあるというしるしなのだ。

〈しろらん以来、お家もがたがた続きだな〉

沁々《しみじみ》そう思った。しろらんとは四郎の乱の意で島原のいくさをさす。上方《かみがた》の者が付けた名前だそうだが、李之助は何故《なぜ》か気に入っていた。この言葉を使うたびに、唄《うた》おらしょを口ずさんでいた天草《あまくさ》四郎の微笑が、反射的に浮び上って来るせいかもしれない。


次の朝。李之助はいつもの通り釣竿《つりざお》をかついで家を出た。だが今日の行く先は嘉瀬川の掘割ではなかった。お勇が昨夜、亡霊に出《で》逢《あ》ったという場所である。お城に近いことは近いが、その辺は商人の住む町である。大小さまざまの店が軒を連ね、昼はさかった通りだ。それがどうも納得がゆかない。

白装束の男が高房の亡霊を気取ったことは明らかである。だがそれなら武士の屋敷町に現れるのが本当ではないか。高房さまが商人たちにたたる筈はない。ひょっとして只の盗《ぬす》っ人《と》かとも思ったが、盗っ人がわざわざそんな人目につく格好をするとは思えない。摑《つかま》った時に格別重い罪を着せられるのも明らかだ。

白装束が出て来たとお勇が云った路地の入口まで来て、李之助は足をとめた。人だかりがしている。

「何かあったのか」

近所の人間らしい男に訊くと、人殺しだという。殺されたのは、この路地裏に住む『くのや』というかつぎ呉服屋だという。刀でめった突きに刺されて、むごい死にざまだそうだ。

李之助は首をひねった。益々奇妙である。御大層に白装束に白馬にまでまたがって、たかが路地裏に住むしがないかつぎ呉服屋を殺したと云うのか。どこかおかしい。模様の合わないところがある。

突然、李之助がはっとした表情になった。

「今、くのや、と云ったか？」

「へい」

「どういう字だね。まさか久しいという字に納めるという字じゃ……」

「なんだ。知ってなさったとですか」

李之助は愕然《がくぜん》とした。『くのや』は『久納屋』だったのである。三十一年前、高房さまを裏切ったかどで亡霊に刺殺されたと云う龍造寺の家臣の名は、久納市左衛門と石井主水の二人である。『久納屋』が久納市左衛門ゆかりの人物であることは明白だった。

〈ひょっとして伜《せがれ》だったんじゃないか〉

急にひどく陰惨な感じがして来て、李之助はいやあな顔になった。

殺されたかつぎ呉服屋は、矢張り久納市左衛門のひとり息子だった。父が殺された時は生れたばかりだった。あんな殺され方をした男を父に持って武士がやってゆけるわけがない。すっぱり諦《あきら》めて七歳の時から呉服屋の小僧になり、商人の道を歩いて来た。律儀《りちぎ》で目の利《き》くいい男だったという。

白装束の刺客は、この男の住む長屋の女房に目撃されていた。女房ははっきり亡霊と思いこみ、朝まで蒲団《ふとん》をかぶって震えていたと云う。亭主は左官屋だったが、女房の異常にも気づかず、ぐっすり眠りこけていたらしい。

佐賀城内はこの異変のしらせに騒然となった。誰もが咄嗟《とっさ》に高房の亡霊を思い浮かべたのである。だがさすがは鍋島武士団である。

「たわけたことを。幽霊が人を刺すか」

留守居筆頭多久美作守茂辰の一喝《いっかつ》で、この騒ぎは一気に鎮《しず》まった。いや、正確に云えば鎮まったように見えた。実のところ、騒ぎは深く沈潜しながら、却って拡大されていったのである。佐賀の町のどこでも、武士が二人以上顔を合せると、必ずこの話になった。そして、

「考えられん。三十一年もたって何の怨霊だ」

と喚《わめ》くのは鍋島系か新規召抱えの武士に多く、

「矢張りな。そういう時が来ると思っていたよ」

と囁《ささや》くのは例外なく龍造寺系の家臣だった。彼等の胸のうちには、そう云いたくなるだけの、積年の怨《うら》みつらみが溜《た》まっていた。それがこの些細《ささい》で異様な事件を契機に、一気に奔出

しそうな形勢にあった。そしてその微妙なしるしに最も早く気付いたのは、矢張り多久、須古、武雄、諫早、久保田の龍造寺系の重臣たちだった。だが彼等は決してそれを口に出さず、お互い同士でさえ話し合うことはなかった。


事件のしらせは即刻江戸に運ばれた。

江戸藩邸で真先に強い反応を見せたのは、勝茂自身と中野求馬だった。

求馬はこの話を聞くや否《いな》や、

「それだッ！」

一声喚くなり、桜田の藩邸をとび出して、なんと夜まで帰らなかった。

夜も更《ふ》けてから、正に疲労困憊《こんぱい》といった様子でようやく屋敷に辿《たど》りついた求馬を、江戸留守居役土山五郎兵衛が自ら待ち構えていた。

「殿のお呼びじゃ」

着替えも許されず、そのまま勝茂の居間に引き立てられていった。

勝茂も昼間の服装のまま待っていた。秋冷の季節なのに、着物に汗のしみを浮かせた求馬の姿をじろりと見ると、いきなり云った。

「どこを駆け廻《まわ》って来た？」

「あちこち」

求馬の返事は人を喰《く》っていた。土山五郎兵衛が目を剝《む》いたが、勝茂は軽く笑ったばかりである。

「云いたくないか」

「そうではございません。云いたいのです。しかし……」

求馬は五郎兵衛を見た。

「わしが居ては邪魔だと申すか」

我慢出来なくなって五郎兵衛が吼《ほ》えた。

「やむをえません。申し上げます」

諦めたように求馬が云った。

「朝山将監とその伜蔵人《くらんど》の二人、江戸から消えております」

「何だと!?」

勝茂が喚き、五郎兵衛は跳び上って、

「そんな馬鹿な！」

と叫んだ。

朝山将監は龍造寺高房の弟の一人で、伯庵にとっては叔父に当る。先の寛永十一年、十二年の二度にわたる訴訟の際も、証人として名を連ねた人物である。それ以後、将監は伯庵同様、佐賀藩横目たちの厳重な監視下に置かれていた筈だった。

「龍造寺主膳、勝山大蔵、伯庵。この三人は確かに江戸に居ります。この眼で見、口もききましたから間違いありません。しかし朝山将監だけは……」

求馬はぷつんと言葉を切った。

「では佐賀の白装束は……」

勝茂がせきこんで尋ねた。

「将監か蔵人に、まず間違いないかと存じます」

「横目どもは何をしていたのだ。なんたる醜態を……」

五郎兵衛が怒りでぶるぶる軀《からだ》を震わせながら云った。

「横目の方々が手を抜いたわけではありません。伯庵の監視に人手が要ったために、引き揚げられてそちらへ廻されたんです」

五郎兵衛はあんぐりと口を開けた。そういえば大横目がその件の了解をとりに来たことを思い出したのである。

「みんな伯庵の芝居にひっかかったんです。御老中屋敷に日参したのは、己れ一人に横目の注意を集めるためでしょう。すべて朝山さまを佐賀に送るための詐略《さりゃく》です」

五郎兵衛が呻《うめ》いた。明らかに自分の手落ちである。だからこそこの若者は、さっきあれほど云い渋ったのだ。これは到底武辺だけの男ではなかった。鍛えれば藩政に参画出来る人材である……。

「疲れたか、求馬」

勝茂が訊く。求馬が打てば響くように応《こた》えた。

「馬を飛ばすぐらいのことは出来ます。大坂からの船の中で充分休めますから」

さすがの勝茂がちょっと目を瞠《みは》った。

「よく佐賀へやられると分ったな」

「それでなくて、疲れたかなど申されますか。すり切れるほど人使いの荒い殿が……」

勝茂は天井を仰いで笑いに笑った。

〈見事だ。つぼを心得ておる。これはとんだ掘出し物かも知れぬ〉

土山五郎兵衛は勝茂とは全く違う眼で、じっと求馬を見つめていた。


中野求馬が夜を徹して東海道に馬を駆っている頃、佐賀のある武家屋敷の表に佇《たたず》んで思案している杢之助の姿があった。

杢之助はあの商人町からここまで、布で包んだ馬の足跡をずっと追って来たのである。

これは生半可な仕事ではなかった。何しろそこかしこで足跡はふっつりと消えている。地べたに這《は》ってそれこそなめるようにして探し廻る必要があった。狩人としての素養がなかったら、とても出来なかった作業である。山中で獣《けもの》の足跡を何日も追うことがある。

追尾されたと感づいた獣は、狡智《こうち》の限りを尽くして振り払おうとする。己の足跡を正確に踏んで後戻りをし、横に跳んだ叢《くさむら》の中で待ち伏せをする熊《くま》もいる。それに較《くら》べればこの足跡は特徴があるので、まだしも楽だった。それでもほとんど三日がかりで、ようやくここまで追って来ることが出来た。

〈雨が降ったら終りだったな〉

秋晴れの好天が続いたことを、杢之助は感謝した。

〈さて、どうしたものか〉

杢之助は顎《あご》を掻《か》いた。

奇妙な足跡は間違いなくこの屋敷内に消えている。だがまさか踏みこむことは出来ない。

ここは藩でもお歴々に属する人物の屋敷だった。

その時、築地《ついじ》の上から、火縄《ひなわ》の臭《にお》いが立つのを、杢之助の獣並みの鼻が捉《とら》えた……。

馬上筒

闇夜《やみよ》の鉄砲は当らないというが、あれは嘘《うそ》である。狩猟人である杢之助はそのことをよく知っている。杢之助自身が山中の真の闇の中で、勘一つを頼りに、十間（十八メートル強）の距離で大狐《おおぎつね》を撃ちとめたことがある。

まして今夜は皓々《こうこう》たる月夜だった。上手が撃って当らないわけがなかった。

もっとも杢之助の心に動揺は微塵《みじん》もない。鉄砲で死ぬぐらいのことは、寝覚めの床の中で何十回となく経験している。その衝撃から、燃えるような熱さ（弾丸《たま》は熱いのである）、次いで襲って来る激烈な痛みまで、すべて知悉《ちしつ》している。云ってみれば芸のない死に方に属する。

「斎藤杢之助である」

突然、一町四方に轟《とどろ》き渡るような大声で杢之助が喚いた。

「闇討ちされる覚えはないッ。意趣・遺恨があるなら名を名乗れッ。幽霊なら姿を見せろッ」

喚き続けながら、火縄の臭いのする方に向きを変えた。

〈とんだ阿呆《あほう》だ〉

腹の中で相手を罵倒《ばとう》している。撃つのなら杢之助が振り向く前に撃つべきだった。背後からの狙撃《そげき》は絶対に躱《かわ》すことが出来ない。正面からの場合は、百に一つ、気配で躱せるのである。

杢之助の獣なみの眼は、屋敷の築地の上に身を屈《かが》めた黒い影が異様に短かい鉄砲を構えている姿を、正確に捉《とら》えていた。

〈あの鉄砲！〉

一瞬そう思ったが、今は鉄砲の種類について思案する時ではない。

続けざまに咽喉《のど》も裂けよと喚いた。

「卑怯《ひきょう》であろう。顔も見せず獣のように鉄砲で撃ち殺すつもりか。貴様、それでも鍋島武士かッ」

これだけ喚けば、近隣の武家屋敷にまで充分聞こえた筈《はず》である。事実、あちこちの屋敷で戸を繰る音がした。鍋島藩の侍にとっては聞き捨てならぬ内容だったためもあろう。また斎藤杢之助の知名度が決して低くはない証拠でもあった。

人間離れのした大声に辟易《へきえき》したのか、築地の上の影がふっと消えた。火縄の臭いも急速に薄くなる。揉《も》み消したにきまっていた。

〈まったく阿呆だ〉

最初の一瞬の躊躇《ためら》いがこの事態を招いたことを、杢之助は充分に心得ている。射撃とはそういうものなのだ。

〈まだ人間を撃ったことがないんじゃないか〉

下針《さげばり》金作のような名人でさえ、至近距離からの射撃に躊躇いを見せて死んでいる。普通の人間が人間を射殺するのは、考えるほど容易なことではなかった。

杢之助は消え去った影の男にそこはかとない哀れみを感じながら、悠々《ゆうゆう》とこの屋敷町を去っていった。

「愚か者！　何という真似《まね》をしたんだ」

朝山将監が抑えた声で叱《しか》った。将監は非業《ひごう》に死んだ龍造寺高房の弟であり、伯庵の叔父に当る。年齢の割に逞《たくま》しく恰幅《かっぷく》のいい男だが、その前に仏頂面《ぶっちょうづら》で坐っている男はもっと大きかった。まるで仔牛《こうし》だった。これは将監の独り息子蔵人である。地べたに六尺の杖《つえ》を立て、片手の力でその杖が見えなくなるまで地中に押しこむことが出来たというから、途方もない筋力だった。剣・槍・長巻と何でもこなしたが、特に鉄砲は名人の域に達している。今も膝《ひざ》の上に銀象嵌《ぞうがん》の精巧な馬上筒を横たえ、絶え間なく愛撫《あいぶ》を繰り返していた。

馬上筒は今日の騎兵銃で、文字通り馬上で使う鉄砲である。馬上では手綱を放すわけにはゆかないのだから、ほとんど片手で鉄砲を扱わねばならない。そのため馬上筒は通常の鉄砲より短かく軽く、しかも速射出来る必要があった。普通の鉄砲の長さが百三十四センチから七センチだったのに、馬上筒の方は全長三十一センチから九十センチである。蔵人のものは全長四十六センチの三匁《もんめ》五分玉筒だった。

「大袈裟《おおげさ》に騒ぎすぎますよ。たかが素浪人一人に……」

「お前はこの町のことを知らぬから、そんなことが云えるんだ。いいか。斎藤杢之助は島原で一番乗りを果し、更に百二十一人の浪人を僧侶《そうりょ》姿にさせ、佐賀を無断出国して、江戸は松平伊豆守さまの老中屋敷を取り囲み、おどしをかけた男だぞ。そんな男を撃ってみろ。今夜半中にこのあたりは浪人で埋まってしまう。いや、浪人だけではない。手明槍《てあけやり》の面々も全員駆けつけてくるに違いない。一軒々々屋敷改めが行われ、わしらは簡単に見つかる。そしてその鉄砲を見られたら、どんな殺され方をするか分らんぞ」

蔵人は薄ら笑いを浮かべてみせたが、表情が硬《こわ》ばっている。腹の底に妙なうそ寒い感触がある。認めたくはないが、それは恐怖心だった。実は杢之助が名前を怒鳴った時の衝撃がまだ残っているのだった。あれは何とも絶妙な間のはずし方だった。今になるとそう思う。丁度引金のしぼりが極限に達する僅《わず》か前に、あの大声が轟《とどろ》きわたったのである。指が一瞬とまった。あの状態で引金をしぼっても無駄だったろう。いわゆるガク引きになって、弾丸はあさっての方角に飛んでいった筈である。昂《たか》まった気合を巧みにはずした呼吸が、尋常でない。武芸はもとより鉄砲の造詣《ぞうけい》もかなり深いと思われた。

「かなり鉄砲を使いますね、あの男」

思ったまま口にして見た。

「当り前だ。あれは島原で下針金作と果し合いをして勝っている。佐賀藩士全員の見ているところでだ」

「下針金作を……？」

蔵人もその名は知っている。数間先に吊《つ》るした木綿針を撃ち抜くという名人である。その男と決闘をして勝ったと云うのか。蔵人の血が騒いだ。どうしても、たとえ自分も撃たれても、撃ち殺してやりたかった。

「今度会ったら必ず……」

思わず呟《つぶや》いた。

「何？」

「撃ち殺してみせますよ」

蔵人は肩を聳《そび》やかした。

「馬鹿者。わしらはそんな小さなことで来たわけではないぞ！」

将監が喚いた。

「それより早く支度せい。すぐここを出る。隠れ家を突きとめられては厄介《やっかい》だ」

杢之助は離れの自分の部屋で、牛島萬右衛門と酒を飲んでいた。今夜のお勇は馬鹿に色っぽくて、酌《しゃく》をしてくれる腰つきまで艶《えん》である。思わずちろっと撫《な》でて睨《にら》まれた。萬右衛門が無遠慮に声をあげて笑った。

「おい。お主、誰か馬上筒の達者を知らんか」

李之助の突拍子もない問いに、萬右衛門は益々おかしがって怒鳴った。

「照れることはないだろう、何も」

「本気で訊《き》いてるんだがね」

萬右衛門はまだ疑わしげに李之助を見たが、仕方なさそうに応えた。

「馬上筒ってあの短かい奴《やつ》だな」

「そうだ。かなり腕力がないと使いこなせないだろうな」

「知らんなァ。馬上筒なァ。お城の武器蔵で見たきりだよ。ほかでは見たこともない」

「そうか」

李之助は沈黙して盃《さかずき》を明けた。

「馬上筒の達者をどうするんだ」

「別に。さっきそれで狙《ねら》われたんでね。珍しい物を使う男だと思って……」

「何だと？」

萬右衛門が気色《けしき》ばんで盃を置いたのと、お勇が、

「あんた！　今度は何をしたの？」

と叫んだのが同時だった。

「何もしやしないよ」

弱ったように応えるのに耳も貸さず、お勇は膝を乗り上げるように真ン前に坐《すわ》ると、

「嘘！　ちゃんとおっしゃい！　また危いことしてるんでしょッ！」

「何もしてないよ。本当だ。幽霊の足あとを辿《たど》っただけさ」

「幽霊の足あとだって？」

萬右衛門が割り込んで来た。

屋敷の持主の名だけは省いて、あった通り話すと、萬右衛門がいきなり大刀を摑《つか》んで立ち上りかけた。

「どこへ行く」

「知れたことを。その屋敷へ斬《き》り込むんだ。案内してくれ」

「案内は出来んな」

「何故《なぜ》だ？」

「忘れた」

萬右衛門がどすんと腰をおろした。

「教えたくないんだ」

杢之助は黙って飲んでいる。

「何故だ」

「とにかく……」

李之助が云った。

「あの馬上筒とだけは撃ち合いがしたい」

萬右衛門は暫《しばら》くの間、射抜くように李之助の顔を見ていたが、ふっと溜息《ためいき》をついた。

「お主、龍造寺伯庵が好きなんだな」

「会ったこともないよ」

「でも好きなんだ。俺《おれ》には分る」

李之助は黙っている。

「この幽霊騒ぎは伯庵の策謀だ。龍造寺一門に、三十一年前の高房さまの怨《うら》みを思い出させるための芝居だよ」

「多分」

「殿は江戸で閉門中だ。郷国《くに》には戻れぬ。その間に龍造寺一門の力を結集し、一気にことを起せば……」

「何が起きる？」

萬右衛門が一瞬つまった。

「佐賀鍋島は滅びるとでも云うのか。俺達、生粋《きっすい》の鍋島武士はそんなに弱いかね」

「いや、それは……」

「龍造寺一門と一口に云うが、どれだけ伯庵殿に同心すると思う。みすみす家を潰《つぶ》すのが分っているのにな」

「それもそうだ」

萬右衛門が妙に気落ちしたように云った。

「お家が潰れれば龍造寺一門も確かに潰れるな。喧嘩《けんか》両成敗だ」

「それが伯庵殿の狙いさ。あの人はこの国を潰したいんだ。肥前三十五万七千石を天領にして、ぺんぺん草の生えるところが見たいのさ。それはそれでなんとも豪勢な眺《なが》めじゃないか」

萬右衛門は夢から醒《さ》めたような顔をしていた。酔いも醒めてしまっている。

「それで俺たちにばたばたさせたいんだ。手伝わせようて魂胆なんだ」

「成功させてやりたい気もするがね」

杢之助がぼそっと云って、萬右衛門の眼を剝《む》かせた。

脱　出　行

白い亡霊がまた人を殺した。

今度斬られたのは武士だった。自分の家で眠っているところを襲われ、枕元《まくらもと》の刀を抜く暇もなかったようだ。

騒ぎに驚いて廊下に出て来た妻女が、白い裃《かみしも》姿に白覆面をつけた亡霊をはっきりと見た。

亡霊は門前から又しても白馬にまたがり、全く足音をたてることなく、闇の中に消えていったと云う。

殺された武士は六十代で、龍造寺の血を引く小身《しょうしん》の男だった。高房さまとの因縁《いんねん》は不明だったが、逆に殺されたからには高房さまを裏切っていたのだろう、と云うことになった。妻女が躍起になって否定したが、誰一人信じてくれなかった。老いて子もない妻女は、数日後、咽喉を突いて死んだ。

中野求馬が杢之助の家に現れたのは、あたかもその当日だった。

「御家老は大事ないと簡単に云われたが、俺はどうにも胸が騒ぐのだ」

朝山将監とその息蔵人が江戸から消えたことを語った後で、求馬はそう云いながら吐息をついた。さすがに無理な急ぎ旅の疲れが出たようだった。

「朝山蔵人は馬上筒を使うか」

杢之助の唐突な問いに、求馬は暫く思案していたが、

「鉄砲が二挺《ちょう》、留守宅に置き去りになっていたようだが……」

「弾丸と煙硝《えんしょう》はどうだ？」

「弾丸はあったが玉薬はなかったな」

記憶を奮い起すようにして求馬が応《こた》えた。

「馬上筒と並の鉄砲では弾丸が違う。だから置いて行ったのだな。煙硝は残らず持参したんだろう」

杢之助が明快に答えた。もう間違いなかった。馬上筒の主は朝山蔵人だったのである。

「誰か馬上筒で撃たれたのか。御家老はそんな話は全く……」

「撃たれた者はいないよ。それより美作さまは確かに朝山さま親子召捕りの手配をすると云われたんだな」

美作さまとは多久美作守茂辰のことである。龍造寺一門の重鎮であり、当時筆頭家老をつとめていた。この年三十一歳の働き盛り。勝茂、龍造寺一門の双方はもとより、家中の信望を一身に集めていた人物だった。

「当り前だろう。三日もすればつかまるだろうと云われたよ」

「つかまえてどうする?」

「何?」

求馬が意表をつかれた顔をした。

「白覆面も白袴も、白馬でさえ見つかるまい。だとしたら、どうやって朝山さまに罪を着せられるんだ?」

求馬が唸《うな》った。確かに龍造寺高房の実弟を、何の証拠も証人もなしに罰することは出来まい。精々叮重《ていちょう》に領内から出て行って貰うだけである。

「何をしに来たのかな、あの親子?」

求馬が何か云いかけてやめた。さすがに萬右衛門より鋭い。意気ごんでやっては来たものの、確かに朝山親子の意図が不明だった。まさか龍造寺一門に謀反《むほん》をすすめる為《ため》ではあるまい。またそんな望みを受け入れる龍造寺一門でもない。だとすると本当に何をしに来たのか。

白い亡霊で佐賀の町民をおどかすためか。高房恨みの相手の子孫を誅殺《ちゆうさつ》するためか。どちらもあんまり子供じみていて信じられない。

求馬はもう一度唸った。佐賀に急行する間も、同じ疑問が絶えず頭の一隅《いちぐう》から離れなかったのである。だがあの伯庵が自ら延々と目くらまし作戦まで使って成功させた朝山親子の江戸脱出と佐賀入国である。何か強力な理由があるに違いなかった。絶対になければならなかった。

「分らぬ。いくら考えても思いもつかぬ」

求馬はごろんとまうしろに引っくり返った、と思ったら一回転して起きた。窮した時によくやる動作である。これだけ大きく動いて、手にした盃の酒を一滴たりともこぼさないのが特技だった。今度は逆に前に転んで坐位《ざい》で起き上る。やはり酒は一滴もこぼさない。

李之助が珍しく目を据《す》えて見ていた。笑いの気《け》もない、厳しい顔だった。

「もう一度やってくれ」

生真面目《きまじめ》に云った。求馬は白けたがやむをえず、もう一度うしろと前に回転してみせた。

「もういいかね」

皮肉に云って盃を口に運んだ。その瞬間に李之助が喚《わめ》いた。

「それかッ」

求馬が飲みかけた酒をぷっと吹き出したほどの大声だった。

吐き出した酒を拭《ふ》きながら文句を云うと、李之助は変に光る眼で求馬を見た。云うか云うまいか躊躇《ためら》っているように見えた。

「何がそれかなんだ?」

「藩では伯庵殿を斬る気かね?」

杢之助の眼が益々光っているようだった。

「まさかな。江戸でそんなことをしたら、えらいことだ」

求馬がなにげなく答えた。

「国許《くにもと》ではどうだ?」

畳みかけて来た。

「ここでかね?」

「そうだ。佐賀でだ」

きっぱりと云った。

「そうだなァ……佐賀でつかまったとしたら……」

不意に愕然《がくぜん》となった。

「杢之助! お主、まさか伯庵殿が……」

「先に俺の問いに答えてくれ。殺すか、殺さないか」

「正直俺にも分らん」

求馬の胸騒ぎがひどくなって来ている。

「時が時だ。それに亡霊騒ぎもうまくない。やり方が珍しくあくどすぎる。まるで佐賀人を怒らせるためにやってるようなもんだ。これじゃ斬りたい奴が出て来ても不思議じゃァない」

李之助は依然黙っている。

「もっとも俺は死なせたくない。奇妙に聞こえるかもしれぬが、俺は伯庵殿が好きなんだよ」

「よし」

やっとほっとしたように李之助が云った。

「それじゃ一つ何とかしなきゃならん」

「しかし伯庵殿は本当に……」

「朝山殿父子が佐賀へ来ても仕事がない。白い亡霊など子供欺《だま》しさ。何かあると思わせているだけだ。それも道理。実はこっちの方が目くらましなんだ」

求馬があッとなった。云われてみるとその通りである。伯庵が老中屋敷訪問という目くらましで横目を偽り朝山父子を脱出させた……そう思ったばかりに注意の焦点がこちらに移ってしまった。今頃伯庵の監視は、さぞいい加減になっていることだろう。今なら楽々と江戸を脱出することが出来る。つまりは二重の陽動作戦だったのである。

伯庵自身が佐賀に入って来たら……?

求馬は慄《ふる》えた。伯庵のいかにも真情の籠《こも》った訥々《とつとつ》たる語り口を思い出したからだ。あの弁舌にかかったら、別して若者はひとたまりもあるまい。伯庵の狙いが恐らく龍造寺一門の若者たちであろうことを、求馬は直感した。伯庵はいわば『若者たらし』である。たとえその説くところが鍋島と龍造寺の抱き合い心中であっても、若者たちは喜び勇んで危険な情死行に参加する気になるかもしれない。

それだけではなかった。

江戸から佐賀は遠い。伯庵の江戸脱出は、伯庵の到着以前に佐賀にしらされる公算が大である。その時はどうなるか。憤激した佐賀藩士は待ち構えて伯庵を斬るだろう。伯庵がその点に気付かぬわけがない。十二分の手は打って来る筈《はず》である。自分が殺される時は、鍋島藩を地獄に抱いて行く手筈を整えて来ているにきまっていた。死ぬもよし、生きるもまたよし。求馬には、いかにも気持よさそうに空を見上げながら街道を歩く伯庵の顔が、目《ま》のあたりに見えるような気がした。

〈相変らず大変な策士だ〉

〈策士ねえ。私はただの鼠《ねずみ》だと思っているんですがねえ〉

伯庵の声がきこえて来た。

〈鼠が虎《とら》に嚙《か》みついたら、世間は馬鹿な鼠と笑うでしょうか。それとも馬鹿な虎だといいますか〉

どっちみち虎の方に分がない勝負なのだ。勝ってさげすまれ、負けて死ぬことにでもなったらそれこそ拍手喝采《かっさい》、雨あられということになる。

この勝負はさせてはいけない。絶対に避けさせねばならない。だが、どうやって？

「もう間に合うまいな」

求馬が声に出して云った。李之助がちらりと見た。

「いや、今から江戸にしらせてもさ」

確かに間に合わなかった。伯庵は既に動きはじめていた。そしてその江戸脱出行は、さすがの李之助と求馬さえ想像することの出来なかった、おおっぴらで挑戦《ちようせん》的なやり方で行われた。

鉄《てつ》砲《ぽう》洲《ず》

鍋島藩江戸本邸詰めの横目付小島三右衛門は、決して油断をしていたわけではなかった。下横目の山上一平太を連れて、その日も相も変らぬ松平老中詣《もう》での伯庵をしっかり尾行監視していた。

伯庵はいつもと全く変らなかった。洗い晒《ざら》した、だが涼しげな白衣に袈裟《けさ》をつけ、素足に藁草履《わらぞうり》ばき。首に掛けた長い数珠《じゆず》以外に何一つ持たず、剃《そ》りたての青々とした頭をさらして老中屋敷に入った。

いつものように四半刻《しはんとき》もしないうちに出て来た。別に思案をする風でもなくすたすたと歩く。途中でこれも判で押したように立ち寄る辻《つじ》売りの甘酒屋で、一杯の甘酒をゆっくり時をかけてすすった。親爺《おやじ》にびた銭を渡すと急ぐでもなく歩きだす。

小島三右衛門がおやと思ったのは、伯庵が大川端に出た時である。

〈紅葉でも見にゆくつもりか〉

江戸は秋酣《たけなわ》だった。紅葉の最も美しい時期である。

だがそれも違ったらしい。伯庵は大川沿いの道を、迷いも見せずにすたすたと下ってゆく。

〈どこに行く気だ〉

三右衛門も一平太も漸《よう》く異状を感じはじめていた。

「お屋敷にしらせましょうか」

一平太が囁《ささや》いた。

三右衛門は迷った。だがこの時点で一人になるのは心細かった。別段身の危険を感じたわけではない。伯庵は暴力沙汰《ざた》とは常に無縁だった。三右衛門が恐れたのは、伯庵が誰かに会うのではないか、ということだった。それが旧知の者なら問題ない。もし新顔だったら、そちらも尾行して素姓をつきとめる必要がある。

「まだよかろう」

三右衛門の断で、二人はそのまま尾行を続けた。

それにしてもどこまで行くつもりか。

大川の川幅は増し、やがて江戸湾にそそぐことになる。

「鉄砲洲だ」

そう気がついた瞬間、三右衛門は目が眩《くら》むほど不安になった。

当時の鉄砲洲は、諸国から回航して来た大船の舟がかりとして、殷賑《いんしん》を極めていた。関西方面から物資を積んで来た五百石《こく》船は、すべてここに舟がかりし、荷物を小舟におろす。その小舟が大川をさかのぼり、各所の掘割を通って江戸じゅうに荷を運ぶのである。

もとより接岸出来る設備はなく、五百石船は例外なく沖合にもやっていた。

鷗《かもめ》がとびかい、帆柱の林立した港の情景は、いつどこでもそこはかとなく自由の気配が漂い、人の心を浮き立たすものだ。

伯庵もそうした漂泊の心を楽しんでいるかのように突堤に腰をおろし、海を見つめて永い間動かなかった。

故郷の佐賀を出て何年になるのだろうか。茫々然《ぼうぼうぜん》として身動き一つしない伯庵の姿に濃い悲しみの色を感じとり、三右衛門は胸をかきむしられるほどの哀れさを感じた。

後になって三右衛門も一平太も、この間伯庵に近づいた者は一人もなく、伯庵も合図らしい所作は何一つしていないと証言している。事実、魂をどこかにとばしたような表情で、茫然と坐っていただけである。

その小舟についても、三右衛門はかなり前から気がついていた。沖合からこの突堤にむけてゆっくり近づいて来ていた。その舟が突堤を掠《かす》めて過ぎそうになった時、伯庵がふっと立った。勢いこんだ様子もない。さりげなくふわりと立った。二歩進み、突堤の端に達した。三歩目は舟におろされた。

「あーっ」

一平太が大きく叫んだ時は、もう小舟は反転していた。そのまま沖に戻ってゆく。一平太が狂気のようになって舟を求めたが、そんなものが急場に手に入るわけがない。

三右衛門は呆《ほう》けたように突堤に立って、小舟が五百石船に接舷《せつげん》し、伯庵がひき上げられ、やがて碇《いかり》をあげた五百石船が巨大な白鳥のように大きな帆を拡《ひろ》げて沖合遥《はる》かに消えてゆくところまで、しかと見定めた。また見定めるしかどう仕様もなかった。

勝茂は急遽《きゅうきょ》大坂蔵屋敷に早馬を送った。

伯庵を乗せた五百石船が大坂に着いた場合に備えての手配である。

だが船が大坂に着くという保証は一切ない。第一、問題の船の名さえ分らないのである。公儀舟手奉行の手を借りれば別だが、たかが田舎大名の調査につき合っていられるほど、どの船も暇ではない。荷をおろし、新たな荷を積みこむや否《いな》や、慌《あわ》ただしく出帆していってしまう。昨日と今日では、港にいる船はがらりと変ってしまっているのだった。

鍋島藩が舟手奉行の力を借りられないことは自明の理である。藩の醜態を天下にさらけ出すことになる。あとはなんとか大坂に立寄った船を捕えられるように祈るだけだった。

勿論《もちろん》佐賀にも急使がとんだ。伯庵の入国が予想されたからである。それだけはなんとしてでも阻止せよ、という命令だった。但《ただ》し、絶対に伯庵を斬ってはならぬ。勝茂もまた伯庵の意中を正確に読んでいた。ここで伯庵を斬っては鍋島藩は消滅する。伯庵はそれだけの手を打ってある筈である。そうでなければこんな大胆でおおっぴらな脱出を企てるわけがなかった。

勝茂は初めて閉門の効果を知った。矢も楯《たて》もたまらず佐賀へ帰りたかった。鳥のように空を飛んで行きたいと思った。

空より参らむ
羽賜《た》べ　若王子《にゃくおうじ》（『梁塵秘抄《りょうじんひしょう》』）

という諧謔《かいぎゃく》に隠した痛切な願望が、今の勝茂には心に沁《し》みて理解出来た。

自分が行けば何事も起きはしない。また起させはしない。伯庵如《ごと》き小僧っ子に何が出来るというのか。しかも伯庵の目指すものは、明かに『滅び』である。自ら滅びたいと希《ねが》う人間がどれだけいるだろう。龍造寺一門はすぐれて現実主義者である。だからこそ危急の際に一家臣にすぎなかった鍋島に己れの領国のすべてを委《まか》せたのである。その現実主義者たちが、よもや伯庵の『滅びの理論』に屈する筈がなかった。だが……そう、だがである。人間が理屈通り動く生き物ならなんの心配もいりはしない。理屈をはずれた思いもかけぬことが起るからこそ人生なのではないか。特に若者たち。とりわけてその集団。やり場のない若者たちの活力が集団となって爆発した時の恐ろしさを、勝茂は知っている。それでなくても佐賀人は激発しやすい性《さが》を持っている。若さが、集団が、それに拍車をかけたらどうなるか。

勝茂の脳裏に多久美作守の顔が浮んだ。何事が起っても動揺の色を見せたことのない頼もしい顔だ。だが惜しむらくは対応が遅い。敏捷《びんしょう》さにおいて欠けるところがある。島原のいくさでも、折角どの藩よりも早く情報を摑《つか》んでおきながら、江戸へのしらせは細川家よりも三日も遅れた。その対応の遅さが致命的になる時もあるのではないか。それが今回でないことを勝茂は衷心《ちゅうしん》から祈った。祈ることしか出来ない身が、無性に歯がゆかった。

「むっ」

無声の気合と共に勝茂は鋭く抜刀した。刀は加賀の清光である。嘗《かつ》て勝茂が白石の別邸に滞在中、縁側の袖壁《そでかべ》の向うに怪しい者の気配を感じ、壁ごと斬《き》って仕とめたという大業物《おおわざもの》だった。曲者《くせもの》は大袈裟のただ一太刀で絶命したという。刀も刀、斬り手も斬り手というところだろうか。勝茂の剣は殿様芸を遠く越えていた。だが今日ばかりはその剣も徒《いたず》らに空を斬っただけだ。斬るべき相手がいない。相手は伯庵では断じてなかった。強《し》いていうならば、龍造寺高房であろう。だが三十一年も昔に死んだ男がどうして斬れよう。まして眼に見えぬ高房の怨霊《おんりょう》が斬れる道理がなかった。

〈杢之助！〉

半ば無意識に、勝茂は胸の中で杢之助に呼びかけていた。

〈死人《しびと》なら怨霊も斬れるか？　どうだ？〉

杢之助は間違いなく死人である。中野求馬にはまだしも生ある者の可愛《かわい》げがいくばくかは感じられるが、杢之助には全くない。人を徒らにいらいらさせるような、見事な死人である。そして怨霊の化身ともいうべき伯庵に苦しめられている今、真実頼れるのは死人だけかもしれなかった。勝茂の剣士としての勘が、何故《なぜ》かそう告げていた。

〈伯庵を斬らず、伯庵の中にある高房の怨霊だけを斬れるか！〉

また清光を振った。一撃、二撃、三撃。立て続けの斬撃《ざんげき》も、だが、何ものも斃《たお》すことは出来ない。老中松平信綱は斬れる。朝山将監父子も斬れる。龍造寺主膳も勝山大蔵も斬れる。ひょっとすれば伯庵も斬れるかもしれない。だが、怨霊だけは斬れぬ。

〈頼むよ、杢之助〉

勝茂の呻《うめ》きは悲鳴に似ていた。

〈伯庵を斬らずに怨霊だけを斬れるか〉

この問いはここ十日ほどの間、杢之助が絶えず己れに発し、答えることが出来ずにいるものだった。

「無理だ」

思わず声に出た。お勇の膝枕《ひざまくら》で寝転っている時だったから、忽《たちま》ち、問いが降って来た。

「何が無理なの。ねえ、何がなの？」

世の中には返事の出来ないこともあると云うことを、お勇はいつまでたっても理解しようとしない。そういうのはすべて女房に対する隠し立てになってしまうのだから、男たる者たまったものではなかった。

「寝言だ」

と逃げたがそれくらいでひるむお勇ではない。

「夢見たのね。どんな夢？　ねえ、どんな夢？」

こういう時、男は女房をしめ殺してやりたくなる。だが倖《さいわ》いなことに助太刀が入った。

「相変らず気ままにいちゃつけていいな」

求馬が入って来たのである。

「あれ」

お勇が赧《あか》くなって膝をはずしたので、杢之助の頭はごっとんとのんきな音をたてて畳に落ちた。

「あんまりだろう、おい」

杢之助がぼやいたが、

「お酒ですね」

お勇はもう縁に逃げていた。

お勇は求馬が苦手なのである。家柄《いえがら》がよすぎるし好い男すぎた。そばにいると何となく息がつまる。

「嫌《きら》われてるな、俺は」

さすがに求馬は感じている。杢之助は笑いもしない。じろりと求馬を見た。

「逃げた。船だそうだ」

求馬が簡潔に云った。

「船か。馬鹿にのんびりしてるじゃないか」

船旅は楽だが日数がかかる。時化《しけ》や風待ちを勘定にいれると、はっきりした到着日も分らない。

「どうせ殿は動けん」

「それだけかな」

「どういう意味だ？」

「朝山将監さまは、やっぱり何かの役を負っているんじゃないのか」

「あの人に出来ることなんかないぞ」

将監は兄の高房と違って父の政家に似ている。政家は肥《ふと》りすぎてきちんと坐ることも出来なかったと云う。将監も大兵肥満、どちらかと云えば魯鈍《ろどん》に近い。精々亡霊を出現させるくらいが関の山である。その亡霊もここのところぱたりと出なくなった。もっとも多久美作の広言にもかかわらず、将監親子も一向に逮捕されない。

「もう郷国《くに》を出ているんじゃないか。役は終ったんだろう」

求馬はどこまでもこの親子を馬鹿にしている。佐賀に居て、多久美作の鋭い眼を逃れられるわけがなかった。

「いや、いるな。何かやってるんだ」

李之助がきっぱり云った。

怨《おん》霊《りょう》

杢之助の勘は当っていた。

朝山将監は立派に役を持っていたし、それを着々と果していた。将監は江戸を出る時、一通の部厚い書簡をあずかって来ていた。特に誰かにあてたものではない。上書には、

『龍造寺藩の諸兄へ』

とある。書き手は勿論《もちろん》伯庵だった。

それは手紙というより檄文《げきぶん》に似ていた。といって決して調子の高いものではない。龍造寺家の成り立ちから筆を起して、政家と高房の満たされなかった悲願を悲しみを籠《こ》めて語っている。まさに涙なくしては読めぬ一代の名文だった。伯庵はそこで筆を転じ、自分の恵まれぬ出生を語り、亡父の怨念を継ぐ気になった理由について書いている。鍋島家に謀《む》反《ほん》を起すつもりの全くないことをくどいほど繰り返し、自分の願いはただ一つ、この世に龍造寺の名跡を残すことだけである。鍋島家に於《お》いても、本藩以外に小城鍋島、鹿島鍋島の二藩を設けているではないか。それは正しくまさかの場合にも鍋島の名跡を残そうという配慮に他《ほか》ならない。龍造寺本家の名跡をこの名残の佐賀の地に、たとえ僅《わず》かでもいい、残して欲しいと願うのは、そんなにだいそれた望みだろうか。龍造寺ゆかりの諸兄にあっては、よろ

しく手前の微意をお汲《く》みとり下さり、何とぞこの度の龍造寺再興一大請願の連署人になっていただきたい、そう結んであった。

この書簡の最大の眼目は当然この連署人という一点にある。これは現代の署名運動よりも遥かに巨大な力を発揮することになる。まるで強力な爆裂弾である。たとえ小なりといえども龍造寺家の再興を望む者がいるということは、拡大解釈をすればそれだけ鍋島の統治にあきたらない者がいると云うことだ。その数が多ければ多いほど、鍋島の内政に問題があると云うことになる。これが老中松平信綱の手に渡れば、正に鍋島いじめの切札と化する。

だが書簡を一読しただけでは、そんなだいそれたことになろうとは思われない。一族として龍造寺本家の遺児のささやかな願いに助《すけ》っ人《と》してやって何が悪いか。何よりもこの声涙ともに下る文章を見よ。これに感じない者は武士ではない。政治にたずさわる者以外は、等しくそう感ずる筈《はず》だった。正にそういう風にこの書簡は書かれてあった。龍造寺伯庵一代の名文と云っていい。

朝山将監は、この書簡を伯庵の綿密な指示通り披露《ひろう》して廻る使者の役だった。将監が最初に廻ったのは、なんと龍造寺一門の次男、三男、即《すなわ》ち部屋住みと呼ばれる若者たちの間だった。彼等は長兄が死なぬ限り家を継ぐことは出来ない。さもなければ養子の口を探すことだ。それが出来なければ一生冷飯ぐいの身分で満足するしかない。彼等にとって龍造寺本家が出来ると云うことは、新しい就職口が出来ると云うことである。小さくとも藩と云うことになれば、それ相応の家臣が必要になるからだ。養子の屈辱に甘んじることなく、冷飯ぐいの身分を脱却出来る好機である。そして殿様になった伯庵が、署名人の中から家臣団を選ぶのは当然であろう。彼等はそれこそ先を争って署名血判をした。

将監は次にこれを長男だがまだ部屋住みの若者たちの間に廻した。彼等の思いも二、三男とさほど変らない。それに同年代の若者の夥《おびただ》しい署名は、自分が仲間はずれになるのではないかと云う危惧《きぐ》を呼びさました。こうして署名人の数はみるみる増えていった。

中にはこの署名の効果を推察して驚愕《きょうがく》した者もいる。彼等が注進にゆく先は一つしかなかった。筆頭家老多久美作守茂辰のもとである。美作は話をきくと鼻で笑った。

「心配はいらぬ。そのような書類が佐賀から外に出ることは決してない」

その前に取り抑え、没収するというのだ。そういえば近頃、港や国境いの警備は厳重を極め、旅人たちの怨嗟《えんさ》の的になっている。美作の手配に違いなかった。

「だが署名する愚か者の名をわしも知りたい。当分邪魔をせず放っておくがいい」

そして、とんだ楽しみが増えた、と豪快に笑うのだった。注進した者はさすがは美作さま、と感心して引き下がった。

中野求馬がこの書簡の存在を知ったのは、龍造寺一族の碁敵《ごがたき》からだった。この春やっと家督を継いだこの男は、部屋住みの期間が長く、お蔭《かげ》で専従の碁打ち並みの腕で、なまなかの相手では面白くなくなった。求馬は天性の碁の上手で、本気になれば佐賀でも一、二の腕である。勢いこの男の相手になる機会が多かった。

「美作さまがそんなことを……？」

求馬が驚いて訊《き》き返すと、

「俺も初めはびっくりしたよ。のんきすぎると思ってね。だが近頃の警備の厳しさを見て納得がいった。心配はないさ。なにしろ美作さまだ」

多久美作はそれほどの男だったのである。

だが求馬は納得がゆかなかった。碁の帰りにまっすぐ杢之助を訪ねた。丁度萬右衛門が来ていた。

「どう思う？」

書簡の件と美作の応対ぶりを告げてから、端的に訊いた。

「つまりそういうことさ」

杢之助は驚いた様子もない。

「御家老が伯庵殿の裏にいるというのか」

「そうなるだろうな。俺が馬上筒で撃たれかけたのは、美作さまのお屋敷の表だったよ」

杢之助は初めてあの場所を明かした。

「何故《なぜ》早くそれを云わないんだ」

求馬と萬右衛門が怒ると、

「云ったら信じたかね」

杢之助が平然と問い返した。求馬と萬右衛門は沈黙した。成程、これは難かしいところだった。国許《くにもと》の筆頭家老で、蔵入り（経済）は勿論《もちろん》、人事から仕置（裁判）の権限まで一手に握っている鍋島藩きっての俊秀が、伯庵の後押しをしていたなど、常識で考えられることではない。

「理屈をつけただろうな」

求馬が小さく云った。美作をかばうために色々考えただろうと云うのだ。

「余計なことだ。だから云わなかった」

人間のすることに理屈はどうにでもつく。だがすべて嘘《うそ》である。何を考えるかではなく、何をするか或いはしないかで男の評価はきまる。杢之助はそう云っているのだ。

「お主にかかるとなんでも簡単だな」

求馬が苦笑して云った。

「俺は死人《しびと》だよ。お勇とつがう時だけ生きる」

杢之助がけろりと云った。

「連署した連中の名は？」

「さすがにそこまでは云わなかったよ。部屋住みの者がほとんどだそうだ」

「考えたな」

杢之助は萬右衛門を見た。

「龍造寺の若者たち一人々々に残らず浪人を貼《は》りつけさせられるかね」

「無理だろう」

浪人の数はそれほどはいない。例の百人出家の事件の時も、手明槍《てあけやり》の面々が大分参加していたのだ。

「手明槍を使おう」

李之助は無造作に云う。

「貼りつかせてどうする？」

求馬が訊いた。また話が大きくなって来た。李之助がやると何時《いつ》もこれだった。

「連中が揃《そろ》って集ろうとしたら、それが伯庵殿の帰って来た日だ」

「そうか」

「ただ貼りついているだけかね」

萬右衛門は不満である。

「一斉《いっせい》に集ろうとしたらとめるんだね」

「どうやって？」

さすがの萬右衛門が目を剝《む》いた。百人を越す若者をとめられるわけがない。

「喧嘩《けんか》を売れ」

李之助はあっさり云った。

「とことん喧嘩を売るのさ」

萬右衛門がまじまじと李之助を見た。

「死ぬことになるな」

とことん喧嘩を売れば、いやでもそうなる。勝っても負けても腹を切らねばならない。

「そうさ」

杢之助にとってこれは当然のことである。

「向うも腹を切ることになる」

求馬が蒼《あお》くなった。途方もない話である。双方併せて二百人を越える男たちが、一斉に死ぬことになるのだ。

「そんな無茶な……」

求馬が思わず口走った。

「何が無茶だ」

杢之助が問い返す。

「それしか高房さまの怨霊を殺すことは出来ないとしたら、やるべきじゃないか。二百余人の屍《しかばね》の上に立って、伯庵殿がまだ怨霊を説くことが出来ると思うか」

求馬は声が出なかった。

「龍造寺の連中も、多久美作さまも、百人を越える子息を失って、まだ怨《うら》みを晴らそうとするか」

こいつの云う通りだ、と求馬は信じた。百余人の息子が一斉に死ねば、龍造寺一族の力は激減する。何より精神的な打撃によって、再び立ち上れないほど打ちのめされるだろう。そしてその打撃は、伯庵と多久美作守を最も手痛く打ちすえる筈である。

しかもこれはいくさではない。徒党を組んでの闘いでもない。いずれも対一のくだらない喧嘩だ。結果として二百余人が死んだとしても、事情は変らない。公儀が文句をつける筋は全くないのである。

〈こいつは本気だ〉

今更ながら求馬はこの年来の親友が恐ろしくなった。杢之助は自分が死人だから鍋島藩士は、浪人も含めて、すべて死人だと信じ切っている。藩の危急を救うために死ぬのは当然だと思っている。だからこんな非情なことが平然と云えるのだった。

「よし。すぐかからせよう」

萬右衛門が片膝《かたひざ》を立てた。ここにももう一人死人がいた。

「待ってくれ」

求馬は二人を阻止するように両腕を拡《ひろ》げた。

「何を待つんだね」

萬右衛門が怪訝《けげん》そうに訊いた。

〈この二人をとめることは出来ない〉

求馬はそのことを痛感した。伯庵をとめる以上に、この二人をとめることは至難の業《わざ》だ。

〈なんとか手をうたなきゃならん。なんとか……〉

みすみす二百人を越える男たちを死なせるわけにはゆかなかった。求馬は焦《あせ》った。絶望の中で焦りに焦った。

萬右衛門が手配のために出ていった。

求馬は自分に出来る唯一《ゆいいつ》のことをやった。碁敵に会い、杢之助の計画を告げたのである。碁敵は仰天した。

「二百人を殺す気か」

「そうだ」

「本気か」

求馬は黙った。碁敵は溜息《ためいき》をついた。

「やるかもしれんな、あの男なら」

それで俺にどうしろと云うんだね、と碁敵は訊いた。龍造寺一門に極秘に触れを廻して、問題の日に一切子息を外に出さないで貰《もら》いたい……。

「そんなことが出来るか」

「出来なきゃ死ぬんだ。嵐《あらし》が来ると分っているのに舟を出す馬鹿は居るまい。あいつらは天災なんだ。そう云ってくれ」

碁敵は、天災か、成程と呟《つぶや》きながら、そそくさと立っていった。

〈あとは運だな〉

求馬はそう思った。

だが碁敵はよほど精力的に走り廻り、言葉巧みに恐喝《きょうかつ》したようだった。龍造寺一門の外出がこの日を境にぱたりととまったのである。部屋住みの若者ばかりではなく、当主から妻女・娘まで外出を控えた。もっともこれは当然といえた。一門の屋敷の外には必ず一人乃至《ないし》二人の浪人か手明槍の姿があったからである。いずれも死を決しているのだから、ただの形相ではない。中には公然と門前で大刀の寝刃《ねたば》を合わせている者までいた。こんな薄気味悪い連中の監視の中で外出する人間がいるわけがなかった。

二日後、碁敵が求馬を訪れて告げた。

「今夜だそうだ。鬼丸の宝琳院」

宝琳院は嘗《かつ》て伯庵が住職をしていた寺である。求馬も予《かね》てから伯庵はここへ来るだろうと察していた。

その夕刻。杢之助と求馬、萬右衛門の三人は宝琳院に出向いた。杢之助は父親譲りの鉄砲を提げている。

三人は本堂の縁に腰をおろして、伯庵の到着を待った。

冴《さ》え冴《ざ》えとした、いい月が出ていた。

その月が中天にかかる頃、やっと足音が聞こえた。

伯庵を先頭に朝山将監と蔵人の三人が旅姿で境内に踏みこんで来た。朝山親子は国境いまで伯庵を出迎えたに違いなかった。蔵人が馬上筒を抱くようにして持っていた。

伯庵がはたと足をとめた。

予想が狂ったのである。本来ならこの境内には百人を越す署名人が集って、伯庵を出迎えた筈なのである。

月明りに白々と照らし出された境内に人影は全くない。

「誰も来ませんよ、伯庵さん」

求馬がゆっくりと腰を上げた。

素早く馬上筒を構えた蔵人を、伯庵が抑えた。

「あなたは……？」

「お忘れですか。最後の晩にここで語り合った男ですよ」

求馬が月明りの中に出て行った。

「中野さんでしたか。お久しぶりです」

「私こそ」

互いに礼を交わした。

「挨拶《あいさつ》など後でしてくれ。他の者はどうしたんだ？　誰も来ないとはどう云う意味だ？」

将監が喚《わめ》いた。かなり長く歩いたと見えて肥《ふと》った身体《からだ》が滝のような汗である。声が不安で掠《かす》れた。

伯庵がまた手を振って黙らせた。

「あなたが……？」

ひたと求馬を見た。

「私じゃない。この二人です」

李之助と萬右衛門が立って来ていた。李之助は蔵人と向い合うように立った。

「どうやって？」

求馬は叮寧《ていねい》に説明した。

伯庵が息を飲むのが分った。将監も蔵人も声もない。

「あなたは危く二百人の男たちを殺すところだった。いや、今からでも殺すことになるかもしれない」

求馬が淡々といった。

「あなたにしては珍しく、今度のやり方は間違いだった。龍造寺一門を利用しようとしたのも間違いだし、美作さまと組んだのはもっと間違いだ」

将監がぎょっと身体を硬くした。

「美作さまが本気で後押しをしてくれると思ったんですか。あの方は署名人の名簿を、殿を牽制《けんせい》する道具に使おうとしただけだ。それさえ取り上げげたら、あなたは追放ですよ」

「分っています。ですから名簿は二通作りました」

伯庵は囁《ささや》くように応《こた》えた。

「さすがですね、伯庵さん。でもその名簿は役に立ちませんよ。あくまでそれを使う気なら、忽《たちま》ち死人の名簿に変りますからね」

伯庵の咽喉仏《のどぼとけ》が大きく上下した。

「二百余人の屍から離れた怨霊は、どこへ行くんでしょうね。教えて下さい、伯庵さん。あなたはその怨霊に責任があるんですから」

伯庵の全身から急激に力の脱けてゆくのがはっきりと分った。操《あやつ》り人形のようにぎくしゃくした動きで、二通の名簿を懐《ふとこ》ろから出して差し出した。

求馬はそれをすぐ杢之助に渡した。

「焼いてくれ」

杢之助は名簿を地べたに置くと、薬包を破って火薬を充分にふりかけ、懐炉のような容器におさめた火縄《ひなわ》の火を点じた。

名簿が見る間に燃え上った。全員が灰になるまで見つめていた。

杢之助だけが何故か目をしっかり閉じていた。

「終った」

伯庵が呟いた。

「今度やる時は、人を巻きこまないで下さい」

求馬が云った。

「ここにいる三人はね、伯庵さん、三人ともどういうわけかあなたが好きなんですよ。きっと一人で戦って来られたからでしょうね」

「ありがとう」

伯庵は叮寧《ていねい》に一礼すると将監たちに、ゆきましょう、と云った。

「俺はいやだ」

蔵人が云った。

「その男を撃つまでは出発しないぞ」

馬上筒で杢之助を指した。

「愚図々々せずに撃ったらどうだ」

杢之助が眼を開けて云った。

「それとも火縄が消えているのか」

これは侮蔑《ぶべつ》である。蔵人ははねるようにしてうしろに跳び、馬上筒を構えた。

一瞬早く杢之助の鉄砲が腰だめのまま火を吹いた。

馬上筒が落ち、暴発した。杢之助の放った弾丸は蔵人の右手の親指を撃ちとばしていた。

龍造寺伯庵は江戸に帰っても、龍造寺家再興の請願を続けたが、四年後の寛永十九年八月二十九日、遂《つい》に江戸を追われ、会津《あいづ》藩保科肥後守正之にお預けの身となった。伯庵は終生五十人扶持《ぶち》を給されたと云う。名門龍造寺家に対するせめてもの敬意だったのだろう。

勝茂の閉門は、この年寛永十五年十二月大晦日《おおみそか》に至って赦免された。大僧正南光坊天海が、

尾張・紀伊両家と将軍家光に向って、

『此《この》節鍋島御免ナクハ、向後万一ノ時誰カ天下ノ為《ため》ニ難ニ趣ク者アラン』

と説得したためだったと云う。

第五話

刺客

杢之助は離れの縁側に坐《すわ》って、馬上筒の改造に余念がなかった。

長さ約一尺五寸(四十六センチ)、三匁《もんめ》五分玉筒、精緻《せいち》な銀象嵌《ぞうがん》のほどこされた、美しい銃である。これは朝山蔵人《くらんど》の秘蔵品だった。鬼丸の宝琳院での決闘で親指を撃ち落された蔵人が、佐賀武士らしい淡泊さで、

「この手では生涯《しょうがい》鉄砲は握れぬ。口惜《くや》しいがお主にくれてやるわ」

と云《い》って手ずから渡してくれたものだ。

以来、杢之助はこの馬上筒を放したことがない。どこへゆくにも脇差《わきざし》がわりにこの馬上筒を背中に吊《つ》ってゆく。一つにはこの鉄砲に慣れるためだが、愛着の度合も普通ではなかった。何十度となく使って見て、火蓋《ひぶた》の発条《ばね》が少し強すぎるのに気づいた。これは速射の妨《さまた》げになる。今日は朝からその改造にとりかかっているのだった。

寛永十六年三月。

佐賀の町には桃の花が咲いていた。この町中の住いの狭い中庭にも桃の木が三本ある。杢之助は桃の花が好きだ。桜の花も嫌《きら》いではないが、少々華麗すぎるような気がする。桃の花の方が地味で素朴《そぼく》で、なんとなく稚《おさな》いような気がする。そこがよかった。桃の花を眺《なが》め、馬上筒をいじくり、杢之助にとっては極めて充実した半日がゆっくり過ぎて行こうとしていた。

鍋島直澄公からの使者が来たのは、そんな午後だった。

鍋島直澄は藩主勝茂の五男で、蓮池城《はすのいけ》に居た。母は高源院と呼ばれる徳川家康の養女だった。

鍋島勝茂は二度結婚している。最初は文禄《ぶんろく》四年、太閤《たいこう》秀吉の仲介によって、秀吉が養女にした戸田勝豊の娘と縁組を結んだ。勝茂は十六歳だった。その妻が死に、慶長十年五月、徳川家康の姪《めい》で養女となった岡部長盛の娘と再婚している。勝茂二十六歳。この女性が高源院だ。

この再婚の結果、鍋島家の後継者は、高源院の腹に生れた男子でなければならなくなったことは当然の成行である。このため勝茂の長男元茂は嫡子《ちゃくし》の地位を捨て、元和《げんな》三年に新たに小城《おぎ》鍋島家を興すことになり、高源院から生れた四男の忠直が鍋島家の嫡子と認められることになった。

その忠直が寛永十二年正月、天然痘《てんねんとう》のため二十三歳の若さで死んだ。嫡子光茂は四歳である。四歳でも家は継げるし、第一、藩主勝茂は五十六歳でまだ健在である。なんの問題もない筈《はず》だったが、当の勝茂が非常な不安に襲われた。そこで忠直の弟で、同じ高源院の子である直澄に家督を相続させようとした。

勝茂は先《ま》ず忠直の未亡人恵照院を、まだ独身だった直澄の妻にした。直澄は兄の妻を娶《めと》ったわけだ。それは光茂の義父になることでもあった。勝茂はこの既成事実をもって、同年十一月直澄を江戸に出府させ、将軍家光に謁見《えっけん》させた。光茂の後見役として公式に認めて貰《もら》うためだ。願いは許され、直澄は翌十二月、従《じゅ》五位下・甲斐守《かいのかみ》に任じられている。あとは折を見て、直澄に勝茂の後を継がせる願いを出せばよい。光茂が成人するまで義父が代るのである。どうせ実質的には後見人である義父が藩政を見るのだから、問題はない筈だった。

だが、ここで思いもかけぬ強烈な横槍《よこやり》が入った。小城鍋島の元茂と多久《たぐ》家の隠居安順が、共に内密に勝茂に面会を求め、強く異議をとなえたのである。嫡子相続の法を破るのは、家を破るもとであると云うのだ。

勝茂は元茂に対して負い目がある。本来なら元茂が継いでいる筈の鍋島家である。それが出来なくなったのは関ヶ原の合戦で勝茂が西軍についたためである。当時大坂に居て、従ってこの件の責任者だったのは勝茂だ。父の直茂は当時佐賀に居た。勝茂の素早い謝罪と、先に秀忠に糧米を送っておいた先見の明、更に西軍につかねば全滅させられたに違いない当時の状況が、危いところで鍋島藩を救ったが、以後勝茂は徳川家に巨大な負債を背負ったことになる。元茂の廃嫡もその余波の一つだった。

それに元茂と多久安順の抗議は正論である。勝茂のやり方はまるで、亡《な》き嫡子の未亡人さえ娶れば、その人物が家督を継げると云っているようなものだ。こんな危険な先例を作られてはたまったものではない。

さすがの勝茂がこれにははたと困った。自分の過度の用心深さが招いたことだが、都合の悪いことに直澄はとっくにそのつもりになっている。忠直の未亡人も既に直澄の妻におさまってしまった。今更、あれはなしだ、とはいえない状態だった。それに直澄に、実は元茂と安順が反対したからとは云いにくい。藩内の不和をことさら醸成するようなものだからだ。あれやこれやで、勝茂はこの問題の結着をずるずると引き延ばして来た。そこへ島原の騒ぎである。

勝茂が自ら総大将になって全軍を率いてゆくのなら、何の問題もなかった。だが当初は将軍家の命令によって、勝茂は江戸を動けない。元茂と直澄の二人をやるしか法はなかった。どちらか一人というわけにはゆかない。鍋島一手でもこの騒ぎを鎮《しず》めてみせると云う姿勢を見せなければ、関ヶ原の失態をとり返すことが出来ない。それに一人やるとなれば直澄だが、勝茂は武将としての直澄をあまり買っていない。世間の眼《め》も同じである。それに反して元茂は、後に詳述するように、柳生宗矩《やぎゅうむねのり》に剣を勉《まな》び、宗矩の書いた印可書を誰よりも最初にさずけられたと云う新陰流名誉の腕前だ。

勝茂はやむなく直澄を『名代』(総大将)、元茂を大将(副将)ということで戦場に向わせたのだが、危惧《きぐ》していた通り事はうまく運ばなかった。二人の連繫《れんけい》が潤滑にゆかないのである。

直澄は一万六千、元茂は一万四千の兵を率いたが、一方が攻めれば一方は高みの見物といった調子で、各個ばらばらの攻撃だったようだ。佐賀藩の死傷者が他藩よりとびぬけて多かった理由もまた、この辺にあったように思う。

島原を境いに、元茂と直澄の確執は根深いものに変った。顔を合わせても口も利《き》かない、と云われるほど険悪な仲になってしまった。

李之助が直澄に呼ばれたのは、そういう時だったのである。

李之助の眼から見た直澄は、なんとも神経質で落着きのない餓鬼にすぎなかった。二十四、五歳でも餓鬼はいるし、九歳十歳でも大人はいる。顔色も悪かった。青黒いのである。顔立ちは細おもてで整っているだけに、その青黒さが余計に目立った。

〈病いだな。病い以外に、こんな色にはならない〉

それが心の病いだとは、この時の李之助は考えてもいない。

「噂《うわさ》はきいている。鉄砲の上手だそうだな」

疳高《かんだか》い声でそう訊《き》いた。

〈こりゃあ親父《おやじ》殿の二の舞か〉

李之助は腹の中で笑ったが、顔には出さなかった。李之助の父用之助は、若者たちと一緒に調練に狩り出された時、的《まと》を撃たず天を撃ち、わしはこの齢《とし》まで土を撃ったことはないが敵をはずしたことはない、その証拠に殿が生きておじゃるわ、と喚《わめ》き、危く手討ちになりかかったことがある。杢之助はそれを思い出したのである。

〈俺《おれ》の方が親父殿よりは大人だ〉

内心毒づきながら、穏やかに返事をし、当然のこととして試し撃ちを命じられた。動かない的を撃つなどいくらなんでもご免だった。

〈派手にやってやれ〉

杢之助は二十間（三十六メートル強）の距離で小姓に皿を投げ上げさせ、馬上筒の一発で粉に撃ち砕いて見せた。次いで恐ろしい素早さで二発目を装塡《そうてん》し、二枚目の皿を砕く。火蓋が柔かく開閉するので、再装塡がいつもより早くなった。

十枚目の皿を砕いたところで馬上筒をおろした。叮寧《ていねい》に掃除をし、新たに弾丸《たま》を籠《こ》め終ってから一礼した。

「終りました」

ほとんど恍惚《こうこつ》として見ていた直澄が、我に返って訊いた。

「弾丸が尽きたのか？」

「いえ。まだ十発はあります」

「ではどうして終える？」

杢之助は一瞬直澄を蔑《さげす》んだ。

〈それでも武士かね〉

そう云ってやりたかった。

常時戦える体勢にあるのが武士である。たかが皿を撃ち砕く座興のために、手持ちの全弾を使い切る馬鹿《ばか》はいない。あんまり癪《しゃく》にさわったので云わでものことを云ってしまった。

「若君のまわりの御家臣の数は十人です」

「それがどうした？」

直澄は本当に分っていないようだった。

「その十人を殺すのに、十発の弾丸が必要です」

ぎょっ、と頭がうしろに引かれた。一瞬、撃たれると本気で信じたようだ。

「無礼者！」

側近の一人が片膝《かたひざ》を立てたが、馬上筒の銃口がぴたりと自分に向けられたのを見て、そのままの形で動かなくなった。

「もののたとえです。鉄砲打ちの心得を申し上げたまでです」

緊張が去った。

「見事な申しようだ。さすが斎藤杢之助だ」

疳高い声がよけい疳高く響いた。

「盃《さかずき》をとらす」

恐怖心が残っているらしく、目蓋がかすかに痙攣《けいれん》した。

杢之助は馬上筒を廊下に置き去りにして御前に進み、盃を受けて、一気に飲み干した。

「その方、先程わしが無礼討ちを命じたら本当に撃ったか」

直澄が訊いた。心なしか眼が据《すわ》っている。

「多分」

杢之助はぶっきらぼうに応《こた》えた。

「斬《き》りかけたのがわしだったら？」

杢之助は一瞬考えたが、頷《うなず》いた。

直澄が驚愕《きょうがく》の色を浮かべた。

「わしでも撃つと云うのか?!　鍋島の一族にして、光茂殿後見役たるわしでも?!」

「殿御自身でない限り」

杢之助はきっぱりと云ってのけた。

直澄は呆《ほう》けたような表情になった。

「父上以外は誰でも……か？」

少々うるさくなって来た。

「そうです」

「相手が釈迦《しゃか》や孔子でも？」

「そう」

「神や仏でも？」

「そッ」

「小城の元茂殿でも？」

「そッ」

言葉の勢いである。云ってしまってから、はっと思った。直澄はこれを云わせたいために、馬鹿な問いを続けていたのだ。

果してしてやったりという表情になった。

「そうか。小城の元茂殿でも撃つか」

いい気持そうだった。すべてが茶番めいて、馬鹿々々しかった。だが次の瞬間、ぎょっとなった。

「どうだ？　わしが頼めば撃ってくれるか」

そう直澄が云ったからである。冗談ごとではなかった。眼が僅《わず》かに充血して、ひたと杢之助の眼を見つめている。青黒い顔の中の血走った眼は、妖怪《ようかい》じみた心の昂《たか》ぶりをありありと示している。十人の側近の顔が一様に硬《こわ》ばっているのが、この軽口めいた言葉がさし迫ったものであることを、はっきりと物語っていた。

〈そうか〉

卒然とここに呼ばれた理由が分った。これは刺客依頼だったのである。直澄は元茂を獣のように撃ち殺してくれと頼んでいるのだ。

「撃ちますよ、いくさの場でなら」

元茂が鍋島本家に叛旗《はんき》を翻《ひるがえ》したら、という意味だ。

「或《あ》いは同じ鉄砲でわしを撃とうとなされば」

これは決闘の場でなら、という意味だ。

「元茂殿は新陰流皆伝の腕だ。鉄砲で決闘を挑《いど》むわけがないッ」

喚くような声だった。

「戦場か果し合いの場でしか撃てぬと云うか！」

「没義道《もぎどう》に無礼討ちしようとなさった場合も撃ちます」

直澄の眼を見つめながら云った。警告である。

直澄の顔が赤黒くなった。怒っている。手討ちにしたいところなのだろう。だが杢之助の手練のほどは、たった今見たばかりである。

「冗談だ。本気にする馬鹿がいるか」

そうでも云わなければ収拾のつかない場である。杢之助は頷いてみせた。

「お主、獣相手でも果し合いでしか撃たぬのか。大物は待ち伏せて撃つのではないか」

確かに大物猟の場合は通常そうするものだ。勢子《せこ》が狩り出す猪《いのしし》などを、その退路に設けた安全な寄せ場から撃つ。杢之助の最も嫌いな猟だった。それは一方的で無意味な殺戮《さつりく》にすぎない。杢之助はたとえ相手が猪でも、対一で至近距離から撃つ。自分も殺されるかもしれぬ場でしか撃たぬ。かたくなにそうきめていた。

「それは殿様の狩りです。私には勢子を使うような贅沢《ぜいたく》は出来ないし、嫌いです。獲物《えもの》は少くとも一間の距離で撃ちます」

猟をしたことのある者なら、それが無謀なほど危険な真似《まね》であることを知っている。直澄はぞっとしたような顔になった。

〈この男は危険な獣だ〉

直澄の眼がそう云っている。

李之助はその思いを正確に読んで答えた。

「人間は一番危険な獣です。獣の方がよく知っています」

小城鍋島

まるで追いかけるように、元茂の使者が来て、李之助は小城へ出かけることになった。

「忙しいことだ」

お勇にはのんきそうにそう云ったが、腹の中は別である。

〈死ぬことになるか〉

そう思っている。

直澄の側近の中に裏切者がいるのは明白だった。それでなくてこんなに間なしに元茂に呼ばれるわけがない。直澄の日常は元茂につつ抜けになっているのだ。あの異常に青黒い顔が浮かんだ。

〈可哀相《かわいそう》に〉

そうとしか思えなかった。側近にまで裏切られるようでは、所詮《しょせん》大将の器ではない。ひょっとすると、自分でも百も承知なのかもしれない。裏切られていることも感づいているのだろう。だからあんな顔色をしているのだ。

〈心の病いか〉

杢之助はやっと気づいた。

〈殿も殺生《せっしょう》なお方だ〉

勝茂ほどの男が、気がつかない筈《はず》はないのである。のんびり育てられ、薄桃色に耀《かがや》いていた若者の顔が、みるみる青黒くなって行くのを見て、何と思っているのだろう。或いはそれは何事にも押しつけがましい徳川政権へのつらあての意味を持っていたのかもしれない。藩を守るために、ひたすら耐えるしかない勝茂の、屈折した意趣返しなのではないか。そう思うと余計、直澄が哀れだった。

だが哀れなのは直澄一人ではなかった。小城藩主元茂はもっと哀れな男だった。

鍋島元茂は生れながらに怨念《おんねん》の男だった。

彼の生母お岩は勝茂づきの腰元である。身分の低い者と云うから、親許《おやもと》は武士ではなかったのかも知れない。勝茂の手がついて懐妊し、慶長七年十月十一日に蓮池の館《やかた》で元茂を産んだ。勝茂の初めての男の子である。元茂には祖父に当る直茂は大いに喜び、この子に自分の幼名をつけた。彦法師というのがそれである。

異変はそれから一月もたたぬうちに起った。お岩が死んだのである。自害でこそなかったが、己れの身を痛めてわざと死ぬように計ったのだ。気持は自害に等しい。

どうしてそんなことになったのか、或いはならざるをえなかったのか、今となっては一切不明である。名もなき者の娘が、将来鍋島家を継ぐかもしれぬ長男を生んだことが、奥向きにとってどれほどの衝撃だったかを象徴しているような事件である。羨望《せんぼう》・憎しみ・反撥《はんぱつ》がお岩の身をとり囲んだであろう。無視し、耐えるには、お岩は弱すぎたのだろう。確かなことは、元茂が生後一ケ月足らずで母なし子になったことであり、その母の怨念を生涯《しょうがい》ひきずってゆくことになったということである。

三歳の年に三平と改名。四歳の時、父の勝茂が徳川家康の姪《めい》お茶々（後の高源院）と再婚した。そして十二歳の年、お茶々が忠直を産んだ。江戸に証人（人質）として送られたのもこの年である。以後江戸住いを続け、十五歳で柳生宗矩の門を叩《たた》いた。

元茂は胸の中に溜《たま》りに溜ったものを、すべて新陰流の習得のために吐き出したのではあるまいか。さながら狂気のように一途《いちず》な稽古《けいこ》ぶりだったと云う。

元和三年、元茂は祖父直茂の隠居分、定米一万三百六十三石三斗と、後に『八十三士』と呼ばれることになった、直茂付の傍侍《わきざむらい》八十三名を与えられ、小城鍋島家を成立させた。この時、元茂は既に三十人の家臣を抱えていたから、総計百十三名の家臣団である。

その冬、勝茂は七十七人の家臣を元茂に与え（後に七十七士と呼ばれる）、元茂取立ての十数名を加えて二百名余の家臣団とし、新たに一万十八石を与え、禄高《ろくだか》総計定米二万三百八十一石三斗とした。当時の鍋島家臣団の中で、最高の禄高である。これより八年前の慶長十四年に、勝茂の弟忠茂が鹿島鍋島家を成立させていたが、その禄高は定米一万石（もっとも忠茂は別に下総矢作《しもうさやはぎ》五千石を将軍秀忠から貰《もら》っていた）であり、家臣団中最上位の諫早《いさはや》家でさえ一万四千九百七十一石二斗であったことを見れば、小城鍋島家がその成立期からいかに破格の優遇をうけたかが分る。裏返せば勝茂の元茂に対する負い目はそれほどのものだったのである。

それから二十二年、この年元茂は三十八歳の男盛りだった。禄高も更に増して定米二万八千石余になっている。鍋島家臣団筆頭として充分の貫禄である。小肥《こぶと》りだが柔かい身のこなしは、剣の精髄を極めた者のみが持つ恐るべき自信の現れだった。

「その方、わしを撃つと云ったそうだな」

杢之助を見るなりずけりと云った。切れ上った細い目が執拗《しつよう》なまでに杢之助の眼を凝視してまばたきもしない。

「申しました」

あっけらかんと杢之助が応える。総体にほわっとした感じでまるで手ごたえがない。元茂の剛に対する柔である。

〈かなり使う〉

元茂が使うといえば剣である。杢之助を見直したと云っていい。かいなでの鉄砲撃ちではなかった。少くとも剣理を身につけている。そうでなければこんな見事な対応は出来ない。

「直澄殿はわしを大物の獣にたとえたそうだな。待ち撃ちをやらぬか、とけしかけたそうではないか」

「待ち撃ちは嫌《きら》いだと申し上げました。獣相手でも果し合いがいいと……。それもお聞きになりましたか」

「聞いた。たいした自信だ」

李之助が小首をかしげた。自信などには全く無縁である。

「刀と刀でもそれほどの自信があるか」

迂闊《うかつ》な返事は許さぬ、といった厳しい口調だった。

〈おいでなすった〉

これは牛島萬右衛門の口ぐせがうつったものだ。萬右衛門はこの言葉を吐くたびに、いかにも愉《たの》しそうに笑う。今、李之助はそれとそっくり同じ笑いが、自分の口もとを緩《ゆる》めていることに気づいた。

元茂が露骨に眉《まゆ》を顰《しか》めた。笑いが気に入らないのである。馬鹿にされたと感じたらしい。いきなり立ち上った。

「道場に参れ」

さすがに足音をたてることなく先に立った。どことなく能楽師の足運びに似ていた。

李之助は一つ頷いて立った。

〈やるだけやるさ〉

自分に納得させたのである。

広い道場ががらんとしていた。元茂の側近五人と師範代らしい静かな男が一人いるだけである。

元茂は道場の中央に立っていた。素手である。

李之助が入ると、師範代が大猫《おおねこ》のように音もなく近づき、ひきはだ竹刀《しない》を一本、李之助の足もとに置き引き退《さが》った。ひきはだ竹刀は、割った竹を皮の袋にいれたものだ。表面が皺《しわ》だらけになって蟇《ひきがえる》の肌《はだ》に似ているところから、ひきはだと呼ばれる。柳生新陰流独特の稽古道具だった。

李之助は怪訝《けげん》そうにひきはだ竹刀を見下して、元茂を見た。

「これは何ですか」

「ひきはだ竹刀を見たことがないのか」

元茂は馬鹿にしたように云った。

「竹刀は見たことも使ったこともあります。でも好きじゃない」

李之助は爪先《つまさき》でちょっと竹刀を蹴《け》った。

元茂がいやな顔をした。刀を蹴られたのと同じ感じがしたのだ。

「それよりなんでこれが私の足もとに置かれているんですか」

「わしと試合をするのさ」

「なんのために？」

「その方の自信を見たい」

「自信などありはしません。それに試合は嫌いです」

「では黙って打たれていろ」

師範代が元茂にもひきはだ竹刀を渡した。

元茂がひと振りして頷いた。

師範代が李之助を見て云った。

「検分致す」

李之助は溜息《ためいき》をついて身を屈《かが》めると竹刀を拾った。同時に凄《すさ》まじい勢いで逃げた。元茂に背中を向けて遮二《しゃに》無二《むに》走った。

そのまま道場をとび出すと思ったのか、側近の五人が、出入口に走った。だが途中で立ちどまった。李之助が逃げたわけではないのに気づいたからだ。

李之助は道場の壁までゆくと、くるりと振り返った。竹刀を右肩にかついでいる。一呼吸入れると、突如、仰天するような声で吼《ほ》えた。

側近たちはぎくっとなった。それは正しく獣の吼える声だった。聞く者が聞けば狼《おおかみ》の声だと分った筈である。長く尾を曳《ひ》くような不吉な声だった。

同時に疾走を始めている。目標は間違いなく元茂だった。しなやかに上体を波うたせて、まっしぐらに元茂を襲った。

て道場の中で毛ほども動揺を見せなかったのは元茂と師範代の二人だった。この二人にとって道場は自分の家である。この家の中で起り得るあらゆることに充分の用意があった。

彼等にとって、杢之助が走ったのは充分の間合をとるためだったことも理解出来たし、狼の吼え声もただの威嚇《いかく》であり目くらましにすぎないことも分っていた。この疾走も読めている。これは戦場の刀法である。いわゆる介者《かいしゃ》剣術だった。狭い道場でなく戦場の荒野だったら、こうするのが当然なのである。つまり突撃の形だった。

戦場では全員重く頑丈《がんじょう》な鎧《よろい》を着ている。小手先の剣は一切通用しない。鎧がはね返してくれる。だから防備は鎧に委《まか》せ、ひたすら攻撃に専念すればいい。疾走で勢いをつけ、出来る限りの早さで剣を振う。なるべく鎧に蔽《おお》われていない部分に打ちおろす。斬り損じても体当りで相手をはねとばせばいい。そのために、疾走するのである。

術とも法とも呼べないような、粗雑な剣法である。近世のあらゆる剣法は、本来こうした荒っぽい剣法の否定の上に成立っている。精緻《せいち》な計算されつくした動きと剣さばきが、介者剣術の粗《あら》さを見抜き、冷静に後《ご》の先《せん》をとって一瞬に鎧武者を斬る。

元茂は立った位置を一歩も動くことなく、竹刀を左下段につけたまま、水のような平静さで杢之助を待った。

杢之助はみるみる元茂に迫った。あと三歩で激突するという地点で、杢之助は踏み切り、大きく右に跳んだ。同時に竹刀を恐ろしい早さで振り下した。

元茂にとっては、とうに予想ずみの跳躍であり、斬撃《ざんげき》だった。

元茂の足が滑らかに動き、下段の竹刀が下から李之助の双腕《もろうで》を斬り上げた。李之助の竹刀は空中高く飛んだ。真剣ならそこには双の手首がついたままだった筈である。

試合はそこで終る筈だった。現に師範代は片手を高く挙げ、

「それまで」

と宣言した。

だが李之助は終らない。そのままの勢いで元茂に激突し、道場の床に押し倒した。李之助は元茂にのしかかって同体に倒れた。なんのためかその歯がしっかり元茂の着衣の左襟《ひだりえり》を嚙《か》んでいる。首の真横だった。

「離れんか、愚か者」

元茂が喚《わめ》いた。李之助は身軽に立った。元茂も立ったが身体が痛い。いやというほど床板に叩きつけられたのだから当然だった。後頭部も打ったらしく、くらっとした。

元茂は首を揉《も》みながら云った。

「お前は両腕を斬りとばされていたのだぞ。双腕を失って尚《なお》、わしを押し倒すのは違法だ。真剣ならそんな真似は出来ぬ」

「私は腕を使いませんでした」

と李之助が云った。確かに肩で押し倒したのである。一瞬思い返してから、元茂もそれを認めた。

「だが押し倒して何になる。剣は既になく、脇差《わきざし》を抜く手もないのだ」

李之助がにこっと笑った。

「左襟をお調べ下さい。首の真横です」

元茂は襟をさぐった。破れていた。李之助が嚙み破っていたのである。

「頑丈な歯だな」

「もっと下までお調べ願います」

指を破れ目に入れてみた。下着も嚙み破られていた。そしてその下の下着も。素肌に触った。ちかっと痛みが走った。李之助の歯は肌に達していた。

元茂の顔が蒼《あお》くなった。

見ていた師範代の顔色も変った。

李之助は小さく云った。

「真剣だったら、首の血脈を嚙み破って居ます」

そう囁《ささや》くと、

「ごめん」

云い捨てて出口に向った。

「待て。今一度……」

元茂が云いかけると、李之助が振り返ってにこっと笑った。

「死人《しびと》に試合は出来ませんよ」

そのまま消えた。

元茂と師範代は暫《しばら》くつっ立ったまま、誰もいない出口の空間を見つめていた。

不意に元茂がぶるっと一つ、震えた。

闇《やみ》討《う》ち

中野求馬が自分の名を呼ぶ勝茂の声を聞いたのは、昼を大分すぎた頃だった。

求馬はちょっと顔を顰めた。勝茂の声にかすかだが緊張の色があった。

〈やっぱりあの早馬だ〉

昼少し前に早馬が狂ったように屋敷に駆けこみ、土山五郎兵衛が勝茂の部屋に入り、それきり出て来なかった。ぼそぼそと低い声が続いては切れ、続いては切れしている。いくら耳を澄ましてみても、話の内容は伝わって来ない。

去年、龍造寺伯庵《りゅうぞうじはくあん》の一件が終って、国許《くにもと》から江戸屋敷へ帰るとすぐ、求馬は近習筆頭に引き上げられた。前例のない抜擢《ばってき》で、我れ人ともに茫然《ぼうぜん》としたものだ。今でいえば新入社員がいきなり大会社の秘書課長にされたようなものである。

「土山のすすめだ。恩に着ろ」

その時、勝茂がそう云った。

仕事は今までとたいして変りはなかったが、部下が使える分だけ、余計に出来る計算だった。

人使いの難かしさが、やって見てよく分った。完全な部下など一人もいなかった。何の役にも立たぬのもいたし、屁理屈《へりくつ》をこねては逆に仕事の邪魔をする者までいた。自分でやった方が余程早いと思って動こうとして、土山にこっぴどく叱《しか》られた。その叱られ方が奇妙だった。

「楽をしようとしてはならぬ」

と云うのである。それで初めて、人を巧《うま》く使うのが職務のうちであることが呑《の》み込めた。

それにしてもいやな仕事だった。杢之助が終生浪人でいることを望んだ気持がよく分った。杢之助の方は、伯庵事件で捨扶持《ぶち》十石が倍の二十石になっただけだ。時としてその杢之助の気楽さが、羨《うらやま》しくて仕方のなくなることがある。だがどう仕様もなかった。これが求馬の求めた地位なのである。殿様の意向に逆らい、諫言《かんげん》して腹を切るのが求馬の願いだったが、今のところ諫言どころの沙汰《さた》ではなかった。

〈腹を切るにも色々手続きがいるものなんだな〉

というのが求馬の感慨だった。

部屋に入ると、まだ土山五郎兵衛がいた。

「また、くにだ」

勝茂がいった。佐賀へ帰れというのだ。

勝茂は去年の大晦日《おおみそか》に閉門が御赦免になったが、今年は在府番で佐賀に帰れぬままでいる。

その間に元茂と直澄の確執が緊張の度を増していった。

先刻の早馬は直澄の異常な行動を報じるものだった。

五日前、直澄は危く髪を切るところだったという。妻の恵照院が手に傷まで負ってとめなければ、危く剃刀《かみそり》で髷《まげ》を切り落すところだったというのだ。

「小城の兄上はわしをおとしめる進言を父上にしたらしい。わしが家督を継げば鍋島の家は二つに割れると云われたそうだ。父上もそれを真に受けて迷っていられると云う」

直澄は狂ったように妻にそう喚きたてたと云う。

「いっそ腹を切ろうかとも思ったが、公儀にお目見得した身が死んでは、お家に傷がつく。出家なら大事あるまい」

いつまでもそう云い張っていたらしい。

土山五郎兵衛がそのいきさつをこと細かに話してくれた。

求馬には直澄の焦燥《しょうそう》がよく分った。幕府へのお目見得は四年も前にすんでいる。いい加減に嫡子《ちゃくし》にするのか、後見役だけなのか、身分をはっきりさせて欲しいのは当然である。どっちつかずのまま、ずるずると日を移されては、当の直澄の立場がない。

「それにしましても、元茂さまが直澄さま家督御相続に反対とは、今日初めて聞きましたが……」

と求馬が云うと、勝茂と五郎兵衛が顔を見合せた。

「それだ。そこが一番合点の行かぬところなのだ」

勝茂が激しい声で云った。

元茂が直澄家督相続反対の意見を、多久安順と共に進言しに来たのは、寛永十三年春のことである。勝茂は考慮すると応《こた》えたが、その時この進言についての沈黙を命じた。家中に無用の争いを起させたくなかったからである。勿論《もちろん》、元茂も安順もその方が望ましい。直澄との間に無用のわだかまりを作りたくなかった。だから賛成した。つまり二人の進言については、当の二人と勝茂、土山五郎兵衛の四人しか知る者はいない筈《はず》だった。そして去年まで三年の間この秘密は厳重に守られて来たのである。

それがこの正月、何者かがこの事実を探り出し、直澄に告げたらしい。それ以来、直澄の態度が激変した。顔色も悪くなり、時に妻に当るようになる。江戸の高名な陰陽師《おんみょうじ》に元茂の呪詛《じゅそ》を依頼したという噂《うわさ》まで立った……。

「何者が、どうやって探り出し、どんな理由でわざわざ直澄に告げたのか……わしには直澄の狂乱より、そっちの方がよっぽど恐ろしい」

勝茂がぼそりと云った。これが勝茂の本音だった。そして求馬を佐賀にやるのは、この問題の探索のためだった。勿論、杢之助を中心とした浪人衆の協力をあてにしたものである。この藩を二つに割りかねない内訌《ないこう》について、全く利害関係を持たないのは、彼等浪人衆だったからだ。

「お主は御近習衆ではなくて、浪人のたばね役かね」

杢之助が求馬にいやみを云った。

求馬は昨夜佐賀に戻って来たばかりだった。それでもう朝から杢之助の離れに坐りこんでいる。

「そう云うなって。俺が連絡役にすぎぬことは、お前さんが一番よく知ってるじゃないか」

辟易《へきえき》したように求馬が云う。

浪人衆のたばねというなら、それは正しく杢之助である。ただ本人には全くその自覚がない。だが現実に杢之助が行動を起すと、浪人衆は疎《おろ》か手《て》明槍《あけやり》の面々までできまって後について来る。なんとなくそういうことになってしまうのだ。杢之助はまた、ついて来た人間は遠慮会釈《えしやく》なく使う。時には平然と死ねとさえ云う。勿論自分も死ぬ気だからあっさり云えるのだが、浪人衆にとってはそこのところが何ともたまらない。自分が今尚《なお》鍋島の武士だという実感を厳しく与えてくれるのが、ぞくぞくするほど嬉《うれ》しいのである。結果として藩からそくばくの金子《きんす》を下げ渡されるし、町人たちの見る目も変って来る。この浪人衆・手明槍衆と藩との連帯を支えているのが杢之助なのだった。求馬はそれを十全に利用しているわけだが、別に恥とも卑劣だとも思っていない。それでいいのだと思っている。どうせお互い死人同士ではないか。利用し利用されるのも、愛嬌《あいきよう》のうちである。

「それよりお主が双方に呼ばれて腕を試されたって云うのはどういうわけだ」

求馬はきなくさい顔になっている。

「直澄さまは俺を刺客に雇おうとしているという格好を、元茂さまに見せつけたがってるんだろう。元茂さまは、また、俺を雇っても無駄《むだ》だってことを直澄さまに見せつけようとなさった……もっともしくじったがね」

屈託なげに笑っている。求馬は昨夜家に戻るなり、妻からその噂を聞いている。無茶なことをする奴《やつ》だと呆《あき》れていた。

「お前さん、本当に元茂さまに勝ったのか」

「勝ったさ。芸事で死人が斬れると思われては困るからね」

杢之助にかかると剣法も芸事である。戦場での生き死にを賭《か》けた格闘を、芸事でさばけると思われてはたまらなかった。戦場では意外の剣が夥《おびただ》しい剣法の達者を殺している。所詮《しょせん》は運だが、その運を呼ぶのは気力である。口にこそ出さないが杢之助はそう云いたかったのだ。

「そんなことばかりしていると、遂には殺されるぞ」

「そうかね」

無駄なことである。死人には一切の説教は無用であろう。

「それよりさっきの話だ。何か心当りはないか」

これは元茂・安順の進言を誰が直澄に告げたかという例の問題だった。

「ないな」

杢之助はにべもなく云って立ち上った。

「どこへ行く気だ?」

「久しぶりだ。釣《つ》りに行こうじゃないか」

「俺は忙しいんだよ」

「益々《ますます》釣りがいいな」

話にも何もならなかった。こうなったら杢之助は求馬を放り出してでも釣りに出かけることは分っている。求馬は溜息《ためいき》をついて立った。


城の濠《ほり》に通ずる嘉瀬川の掘割が二人のいつもの釣り場である。

水面を桜の花片《はなびら》がゆっくり流れてゆく。時たま通る小舟の荷にも花片が散っていた。

いつの間にか花が咲き、そろそろ散りかけていた。

求馬は無精に石垣《いしがき》の間に釣竿《つりざお》をつっこんで、頬杖《ほおづえ》をついてその花片を見つめていた。

茫々と刻《とき》が流れてゆく。

〈こんな日があったんだ〉

せわしない江戸の明け暮れに忘れていたものと再びめぐり合った思いだった。

求馬は主命を忘れ、下らない争いを忘れた。

杢之助はとっくに木の根を枕《まくら》に睡《ねむ》っている。

〈ちっとも変らないな、こいつは〉

もっとも死人が変るわけはなかった。

死人になりきれない自分を感じて顔を顰《しか》めた。

こんな午後を持たせてくれた杢之助の情が身に沁《し》みた。

〈佐賀をまっ二つに割るかもしれない争いか〉

勝茂の焦《いら》だった顔、元茂の殊更《ことさら》落ちつきすました顔、直澄の青黒い顔。

なんだか遠い遠いことのように見えた。

〈いっそ割ってみたらどうだ、まっ二つに〉

揶揄《やゆ》するように、その三つの顔に云ってみた。

二つに割ろうが、三つに割ろうが、佐賀の町は変るまい。掘割の水はゆったりと流れ、花片は豪勢に水面を飾り続けるだろう。

〈無情なもんだ、町って奴は〉

仰向けにひっくり返った。求馬も眠くなって来た。いつの間にか牛島萬右衛門が近くで釣糸を垂れていた。大猿《おおざる》が杢之助と同じ格好で睡っている。この一人と一匹は、こうやって杢之助を守っているつもりなのである。

〈なんて贅沢《ぜいたく》な奴だ〉

うとうとしながら、もう一度、二つに割った佐賀鍋島の様を思った。


その夕方、求馬は撃たれた。

射撃は掘割の対岸にある民家の物蔭《ものかげ》からだった。

暮れかかったのでそろそろ引揚げようかと立ち上った瞬間、轟音《ごうおん》と共に左太腿《ふともも》に丸太でぶん殴られたような衝撃が走り、求馬は仰のけに倒れた。

杢之助の動きは鮮やかだった。木に立てかけてあった馬上筒を引っ摑《つか》むなり、懐中火縄《ひなわ》の火を点じ、引鉄《ひきがね》をしぼっている。求馬はこんな素早い射撃を見たことがなかった。

萬右衛門も見事だった。銃声の聞こえた次の瞬間に掘割にとびこみ、忽《たちま》ち対岸に泳ぎつくと一息で石垣をよじ登り、民家の蔭に殺到した。既に大刀を引き抜いてかついでいる。馬蹄《ばてい》の音が起り、二頭の馬が狂ったように走り去ったのは、その寸前だった。馬上には凶々《まがまが》しく覆面で顔を包んだ二人の武士がいた。一人は腹をかかえるようにして、辛《かろ》うじて馬にしがみついていた。

民家の物蔭にかなりの量の血溜《ちだま》りがあったことから、杢之助の馬上筒がどこかに命中したことが判《わか》った。武士の姿勢から考えて恐らく腹だろうと、萬右衛門が云った。三匁《もんめ》五分玉とはいえ、腹にくってはこの当時の医療で助かるわけがなかった。狙撃手《そげきしゅ》の死はほぼ確実だった。

求馬の方の弾丸は左太腿の外側を、やや深くえぐっただけである。出血はひどかったが、死ぬことも足を失うこともなかった。

と杢之助が云った。求馬が急に立ち上ったので太腿に当ったのだ。

「狙《ねら》ったのは頭だ」

「狩りをしたことのない奴だ」

猟師なら絶対に頭は狙わない。面積も狭い上に、一番動く場所だからだ。初弾は必ず広くて動かない胴を狙う。

まるで求馬が腹を撃たれなかったのを怒っているような云い方だった。

藩内は騒然となった。何らかの主命を受けて帰って来た求馬が撃たれたのだから当然だった。しかも帰った次の日である。求馬がどんな主命を受けて来たか、誰も知らない筈だった。

「根は江戸にある」

見舞に立寄った筆頭家老多久美作《みまさか》が云う。

「主命の内容を申せ」

求馬は返事をしなかった。

「そうか。わしにも云えぬか」

美作はそう云って帰っていった。

萬右衛門が杢之助の代理で現れた。杢之助は絶対にこの家に来ない。妻の愛の顔を見るのが辛《つら》いのである。

「鉄砲傷で死んだ男は佐賀にはいない」

いきりたった浪人衆、手明槍の面々が、全家中の屋敷を当った結果だった。

それが真実なら狙撃手は他国者ということになる。他国者の出入りは、国境いの役所や旅人宿を調べれば分るが、絶対確実なことが一つある。鉄砲を持って入国は出来ないということだ。だから佐賀在住の誰かがその鉄砲を提供したことになる。

密入国ということも考えられるが、これも佐賀人の協力なしでは不可能だ。

だが佐賀に居る者は、求馬の使命は勿論、帰国した事実さえ知らない。知っているとすれば江戸在府の者が早飛脚で依頼したのか。だが、早飛脚が到着してから手配したにしては早すぎる。それに特別の早飛脚など一件もなかった。定期的な公用便の往来があっただけだった。

そう考えると根は江戸藩邸にあるとしか思えない。時間的に見て江戸から直接刺客を送り届けたに違いなかった。それも他国者ではなく佐賀藩の者だ。案内人もなく密入国出来るほど佐賀の地理を知悉《ちしつ》しているのは藩士しかいないからである。

求馬はそれら一切を土山五郎兵衛に書き送り、末尾に、いっそ藩を二つに割ったらどうかという、あの日ふと思いついた案をなにげなく書き足した。

一国分割

杢之助は牛島萬右衛門と共に、黙々と厩《うまや》まわりを続けていた。永年馬喰《ばくろう》の家に居候《いそうろう》していたお蔭で、馬を人間同様に見る目が出来ていた。人間に人相があるように、馬にも馬相がある。一頭々々馬相は違っている。一目見れば絶対に忘れることはない。杢之助は刺客二人を乗せた二頭の馬の馬相を鮮明に覚えていた。

刺客は恐らく即日殺されたと杢之助は睨《にら》んでいる。そして即日埋められたのだろう。だが馬は生きている筈である。大概の人間は馬相などには鈍感で、おまけに馬は図体《ずうたい》が大きいから殺すと始末に困る。商売人なら毛一本無駄にすることなく始末するが、武士には無理だ。それがこの厩まわりの理由だった。

馬は直澄の居る蓮池でも、元茂のいる小城でも見つからなかった。ひょっとするとと疑っていた三番目の場所にいた。

「矢張りそうか」

萬右衛門が呻《うめ》いた。

「殺そう。それしかない。完全に腐っている」

「ちょっと考えさせてくれ」

杢之助にしては珍しい躊躇《ためら》いだった。

佐賀鍋島藩筆頭家老多久美作守茂辰《しげとき》、この年三十二歳。鍋島藩切っての俊秀であり、全藩の信望を一身になった柱石《ちゅうせき》だった。

その美作が珍しく焦《じ》れたように馬を促している。本心は早駆けにしたいのだが、そんなことをしたら大事になる。筆頭家老が馬をとばすほどの大変が起きたと、見た者は思うに違いないからだ。

美作は小城に向っている。供廻《ともまわ》りは同じ騎馬で僅《わず》かに五人。それで充分だった。この佐賀で美作の生命を狙う者がいる筈がなかった。

〈殿は正気か？〉

これが美作を焦らせている理由だった。

実は昨夜、舅《しゅうと》の安順に呼ばれ、その日勝茂から届いた手紙を見せられたのである。安順は七十七歳だが、永年藩政を支えて来た切れ者らしく、まだまだ頭も目も口も達者なものだった。美作は養子だったが、実子以上に愛され、部屋住みの頃から藩政のあらゆる秘事を明かされて来た。

勝茂の手紙は驚愕《きょうがく》すべき内容を含んでいた。

自分は隠居し、藩を十六万石ずつ二つに分割して一方を元茂に、一方を直澄に与えたいと思うがどんなものだろう、と云うのだ。

どんなものだろう、どころではない。そんなことになったら鍋島藩はおしまいである。それでなくとも対立感情の激しい元茂と直澄が、それぞれ鍋島の半領を支配することになったら、確執は益々深化するだろう。下手をすれば前後も考えずいくささえ始めかねない。これは正しく公儀の好餌《こうじ》である。合戦とは云えぬまでも目立った紛争があればすぐ介入して来るにきまっていた。揚句の果ては両家ともとり潰《つぶ》され、佐賀一国は幕府の直轄《ちょっかつ》領になるのがおちだ。正に老中松平伊豆守の狙い通りになるわけである。

元茂と直澄の対立激化をはかって来た張本人は実は美作だった。元茂と安順の直澄家督相続反対の秘事を直澄に洩《も》らしたのも美作だった。これは去年伯庵の後押しをしたのと同じ動機だった。

はっきり云って美作はいまいましかったのである。鍋島直茂・勝茂二代の、尻《しり》をまくったような龍造寺一族への全面的信頼作戦が、一方では見事だと認めるものの、他方ではいまいましくてたまらなかった。おまけに疲れていた。特に慢性的な赤字財政の再建に疲れ切っていた。上地（家臣の禄《ろく》を藩に返上すること）に次ぐ上地で龍造寺一門の禄高は半分になってしまったというのに、勝茂は着々と鍋島一門の勢力伸張を計っている。鹿島鍋島、小城鍋島の創設がそれだ。鹿島の忠茂、その子の正茂、小城の元茂を佐賀人は『無念の人』と呼ぶが、冗談ではなかった。最も無念なのは龍造寺一門の筆頭美作なのである。それでも漸《よう》く財政再建のめどがついたと思われた時、島原のいくさが来た。これでまた大赤字である。これが致命傷だった。はっきり云って、もう知るか、と云いたかった。だが鍋島藩の壊滅は龍造寺一門の消滅を意味する。それだけは出来なかった。せめて勝茂を苦しめてやりたかった。自分と同様、常に危い橋を渡っている思いをさせてやりたかった。

だが佐賀一国の分割とは！　さすがの美作もこれだけは考えもしていなかった事態だった。これだけはなんとしてでも阻止しなければならぬ。

突然、銃声が響いた。左の太腿にぶん殴られたような衝撃があり、美作は馬から放り出されていた。五人の供侍が駆けよろうとして、ぎょっと立ちすくんだ。

路傍の竹藪《たけやぶ》の中から馬が一頭出て来た。杢之助だった。馬上筒に弾丸《たま》ごめしながら云った。

「どいてくれないか。俺の撃ちたいのは一人だけだ」

供侍が抜刀した。背後から声がかかった。

「お主たちの相手はわしだ」

牛島萬右衛門が槍を構えて馬上にいた。大猿がその背にしがみついている。

「待て！　待ってくれ！　お前たちも下れ！」

美作が地べたに坐りこんだまま喚《わめ》いた。

李之助が装塡《そうてん》の終った馬上筒を構えた。

「さっきのは求馬の分だ。今度は伯庵殿の分」

美作は李之助がすべて承知なのに気づいた。

「どうして分った？」

「馬だ」

「馬？」

「馬にも人相があるんだ」

美作にはそれですべて判《わか》った。

「分った。だが頼む。今はやめろ。今わしが死ぬと、佐賀鍋島は潰れる」

李之助の馬上筒は微動だにしない。

「本当なんだ。それにお主が腹を切ったら、もう鍋島を救える者はいない」

これも真実だった。李之助が死ねば浪人達は黙っていまい。なんらかの争乱が起きるのは目に見えている。松平伊豆守の待ち望んでいる争乱が、である。誰一人、勝茂でさえこの危機を乗り切ることは出来まい。

李之助がゆっくりと馬上筒を下げた。

だが今度ばかりは美作の工作を待つまでもなく事は治った。元茂、直澄はこの日勝茂に誓紙を送り、一切を勝茂に委《まか》せ、お互いの確執をとくことを誓ったからである。佐賀一国分割案は、それほどの驚愕と危機感をこの二人に与えたのだった。

この年、寛永十六年九月二十八日の勝茂覚書に、直澄を分家させ蓮池鍋島家を興す初めての記録がある。物成《ものなり》一万七千八百十二石一斗、小城鍋島に次ぐ知行高である。

第六話

離縁

中野求馬の妻の兄小川新兵衛は手明槍《てあけやり》の身分だったが、算勘の術にすぐれていたため抜擢《ばってき》されて江戸に呼ばれ、江戸屋敷の算用のことに与《あずか》っていた。つまりは経理係である。

その新兵衛が公金を二百両の余も遣《つか》いこんでいたことが発覚し、腹を切って果てたのは、寛永十六年も暮のことだ。遣いこみの理由が、吉原の囲い女郎に入れあげたためだったことが判明し、新兵衛の死は益々見さげ果てたものになった。お蔭《かげ》で国許《くにもと》の親類縁者ことごとく謹慎の憂《う》き目《め》にあった。

本来なら妻の縁にあずかる求馬も謹慎すべきところだが、勝茂の、

「それには及ばぬ」

の一言で救われていた。

だが人の口はうるさいものである。とりわけ求馬は異例の出世をしているだけに風当りが人一倍強くなる。

「殿の御寵愛《ごちょうあい》に甘えて、武士の進退を誤つものだ」

とか、

「鍋島武士の潔《いさぎよ》さを知らぬ男だ」

とまで罵《ののし》る者もいた。

求馬はそんな噂《うわさ》を知っているのか知らないのか、恬然《てんぜん》としていつもと変らず勤めている。まわりの人間の方がやきもきした。遂《つい》に同じ近習《きんじゅう》仲間が数人寄って求馬の長屋を訪れた。

「このままでは無用の悪名が残り申す。この際、御妻女を離別なされ。それなら皆も納得するでしょう」

そう云《い》いに来たのである。

「お心づかいは有難いが、それは出来ません」

求馬はきっぱりと云った。

求馬の妻、愛の美貌《びぼう》は、佐賀でも有名である。一同は求馬が愛に執着しているための返事だと思い込んだ。

「女人への情に溺《おぼ》れて、武士たる者の道を誤つは宜《よろ》しからず。御再考下さい」

求馬はむかっ腹が立って来た。元々新兵衛切腹の時から腹を立てていたのだ。確かに二百両は大金だが、所詮《しょせん》はたかが金だ。遣いこみはよくないとしても、侍一匹腹を切るほどの罪ではない。親類縁者に頭を下げて廻《まわ》れば集らないこともない金額だし、金を返した上で浪人すればいいのである。有効に生命を捨てるべき場所はいくらでもある。こんな下らないことのために腹を切った新兵衛が口惜《くや》しくて仕方がなかった。求馬に云わせれば、そんな死に方は潔いなどと云うものではない。愚劣なだけだった。その怒りが、このもっともらしい顔をして妻との離別を迫る男どもに向って爆発した。

「女房にほだされて暇を出さぬわけではない」

じろりと一同の顔を見廻した。

「我が身よかるべきとて、科《とが》もなき女房に暇くれ申す事は、義理なき事にて候《そうろう》。鍋島武士のなすべき事に非《あら》ずと思うが如何《いかが》？」

更に押せばいきなり大刀をすっぱ抜きかねない殺気があった。一同口をとざし、早々に引きとった。

忽《たちま》ちこの噂は拡《ひろ》がり、勝茂の耳にまで届いた。勝茂は土山五郎兵衛に笑って云った。

「求馬め、義理なき事とはよう云った」

勝茂は求馬が近頃《ちかごろ》吉原に入りびたりなのを知っていたのである。

五郎兵衛は渋く笑っただけだったが、内心求馬の度胸に感嘆していた。自分だったら、人に云われる前にさりげなく妻を去らせていただろう、と思った。それがけじめというものである。人を使う立場にある者は、常に身辺を清潔に保たねばならぬ、と五郎兵衛は信じている。決して『我が身よかるべき』という保身のためではない。だが同時にその点が自分の小ささであることも、五郎兵衛は感じていた。悪臭をふりまきながら、尚《なお》平然と一藩のために己れがよしと思った道に猛進する為政者《いせいしゃ》の馬力を自分は持っていない。どうしても廉潔《れんけつ》さが邪魔をするのである。

〈求馬には悪臭を恐れぬ馬力がある〉

これは頼り甲斐《がい》のある男だということだった。

〈求馬は悪党になれる〉

悪党になれぬ男になぞ何が出来よう。

土山五郎兵衛はこの一件で益々求馬を高く買うようになった。

双子誕生

寛永十七年春三月。

お勇が初めての出産を迎えた。なんと双生児だった。それも男の子と女の子の二卵性双生児である。先に生れたのは男の子だったので、当時の習慣で兄ということになった。

この頃の人々は双生児を嫌《きら》った。異常と看做《みな》したためである。ひどい時は、後から生れた子を産婆《さんば》がしめ殺すこともあったし、無事に生れても一人は他家へ里子に出されるのが半ば慣習化されていた。武士の家では別してそうである。

お勇は勿論《もちろん》この慣習を熟知している。だから杢之助が、お勇の母お咲に案内されて、産室である離れに一歩足を踏み入れた途端に、二人の赤子を双の腕に抱えて喚《わめ》いた。

「どっちも何処《どこ》へもやらないわよッ」

凄《すさ》まじい表情であり、意気込みだった。眼は吊《つ》り上り、唇《くちびる》までぴんと上にはねている。顔色は赧《あか》く、血が上りかけていた。産婦にとって好ましくない状態にあることは、一目で判《わか》った。

李之助は慌《あわ》てて駆けよろうとするお咲を抑え、きっぱりと云った。

「俺《おれ》が子を棄《す》てる男に見えるか」

それで終りだった。一瞬でお勇はいつもの顔に戻った。

「そうだね。棄てたりしないよね。ごめんなさい」

李之助は頷《うなず》いて近寄ると、初めて二人の赤子を見た。咄嗟《とっさ》に醜いと感じた。

「まるで猿《さる》だな」

「生れたては皆そうですよ」

お咲が急いで云った。またお勇の血が上るのを恐れたからだ。なんてことを云う男だろうと思った。亭主の耕作だって、お勇が生れた時、こんな非道《ひど》いことは云わなかった。

だが意外なことに、お勇は嬉《うれ》しそうに笑った。

「可愛《かわい》いわ」

「そうかね」

李之助はきなくさい顔をしている。

〈奇妙だ〉

これは死人《しびと》に子供が出来たことを云っているのだ。正に奇妙としか云いようがない事態だった。死人に子供を育てられる筈《はず》がない。それにこんな醜い生きものを可愛いなどと思えるわけもなかった。つまり自分には親になる資格が完全に欠如しているのである。

李之助は自分の父である斎藤用之助が、常に自分に対して一種の仏頂面《ぶっちょうづら》でしか対さなかったことを、忽然《こつぜん》として思い出した。どこか困惑したような感じがいつでも漂っていたように思う。

〈親父《おやじ》殿は俺と話をするのがいやなんだ〉

幼年期の李之助は、自分は父に嫌われていると固く信じこみ、つとめて話しかけるのを避けるようになったものである。

今、その用之助の困った顔が、まざまざと眼前に甦《よみがえ》って来た。初めて父の気持が理解出来たような気がした。

〈親父は本当に困っていたんだ〉

笑いたくなった。あの気難かしい仏頂面はそれを隠すための仮面だったのだ。

〈それに照れてもいたんだ〉

今の李之助が正にその通りだった。

場違いなところに引っぱり出されたように困惑し、赤子に対して照れていた。

〈どう仕様もないな〉

李之助は自分も親父の用之助と同じようにこの子供たちとつき合うしか術《すべ》のないであろうことを痛感した。どこか困惑を秘めて、よそよそしく、仏頂面で対するしか法がないのである。

〈だが俺のようになっちゃよくない〉

父に嫌われていると思いこんだ杢之助の幼年期はみじめなものだった。どうして嫌われたのか、どう考えても分らないということが、そのみじめさに拍車をかけた。

〈この子たちに、あんな思いはさせたくない〉

それが、父親としての自分にしてやれる唯一《ゆいいつ》のことかもしれない。杢之助はそう思った。

だが……。

〈どうすれば俺の真意が伝えられるだろう〉

死人に子供は似合わないのである。後継ぎなど別段欲しくもないし、いつ本物の死人になるか判らぬ身では、子供たちを保護してやれるわけもなかった。杢之助が心からこの出産でよかったと思っているのは、お勇につっかい棒が出来たということだった。自分の行動があんまり予測し難くて、どんな形ででもお勇の気持を支えてやることが出来ないのを、杢之助はよく承知している。子供なら大丈夫だ。お勇が楽々と予測出来る範囲内の行動しかしない。お勇は子供たちを保護し育ててゆくことで、逆に自分自身の心をしっかり支えてゆけるのである。その意味でのみ、この出産には値打ちがある。そしてその意味でのみ、杢之助はこの二人の赤子に感謝している。

せめてその感謝の気持を、二人に分らせたかった。尋常ならざる男を父に持ったために、幼年期をみじめなものにする愚だけは避けたかった。それにはどうすればいいか。いくら首をひねってみても、杢之助には思いつかなかった。

真先に祝いにとんで来たのは、例によって牛島萬右衛門とその大猿だった。その萬右衛門の祝いの品というのがふるっていた。萬右衛門が島原の陣に持っていったという、途方もなく大きな旗差物《はたさしもの》だったのである。

長さ一間（一メートル八十センチ）の長方形の旗に、墨黒々と、

『佐賀随一武辺者牛島萬右衛門並大猿也《なり》』

と書かれている。ところどころに弾痕《だんこん》があり、血がしぶいているという薄汚れた代物《しろもの》だった。

「祝いの品にしては大仰すぎないか」

呆《あき》れ返って杢之助が云った。萬右衛門は生真面目《きまじめ》な顔で答えた。

「それが狙《ねら》いだ。お主の伜《せがれ》……いや、伜と娘はもの心つくと同時にこの旗を見るだろう。そうしてわしの名と大猿のことを知り、生涯《しょうがい》忘れまい。それこそわしの願いだ」

杢之助は笑いかけて、ふっと口を噤《つぐ》んだ。

〈そうか！〉

一瞬に心に閃《ひら》めくものがあった。

北山内

杢之助の姿が消えたのは、翌早朝のことである。いつものことなので、お勇はじめ家の者一同、気にもとめなかった。

昼すぎ、杢之助は北山内に足を踏みこんだ。

北山内は筑前と肥前の国境いとなる山岳地帯である。三瀬《みつせ》・一谷・脊振《せふり》・綾部《あやべ》といった難所があり、筑前から兵を出しても難渋する筈だった。この地帯に住む者を『山内の者』と呼び、直茂公以来、佐賀藩では極めて大事にしている。この山に『山内の者』がいて佐賀に味方する限り、ここを通っての攻撃は不可能だからだ。古く大友勢の佐賀攻めの時も、この山内を越えた軍勢はなく、すべて筑後の方から寄せて来たという。それほど嶮岨《けんそ》な山だったのである。

杢之助は牛島萬右衛門と例の大猿を連れていた。これは杢之助が頼んで同行して貰《もら》ったのである。

杢之助の狙いは熊《くま》狩りにあった。出来れば山内随一の大熊を斃《たお》したかった。杢之助のことだから、当然対一の決闘である。その決闘で斃した熊の頭と皮を、生まれたばかりの伜に贈ってやろう。杢之助は萬右衛門の言葉からそう決心したのだった。一枚の熊の皮が伜から後後余計な苦労をとり払ってくれるなら、こんなにたやすいことはない。それが杢之助の思念だった。

娘のためにも何か贈らねばなるまい。だがこちらの方はそれほど深く考える必要はなかった。娘を差別したわけではない。女の子ならお勇さえいれば、男の子のように迷う心配はないと思ったからだ。女の子は女親につくものだ。

萬右衛門をつれて来たのは助っ人《すけと》のためではない。むしろ、絶対に助っ人しないようにくどく念を押しているくらいだ。萬右衛門の役目はいわば証人役である。杢之助がどんな気持で、そしてどんなやり方で熊を撃ったか。それを成長した伜に語って聞かせる役だった。まさか自分でそんなことを語るわけにはゆかないではないか。

勿論、伜が成長する前に、杢之助も萬右衛門も死んでいるかもしれない。むしろその公算の方が大である。その時は萬右衛門が誰かにその事実を告げ、語り役を譲ってゆくことになる。萬右衛門はどんな目に会おうと、それだけのことはする筈だった。杢之助の信頼に応《こた》えるためにも、それだけは絶対にやる。それで杢之助は安心して死人でいられるのである。

大猿については、杢之助の意志ではなかった。むしろ大猿自身の安全のためにも、家に置いて来るように堅く云っておいたのである。それが待ち合せの場所から歩き始めるとすぐ、追って来たのである。

「あんなにかたくつないで来たのに」

と萬右衛門はぼやいてみせたが、怪しいものだと杢之助は思っている。だが考えてみれば猟のためには大猿がいた方がいいのである。山中を駆けることなど知らぬ、いわば町育ちの大猿が北山内に入れば、恐怖のあまり騒ぎたてることは目に見えている。ひょっとするとそれが大熊を呼ぶかもしれなかった。それでなくても、大猿の臭いは熊の気にさわることは確実である。熊の結界の中に入った大猿を、主《あるじ》である熊が放っておくわけがない。どちらにしても、熊は向うから杢之助の前に姿を現す筈だった。

だが何も知らぬ大猿を囮《おとり》に仕立てることに躊躇《ためら》いがあった。どんな不測の事故で大猿が傷つくことになるか判らない。哀れでもあった。だから杢之助は正直に、起るかもしれぬ事態を萬右衛門に告げた。

「結構だ」

萬右衛門は持参した手槍をひねってみせた。

「こいつがやられたら、わしが仇を討つ。そのための槍だ」

萬右衛門は妙な理屈をつけて、実は杢之助に助っ人するつもりなのは明白だった。

杢之助は苦笑して大猿の同行を認めた。

萬右衛門は山を知らない。まして熊のことなど何一つ知ってはいない。遠距離射撃で斃さない限り、熊と人間の決闘に助っ人が手を出す隙《すき》なぞないのである。やがて萬右衛門も、否応《いやおう》なくその事実を知ることになる。それが杢之助の苦笑の意味だった。

山に入ると、果して大猿のおびえが強くなった。もっとも杢之助の予想ははずれて、無闇《むやみ》に騒ぐようなことにはならなかった。むしろ声をあげずに、ただただ萬右衛門の背にぴったりとしがみついているだけである。軀《からだ》が小刻みに震えているように見えた。萬右衛門がなだめるように、絶えず小声で話しかけている。

「悪いが口をきかないでくれないか」

大猿には可哀相《かわいそう》だが、そう云うしかなかった。

山の獣は人間の声を恐れる。人間が最も獰猛《どうもう》な生き物であることを知悉《ちしつ》しているからだ。

「すまぬ。こいつがこんなにおびえるとは、思ってもみなかったんだ」

萬右衛門が心からすまなそうに云った。

「なっちゃいないな、本来、山の獣のくせに……」

杢之助が手をあげてその言葉を抑えた。

かがみこんだ。

熊の糞《ふん》があった。牛のものに似ている。触って見た。やや固い。あけびの種がまじっていた。

「昨日だ」

杢之助は身を起しながら云った。

「でかい糞だな」

萬右衛門が気を呑《の》まれたように、ぼそりと云った。

大猿が萬右衛門の首に固く腕を巻きつけて、震えている。明らかにおびえの度が強くなっている。

「ここから先は無言だ」

「判った」

萬右衛門は手槍の鞘《さや》をはずして、腰に下げた頭陀袋《ずだぶくろ》に収めた。

「火縄《ひなわ》に火を点《つ》けなくていいのか」

杢之助の馬上筒は依然として背に負われたままである。

「火縄の臭《にお》いは遠くまで届くんだ。おまけに獣の一番嫌いな臭いなんでね」

忙しく眼配りしながら、杢之助は応えた。熊の残した跡を探しているのだ。糞はここから先が熊の結界内であることを示す標識である。なんらかの痕跡《こんせき》がないわけがなかった。

〈あった〉

それは一間半（二メートル七十センチ余）離れた草むらにあった。

葉が白い裏を向けている。踏みつぶされた跡だった。熊は糞をすると、一息にここまで跳んだに違いなかった。それは熊の大きさを計る尺度でもある。

二間先にまた痕跡がある。これも草の上だ。

「用心深い奴《やつ》だ。それに大きい」

「どうして分る」

萬右衛門が呆気《あつけ》にとられたように尋ねる。

「足跡の残らない草むらを選んで跳んでいる」

痕跡を指さして云った。

「熊が跳ぶのかね」

萬右衛門は仰天している。熊の図体・風態《ふうてい》から考えて、極めて鈍重な生き物と思いこんでいるにきまっていた。

さすがの杢之助も少々参った。熊の結界に入っておいて、熊の講釈をする破目になるとは思ってもいなかった。今この瞬間にも熊は出て来るかもしれないのである。その相手を、のそのそ歩きしか出来ないのろまな生き物だなどと考えていたら、萬右衛門が殺されるのは目に見えていた。

杢之助は一瞬息をとめるようにして考えこんだが、ずけりと云った。

「熊はお主《ぬし》自身だと思え。でかいが捷《はや》い。愚に似て聡明《そうめい》だ。悪賢いと云ってもいい」

「わしは熊か」

「違う。熊がお主だ。お主は己れと闘う如《ごと》く熊と闘わねばならぬ。それでなければ殺される」

萬右衛門が沈黙した。やっと杢之助の言葉が身に沁《し》みたようだった。

「そうか。それほどのものか」

呻《うめ》くように云った。顔色が改まっている。漸《ようや》く本気で熊と闘う気構えが出来たと云っていい。

「熊は……」

杢之助は仕上げのために云い添えた。

「四足なら瞬時に三間を走る」

今日《こんにち》でも熊の駆ける速度は秒速五メートルだと云われる。体長三メートルを超える羆《ひぐま》で尚《なお》且《かつ》その速さである。

「己れの足跡を正確に踏んで後戻りし、草むらに隠れて、追ってくる者を背後から襲うと云う」

萬右衛門の眼が大きく瞠《みひら》かれた。畏怖《いふ》の色がその眼をよぎった。李之助は満足した。

「口をきくのはこれが最後だ。ききたいことがあれば、今云ってくれ」

萬右衛門は首を横に振った。

李之助は頷《うなず》いて、地面を探りながら前進を開始した。


この日、遂《つい》に熊は現れなかったが、李之助はこの熊について多くのことを知った。

足跡はたった一ケ所を除いて、すべて草むらの中か、岩の上だった。『山内の者』といえども、よほど鋭い眼の持主でない限り見逃してしまいそうな足跡である。たった一ケ所明らかに足跡をそのままとどめた場所があったが、それは細い渓流《けいりゅう》の川底だった。もっとも浅瀬である。足跡はその川岸で途切れていた。

〈渡ったか、それとも引返したか〉

通常の熊の結界の範囲で考えれば、ここがその果てのようにも思われる。だとすれば、熊はここで水を飲み、後戻りしていった筈だ。

李之助はほとんど這《は》うようにして、周囲の地面を嗅《か》ぎ廻った。だが足跡は見つからない。横に跳んで後戻りしたわけではないことが確認された。

後は、今つけた足跡を踏んで後退したか、或《ある》いは川を渡ったかである。

李之助はしゃがみこんで川面《かわも》を眺《なが》めた。どんな小さな異変も見逃さぬ鋭い目差《まなざし》である。

萬右衛門は相変らず震えている大猿を抱きしめながら、感嘆してこの李之助を見つめていた。猟というものがこれほど厳しいものだとは、萬右衛門は夢にも思ってはいなかった。それは獣と人間の、智力《ちりよく》と体力のすべてを投入しての闘いだった。

〈こんな男に追われる身になりたくない〉

李之助の精緻《せいち》ともいうべき追跡行を見ながら、萬右衛門はほとんど戦慄《せんりつ》していた。奇妙なことだが、その一方で、

〈これほど誠心誠意追われたら、獣ももって瞑《めい》すべきではないか〉

そんな感慨さえ湧《わ》いて来るのである。

李之助の追跡は、単に行方を追うだけのことではない。全能力を働かせて、相手を理解しようとしているのだ。その証拠に、熊の残した様々な痕跡にぶつかるたびに、微笑してみたり、首を振ってみたりして、何か口の中でぶつぶつ呟《つぶや》いている。耳を澄ませて聞いてみたところ、なんと熊に向って話しかけているのだった。

「えらいなァ、お前は。なんて頭のよさだ」

「おっと、よろけたね、お前。急いでいるのかい。お前らしくもない」

声の調子はあくまで優しく、まるで仲間に話しかけているようで、萬右衛門が少々ねたましくなったほどだったが……。

不意に杢之助が腰を上げた。ざぶざぶと瀬の中に踏みこんでゆく。一ケ所でとまった。萬右衛門が慌《あわ》てて追いかけてゆくと、にっこり笑いながら川底を指さした。軟泥《なんでい》の上に、巨大な足跡がくっきりと刻まれていた。

「どうして判《わか》った?」

萬右衛門は禁を忘れて訊《き》いた。岸から水面を見ていてこの痕《あと》が判るわけがない。

杢之助はその足跡の脇《わき》にある石を示した。しっとりと濡《ぬ》れている。水底にあった方がひっくり返って上を向いているのだ。

「踏みはずして落ちた」

もう一度にっこり笑うと更に言葉を継いだ。

「ついさっきだ。あいつは追われていることを知っている」

執拗《しつよう》な追跡に恐慌《きょうこう》を来たして、急いで渓流を渡ろうとしている大熊の姿が、ぱあっと萬右衛門の眼前に浮んだ。露出した石を踏んで渡ろうとしたのだろう。春先の谷川は、熊にだって冷いのであろう。根の浮いている石にその足が乗った。石がひっくり返り、熊は片足を水中に落した。浅瀬だからよかったが、危く転倒するところだったに違いない。両腕を拡《ひろ》げて辛くも均衡《きんこう》を保った熊の、冷やっとした顔まで目に見えるようだった。石の場所は向う岸に近い。或いはここで一気に跳躍したのかもしれなかった。

李之助は水面に顔をつけるようにして、足跡を検分している。やがて呟いた。

「大きいなァ、お前は。俺の伜にぴったりだよ」

萬右衛門がどれほどかと訊くと、

「一丈（三メートル強）」

答えながら、向う岸をさぐっている。熊の待ち伏せしそうな場所は見当らなかった。ちょっと開けた川原になっていて、その先は森である。熊がいるとしたら、その森の中だった。

李之助は空を仰いだ。陽《ひ》が翳《かげ》って来ていた。この時刻から森に入るのは無謀だった。

「川原で泊ろう」

きっぱり云って対岸に上った。

乾いた石の間に、点々と濡れた石が混っている。眼で追うと、森の中に消えていた。濡れた石の間隔はほぼ一間半である。熊は跳躍していったに相違なかった。李之助は微笑した。

「枯枝を集めてくれ」

自分は微動だにせず、森に向って立っていた。樹々《きぎ》の間から覗《のぞ》いているかもしれぬ熊に、自分の姿形をしっかり覚えこませようとしているようだった。

急速に夜が落ちて来た。

李之助は水際《みずぎわ》に盛大な焚火《たきび》をたいた。

川面に火が映って、闇《やみ》の中では殊更《ことさら》火が大きく見える。それが水際で火をたいた理由だった。

李之助は熊が森の中からこちらを窺《うかが》っていることを、いわば肌《はだ》で感じていた。だからわざとゆったりと行動した。焚火で湯を沸かし、萬右衛門が用意してくれた干魚をあぶり、焼きむすびを喰《く》った。さすがに二人とも酒は飲まない。大猿は珍らしいことに何一つ口に入れようとしない。森の方を見ては震えている。矢張り熊の存在に気付いているようだった。

〈今日はもう追わない。ゆっくり休めよ〉

李之助は心の中で熊にそう語りかけていた。

〈逃げるなら逃げてもいいんだぜ〉

そうなれば、明日もまた追跡行になる。だが李之助は平気だった。佐賀には子供たちのお七夜までに帰ればいい。ゆっくり暇をかけて追うのもまたいいものである。

だが追われる熊の気持を考えると、そうのんびりしていては気の毒な気もする。

〈そっちさえよかったら、明日の朝やろう。それが一番すっきりするんじゃないか〉

腹がくちくなると眠くなった。今日は目一杯働いた。眠くなって当然だった。

「大猿をはなさないようにしろよ。逃げ出すかもしれん」

「馬鹿《ばか》を云え。どこへ行くもんか。わしがここにいる限りはな」

萬右衛門が本気で怒っているのがおかしかった。ごろりと横になった。石ころが背中に痛い。何度か軀をゆするとそれにもなじんだ。

見上げると満天の星である。この同じ星の下に、お勇も、まだ名前はつけていないが伜と娘もいる。そして自分を窺っている熊までいる。奇妙に満足だった。李之助は寝息もたてずに、ぐっすりと眠りこんだ。

目が覚めると一面の霧だった。

焚火の火がしめって煙を上げている。

呆《あき》れたことに萬右衛門はまだぐっすりと眠っている。大猿がその腕の中にいた。これは森から熊の気配が消えた証拠である。杢之助は正直がっくりしたが、思い直した。霧の中の追跡は難かしい。それだけにやり甲斐《がい》がある。

〈いいとも。お前のやり方に合わせよう〉

心の中の熊に語りかけると、川に踏みこんで顔を洗った。一間先が辛《かろ》うじて見えるくらいだった。

〈ぶっそうなことになったな〉

これは眼が頼りにならぬということだった。だが杢之助は己れの勘働きを信じている。

水音がして、萬右衛門が近寄った。同じように顔を洗い、口をすすぐと云った。

「これでもやるのか」

「やる」

「返り討ちに遭《あ》うぞ」

杢之助は鼻で笑っただけだ。

二人と一匹はめしをくうとすぐ追跡にかかった。

森の中は一層霧が濃かった。一面灰色である。

「まだ火を点けないのか」

鞘をはずした槍を構えたまま歩いていた萬右衛門が訊く。杢之助は油紙にくるんだ馬上筒を左手に下げてはいたが、まだ火縄に火を点けていなかった。

「ああ」

ぶっきら棒に杢之助が応《こた》えた時、不意に大猿がぎゃっと喚《わめ》いた。いきなり萬右衛門の首にしがみついた。凄《すさ》まじい力に萬右衛門が悲鳴をあげた。

「馬鹿！　放せ！　放さんか！」

真正面から抱きつかれて、槍を構えることも出来ないのである。

「うしろへ退《さが》れ、萬右衛門。金輪際口をきくな」

杢之助は馬上筒を蔽《おお》った油紙を捨てながら、霧の中を見廻した。まだ火縄に点火しない。

陽が上って来て、霧が乳色に変っていた。

陽は森の向うから射《さ》している。だから自分の影が霧の中に浮び上ることはない筈だった。

それにも拘《かかわ》らず、左前方の霧に、濃い影が浮び上った。

巨大な影である。高さは一丈を超え、横幅も六尺に余った。

枯枝の折れる音がした。近づいて来ている。

やがて影が漆黒《しっこく》の毛皮に変った。胸に月の輪形の白斑《はくはん》がある。月ノ輪熊だった。

本州の月ノ輪熊は通常体長一メートル五十ぐらいだが、これは珍しく三メートルを超える巨大さだった。

距離は約五間（九メートル）。

杢之助はまだ火縄に点火していない。

決闘

杢之助はこの追跡行の間、頑《かたく》なまでに火縄《ひなわ》に点火しないで来た。そして今もって点火していない。

理由があった。

追跡とは一種の相互理解である。追跡行を通じて追う者と追われる者は、お互いに相手を徐々に徐々に理解してゆく。そしてその理解が限界に達した時に、決闘が来る。そしてこの決闘では、理解度の深い方が通常勝ちを拾う。勿論《もちろん》、偶然が大きな要因となることはあるが、それは考えに入れようのない不確定因子である。その点を除けば、今いったような図式になる。

杢之助は長い追跡行の中で、ほぼ完全にこの大熊を理解したと思っている。決して若くない。むしろ老齢期に一歩入りかけたくらいの齢頃《としごろ》であろう。さかりが過ぎようとしている。体力は最盛期より衰えかけている筈《はず》だった。だがその分悪賢さが増している。

とにかくこの大熊のめくらましの法には驚くべきものがあった。ほとんど熊の出来る限りの手を使っている。わざと足跡や糞《ふん》、爪跡《つめあと》など己れの存在のあかしをばらまき、決してそこにはいない。別の道を辿《たど》っている。そのために己れの足跡を踏んで戻ったり、左右に大きく跳躍したりするのは、むしろ当然のこわざに属する。

この大熊は足跡のつかない川に入ってさえ、尚跳ぶのである。徹底していると云っていい。何度かめくらましを仕掛けた上で、背後から襲おうとした痕跡《こんせき》がある。待伏せ作戦だ。それが一度も実行されなかったのは、杢之助のじっくり腰をおろした追跡の仕方と、萬右衛門が一緒だったからだ。

〈俺一人だったらやられていたな〉

杢之助はそう思っている。

それだけではなかった。

もし萬右衛門が素手だったら事情は違っていた筈である。大熊は萬右衛門が手にしている槍《やり》を警戒したのだ。彼等は鉄の臭《にお》いに敏感である。槍、鉄砲、いずれも鉄の臭いがする。

そうしてもっと敏感なのが火縄の臭いに対してなのだ。火縄の臭いはまぎれもなく鉄砲を意味する。鉄砲は死を意味することを彼等は知っている。若く猛々《たけだけ》しい熊なら知らぬこと、これほど老練の熊ともなれば、鉄砲だけは避けようとする。それこそ俊足を駆って一目散に逃げ去るだろう。

これが杢之助が断乎《だんこ》として火縄に点火しなかった理由である。視覚的に云っても馬上筒は通常の鉄砲の半分近くしかない。見慣れていない熊からすれば、鉄砲とは判らない筈だった。つまり大熊の杢之助たちに対する理解の中には、鉄砲がないのである。槍はあるが、鉄砲はない。

その理解の間違いが、大熊に思い切った反撃を覚悟させたに違いない、と杢之助は信じている。だから大熊が引き返すことの絶対にかなわぬ地点に来るまでは、火縄に点火すまいと初手から覚悟していた。

弾丸も火薬も装塡《そうてん》は終っている。ただ火縄に火がついていない。現代でいえば撃針が抜いてあるというのに等しい。大熊にとって引き返し不能の地点とは、逆に云えば即攻撃可能な地点と云うことになる。そこに至って初めて火縄に点火する。つまり馬上筒を使える状態にする。離れわざもいいところである。一つ操作を間違えるか、遅れるかすれば、火縄の臭いを嗅《か》いで必死になった大熊は躊躇《ちゅうちょ》することなく殺到するだろう。その時、杢之助に対抗すべき手はない。馬上筒で殴ったところで大熊は蚊が刺したほどにも感じまい。といって馬上筒を棄てて刀を抜く暇などあるわけがなかった。杢之助はまず確実に殺されるだろう。

これこそ杢之助の願う堂々の果し合いだった。断じて一方的な殺戮《さつりく》ではない。正に五分と五分との闘いであり、狩猟の窮極《きゅうきょく》の醍醐味《だいごみ》はそこにあった。自分の生命を賭《か》けることもせずに、安全無比な場所から銃を乱射して獣を殺すなど、杢之助に云わせれば卑怯《ひきょう》極りない無意味な殺戮である。獣を殺すことをなりわいとしている猟師の場合は別として、そんな狩りしか出来ない人間は男の風上《かざかみ》にも置けぬとまで嫌忌《けんき》していた。

李之助は近づいて来る月ノ輪熊の眼を見た。怒りの眼だった。李之助の執拗な追跡におびえ、怒っている。恐怖と怒りが裏表なのは何も人間だけのことではない。月ノ輪熊は怒りの絶頂にいた。李之助を殺すことだけを考え、他の一切を忘れていた。

〈今だ〉

李之助の右手が素早く適確に動いた。火種を埋めた容器の蓋《ふた》をはね上げ、馬上筒の火縄の先を押しつけ、ぷっと吹いた。火の粉が散った。点火したのである。容器を棄てると同時に、同じ手で撃鉄をあげた。

月ノ輪熊との距離二間（約三メートル六十センチ）。

李之助は一瞬、月ノ輪熊の眼に恐怖の色が浮ぶのを見た。火縄の臭いを嗅ぎ、己れの李之助に対する理解が誤っていたことを卒然と知ったのである。この男は鉄砲を隠していた！

だがもう遅すぎた。今から逃げ出しても背中から撃たれるだけである。寧《むし》ろ突進して自分の運を試すしかない。

それは凄まじい速さの突進だった。

なんとか横合から一槍見舞おうと動きかけていた萬右衛門が、思わず背後にとび退った月ノ輪熊が他ならぬ自分目がけて突進を開始したように見えた。あまりにも速い動きに対して人々が示す錯覚の一つである。とりわけその速度に慣れていない者は、必ずと云っていいほど同じ反応を呈する。

李之助は違った。天性の狩人である。その狩人の冷徹な眼が、距離が一間に縮まった時、月ノ輪熊が大きく前肢《まえあし》を振り上げるのを正確に見た。

〈あと半間〉

心の中でそう呟きながら、引鉄《ひきがね》に指をかけ銃口を上げた。

馬上筒の弾丸は並の鉄砲より小さい。それだけに正確に心臓を撃ち抜く必要があった。

眼の前に月ノ輪熊の胸だけが大きく迫った。

距離は三尺（一メートル弱）。

杢之助は巨大な肢が自分の頭上に振り下されるのを、気配だけで感じた。

引鉄をことりと落した。轟音《ごうおん》と共に強い反動が伝わる。同時に杢之助は全身を倒し、右に転った。

爪の長い肢が、一瞬遅れて自分の顔前を掠《かす》めるのを、見るというより感じとった。

一回転すると起き上り、素早く槊杖《さくじょう》を使って銃腔《じゅうこう》を拭《ぬぐ》い、薬包から火薬を注ぎ、弾丸を装塡した。

その間に月ノ輪熊は杢之助のいた場所を通過し、尚《なお》もまっすぐに突進した。

左手に萬右衛門が大猿にしがみつかれたまま転って、槍を突き上げるべく構えている。

杢之助が撃鉄を上げた。これでいつでも発射出来る。静かに熊を見た。

不意に月ノ輪熊の突進がとまった。微動だにせず立っている。やがて腰が落ちた。坐《すわ》りこんだ形になる。首が前に垂れた。そのまま動かない。

杢之助がゆっくり近づいた。

月ノ輪熊は死んでいた。眠るような安らかな顔だった。

李之助がその肩にさわった。

「いい闘いだったじゃないか」

そう云った。

萬右衛門はなんだか泣きたくなった。古い戦友を亡《な》くしたような気持だった。

一人《ひとり》静《しずか》

大猿を木に縛りつけておかなくてはならなかった。萬右衛門はおまけに猿ぐつわと目隠しまでした。騒ぎすぎるし、今行われていることを見せるに忍びなかったからだ。それはさすがの萬右衛門にとっても些《いささ》かこたえる情景だった。

李之助が月ノ輪熊を解体しているのだ。恐ろしく慣れた手付であり、それに素早かった。脇差《わきざし》の半分に満たぬ長さの小刀一挺《ちょう》を使って、またたく間に腹を裂き、臓腑《ぞうふ》を抜き、肉と皮とを離れさせた。

昨日泊った川べりである。

ここまで運ぶのが大事《おおごと》だった。二人がかりでさえ容易でなかった。優に八十貫（三百キログラム）はあるかと思われた。

李之助は穴を掘って、胆嚢《たんのう》（いわゆる熊の胆《い》）と心臓を除く内臓のすべてを埋め、血と肉の大半も埋めた。皮の裏側についた肉を小刀で丹念に削り落す。その作業に一日かかった。

その夜、杢之助は熊の心臓を焼いて自分も喰い、萬右衛門にもすすめた。

「むごいな」

萬右衛門が云うと、咎《とが》めるように見た。

「馬鹿を云え。これが供養《くよう》だ」

「殺した相手の心の臓を喰うのが供養か」

「そうだ」

「判《わか》らんな、わしには」

「あの熊は素晴しい敵だった」

杢之助はゆっくり云った。

「正に勇士だったよ。勇士の心の臓をくらうことによって、勇士はわしの血肉となる」

自分の軀《からだ》のそこかしこを叩《たた》いてみせた。

「これ以上の供養があると思うか」

萬右衛門は無言でその心臓を喰った。

熊の皮を奇麗になめすのに、更に二日かかった。

杢之助はこの場所を動かなかった。

三日目から狼《おおかみ》が姿を見せはじめた。結界の主の死が、森の中じゅうに知られたようだった。

それでなければ狼は入って来ない、と杢之助が云った。

もっとも狼は森から出ることはなかった。開けた川原に出ることの危険を知っている。彼等も火縄の臭いを嗅ぎつけていた。

杢之助の方も今度は常時火縄に火を点じた馬上筒を、身辺から放さなかった。

萬右衛門の方は奇妙なことに安心し切っていた。山のことは杢之助に委《まか》せておけば大丈夫、心底そう思っているらしい。町にいる時と全く変りなく、大猿の蚤《のみ》をとってやったり昼寝をしたり、酒を飲んだりして、のんべんだらりと日を過した。大猿が狼におびえて騒いだ時、萬右衛門は大猿に云った。

「がたがたするな。大丈夫、心配はいらん。こっちには山のおやじさまがついてるんだ。狼ごときに何が出来るか」

この男は『山おやじ』と云う言葉が熊を指していることを知ってるんだろうか、と杢之助は思った。

杢之助の一行が帰路についたのは、五日目の早朝である。

杢之助はなめし終った皮をきっちりと巻き、熊の頭と共に背負っていた。熊の頭が、背後をしっかり守ってくれているような気がして、ひどく心強かった。

いよいよ川を渡る時になって、萬右衛門は暫《しばら》く森を見つめて動かなかった。やがて杢之助をまぶしそうに見てぽつんと云った。

「わしは生涯《しょうがい》、ここであった事を忘れないだろうな。連れて来てくれて有難う」

「証人の役目を忘れないでくれ」

杢之助は短かく云った。伜《せがれ》が成長した時、大熊との果し合いの一部始終を話して聞かせるのが萬右衛門の役割だ。つまり証人役なのである。

「忘れるわけがあろうか。委せておいてくれ。話して聞かすことは山ほどある」

その日のことを思うかのように、萬右衛門は目を耀《かがや》かせていた。

下りは楽だろうと萬右衛門は思いこんでいたが、とんでもない了簡《りょうけん》違いであることがすぐに判った。

肉体的にも下りはきつく、危険度は更に大きかった。天候も変りやすく、この日も午《ひる》すぎる頃から雨になった。

雨でも晴れでも、憎いことに杢之助の歩き方は全く変らない。萬右衛門の方はそうはゆかなかった。おまけに大猿がまたしてもぴったりと背中に貼《は》り着いてくる。向っ腹が立って、甘ったれるなと喚き、ぶん殴ると、杢之助が振り返って云った。

「猿を殺したいのかね」

「馬鹿なことを。一人で歩けと云ってるだけだぞ、わしは」

「一人で歩けば喰われるよ」

「何だと?」

「うしろを見ろ」

萬右衛門はさっと振向いて見たが、何も居はしない。蕭条《しょうじょう》たる雨があるばかりである。

「何も……」

居はしないではないか、と云いかけて息を飲んだ。樹《き》の蔭《かげ》で何かが動いた。いや、跳んだ。何か灰色の影のようなものだったが、動きにぞっとさせるような鋭さがあった。

「あれは……？」

「だから狼さ」

また跳んだ。犬の倍はある。茶褐色《ちゃかっしょく》とも灰色とも云えた。目を据《す》えて見た。一匹や二匹ではなかった。

「凄《すご》い数だぞ、おい」

「たいしたことはない。二十四に欠けるだろう」

どうしてこの男はこんなに平気でいられるんだろう。

萬右衛門は又しても槍の鞘《さや》を払った。

「どうする？」

「どうもしないさ」

笑っている。杢之助が笑っているなら大丈夫だ。ほっと息を抜いた。

「襲っては来んのか」

「送り狼と云うだろう。但《ただ》し、転ぶと襲って来る」

立っている限り、まず平気だと云う。自分より背の高い生き物は襲わない。だが倒れて自分と同じ高さになれば、間髪を入れず襲う。

「だから決して転ぶな」

急に足もとが不安になった。用心すればするほど頼りなくなる。おまけに遅くなった。

「眼で地べたを見ようとするな」

そんなことが出来るわけがなかった。

「地べたのことは足に委せろ。足にも眼がある」

馬鹿を云っちゃいけない。

だが雨のせいで、周囲は灰色だった。地べたなど碌《ろく》に見えはしない。そう思った途端につんのめった。木の根に足をとられたのだ。不様《ぶざま》に前のめりに転んだ。大猿がぎゃっと叫んだ。すぐ脇の樹の蔭から、灰色の生き物が飛翔《ひしょう》してくるのを、萬右衛門は感じた。狼がこんなに近くにまで接近しているとは、夢にも思っていなかった。

杢之助の動きはいつもながら鮮やかだった。振り返った時には、もう撃っていた。

萬右衛門の鼻先に、どさっと音を立てて、灰色の狼が落ちた。死んでいる。

「いつまで寝ている気だ」

杢之助の声に揶揄《やゆ》の響きがある。

萬右衛門は跳ね起きた。腰を落し背後に向って槍を構えた。

「もういないよ」

杢之助が弾丸籠《たまこ》めしながら云った。

「もっともすぐ戻って来るがね」

もう歩き出していた。ぽそりと呟《つぶや》いた。

「無駄な殺生《せっしょう》をした」

萬右衛門は叱責《しっせき》されたようにうなだれた。


この日は早目に宿をとった。

野宿なのに宿をとるとは奇妙な云い方だが、萬右衛門の感覚では、正に宿をとったという感じだったのである。それほど有難かった。

場所は嘗《かつ》て杢之助が大猪《おおいのしし》を撃ち、お勇と初めて契《ちぎ》ったあの洞窟《どうくつ》だった。

何よりも雨をよけられるのがよかった。春にしては冷い雨が、ほとんど夜っぴて降ったのである。それに入口はたった一つだし、そこへ盛大に焚火《たきび》をたいたから、狼に対する怖《おそ》れがほとんどなくなった。現に大猿さえ、この夜だけは一度も金切声をあげることなく、すやすやと眠った。正しく日本一の宿だった。

食糧は尽きていたが、熊の肉があった。杢之助は川原でそれを細く切り、柵《さく》にさらし、焚火であぶって乾燥させておいた。堅いが噛《か》んでいるうちにじんわり味が出て来て、結構乙《おつ》な味だった。酒のないことだけが萬右衛門には不満だった。

ぐっすり眠った。夢の中で灰色の獣が跳んだ。

目が覚めると雨がやんでいた。

洞窟を出た途端に、思わず声が出た。

森の中じゅうに光が満ち溢《あふ》れ、一木一草ことごとくきらきらと耀いていた。あまりの眩《まぶ》しさに眼を開けていられなかった。己れの軀まで光り耀いているに違いないと思った。

「なんてこった」

萬右衛門は上ずった声で叫んだ。

「まるで弥陀《みだ》の御来迎《ごらいごう》じゃないか」

本当に、紫の雲に乗った阿弥陀さまがどこかに浮んでいても、少しもおかしくないような眺《なが》めだった。

「なんて贅沢《ぜいたく》な朝だ」

萬右衛門は心底そう思った。


足が弾んだ。昨日に較《くら》べれば嘘《うそ》のように楽な山下りだった。空気は澄明《ちょうめい》で、依然として光に満ちていた。狼は今日もついて来ているかもしれなかったが、たいして気にはならなかった。杢之助への信頼もあったが、こんな光耀く中で、狼に喰われるとは考えられなかった。狼には曇り空がよく似合う。雨空でも雪空でもいい。断じてこんな光の日にはふさわしくない。

李之助がさっきから、しきりに首をひねっていた。懸命に何か思い出そうとしているようだった。樹がまばらになり、急な岩場が多くなっていた。

「何を考えているんだ」

李之助は暫く答えなかったが、やがてぽつんと云った。

「一人静《ひとりしずか》」

「なんだ、そりゃァ」

「花だ」

「そのくらいは知ってるよ」

一人静は早春の花である。我が国にしかない。茎の先に鋭い鋸歯《のこぎりば》のある楕円形《だえんけい》の葉が四枚。その茎も葉も伸びきらない頃に、白い花の穂を一本だけ出す。ひっそりと山林の日蔭に生える、可憐《かれん》な花だ。

「その一人静がどうしたっていうんだ」

「生えていた筈《はず》なんだ、このあたりに」

李之助の眼は、切りたった崖《がけ》に向けられている。

「こんな岩場にか」

「そうなんだ」

恐ろしく嶮《けわ》しいがれ場になっていた。下は千仞《せんじん》の谷である。遠く白い雲が湧《わ》いていた。

「そうか。上じゃない。下だった」

やっと思い当ったように杢之助が云った。萬右衛門も覗《のぞ》こうとしたが、目が眩みそうなのでやめた。

目も眩《くら》みそうな断崖《だんがい》を見おろした。よくあんな崖っぷちまで行けるな、と思った。

〈まったく山おやじだ〉

熊は二十丈（約六十・六メートル）の高さから落ちても死なないと聞いたことがある。ひょっとしたら杢之助も死なないかもしれないな、と思った時、杢之助が馬鹿に嬉《うれ》しそうな顔になった。

「やっぱりあった」

これは見ないわけにはゆかなかった。杢之助のこんな嬉しそうな顔につき合ってやらなくては、義理が立たない。といって立ったまま覗きこむなど論外だった。少々みっともないが、腹這《はらば》いになって、こわごわ首をつき出した。

風が谷底から吹き上って来て、鬢《びん》の毛をそよがせた。

「見たか」

確かにあった。断崖の中ほどに大きな裂け目があり、そこに一人静が一本だけ場違いな感じで風に揺れていた。

いじらしいような白い花が、耀きの中で恥ずかしそうに咲いている。黒々とした岩肌《いわはだ》の中で、それがひときわ鮮烈な印象を与えた。

「ああ」

息苦しさに、慌《あわ》てて首をひっこめた。残像は鮮明だった。

「確かに一人静だな」

「そうなんだ。とことん一人静なのさ」

杢之助はかなり離れた樹のところへいって、樹幹に綱を結びつけていた。

「何をするんだ」

「とってくるのさ」

綱を三本つなぎ合わせた。断崖に垂らして花に届くかどうか計った。舌打ちした。

「少し足らん。お主、綱は？」

「ないよ」

杢之助がもう一度崖下を覗いた。

「裂け目までならなんとか届くな」

頷《うなず》いて綱を腰に巻く。

萬右衛門が顔色を変えた。

「あそこまで降りてゆく気か」

「ああ」

「何のために？」

「だから花をとりにさ」

「何のための花だ。何故《なぜ》そんな思いまでして花がとりたいんだ！」

ほとんど喚《わめ》いていた。

「男だけでは片手落ちだろ」

さっさと荷物を降した。大小もはずし、馬上筒も置いた。つなぎ目を引っぱって強度を確かめている。

萬右衛門はしびれたように、杢之助の所作を見つめていた。

この男はあの一人静を、生れたばかりの娘に贈ろうとしているのだ。息子には大熊を、娘には一人静を。理にかなっているようで、かなっていない。熊の皮は一生もつかもしれないが、一人静は一日の生命である。娘は花を見ることさえ出来まい。双方に共通するのは、ただその凄《すさ》まじいまでの危険度だけである。

杢之助が腰に綱を巻いた。

「やめてくれ。無茶すぎる」

「お主は証人だ」

指図をするなという意味だろうか。考えているうちに、杢之助の姿が消えた。

萬右衛門は這い進んで再び崖の端から首を突き出した。風がまた吹き上げて来る。

杢之助は簡単に綱の端まで降りた。僅《わず》かに岩の裂け目に届かない。すぐ登り始めた。綱の崖の端にかかった部分が擦れた。

萬右衛門は夢中で立つと綱を握り、力を籠めて牽《ひ》いた。

李之助が崖際《がけぎわ》に首を出し、一気に超えた。

〈諦《あきら》めたか〉

萬右衛門はほっと息をついたが、次の瞬間あッ、となった。

李之助が袴《はかま》の中に手をつっこんでいたが、忽《たちま》ち褌《ふんどし》を引っぱり出したのである。

「お主のも貸せ」

「し、しかし……」

「照れる柄《がら》か。俺の娘のためだぞ」

観念して褌を解いて渡した。今更なんの文句もなかった。この男は絶対に諦めたりはしない。あの追跡行を見ただけで判りそうなものだった。生者は危ければやめる。それが分別《ふんべつ》と云うものである。だが死人に分別は要らない。だから絶対に諦めることをしないのだった。

萬右衛門に出来ることは、同じ死人として極力手を貸すこと以外に何もなかった。

李之助は褌をつなぎ合せ、次いで慎重に綱に結んだ。萬右衛門が見たこともない結び方だった。

「山人《やまびと》の結び方だ。金輪際とけぬ」

萬右衛門の気持を見すかしたように云うと、褌を腰に巻き、再び崖下に跳んだ。覗きこむと首尾よく岩の裂け目に達していた。

だが一人静はまだかなり下だ。

李之助は平然と褌を解いた。裂け目に両手両足をつっぱるようにして降りてゆく。

〈上る時はどうする気だ〉

そう心配せざるをえないような難所だった。

だが不思議にさっきまでよりは、大分気が楽になっている。覚悟が出来たとでもいうのだろうか。

〈なるほど俺は証人だ〉

落ちるなら落ちたで、しかと見定め、帰ってお勇に知らせるしかない。それに、

〈死人は落ちたりしない〉

妙な確信が湧いて来た。

「おーい」

杢之助の声が上って来た。花の咲いた場所に立っていた。振り仰いだ顔が笑っている。いかにも嬉しそうだった。

〈畜生！〉

不意につき上げて来た感情が強い羨望《せんぼう》だったのに当の萬右衛門がびっくりした。

〈俺だってやってやる。俺だって、ああやって娘に花を贈ってやる〉

萬右衛門には女房がいないのだから、この決意は無茶苦茶と云うべきだった。

〈俺は女房をもつぞ。そうして必ず娘を生ませてやる〉

この男は大真面目《おおまじめ》にそう胸の中で繰り返していた。

杢之助は不安定な格好でしゃがみこみ、一人静を根ごと掘り起す作業に没頭していた。

江戸家老土山五郎兵衛のもとに、相成るべくは中野求馬を国元へ至急お帰し願いたい、と云う、中野一門の長老、数右衛門からの書状が届いたのは、丁度杢之助が山へ入った頃だった。

求馬の妻、愛が一切の飲食を断ち、死に瀕《ひん》しているというのが、その理由だった。

実兄の不始末が求馬に波及するのを恐れ、といって明らさまな自害をしてはこれまた家に迷惑がかかると思って、こんな悲しい決意を固めたに相違なかった。中野一族の長老として、この健気《けなげ》な女を見殺しにすることは出来ない。と云って無理無体に喰わせることは不可能だし、当時の医師の力をもってしてはいかんともし難い。愛を生きさせるには、どうしても求馬の力が要る。

これが数右衛門の願いの趣旨だった。

求馬にはまだ何も知らせていないと云う。

土山五郎兵衛はすぐ御前に出て、勝茂に相談した。

「理由《わけ》を知らせたら、あやつは帰るまい」

即座に勝茂が云った。確かに、女房が死にかけているからといって、職務を放り出して郷《く》国《に》に帰る武士はいまい。鍋島の家中ではとりわけてそうだった。

もう日暮時だったが、急遽《きゅうきょ》求馬は御前に呼ばれ、佐賀への急使を命じられた。多久美作宛《たぐみまさかあて》の部厚い書状を渡された。

「夜を日に継いで駆けろ。但《ただ》し手渡すだけでよい。返事はいらぬ」

それだけだった。

佐賀への急使は毎度のことで慣れている。必要な手形類も常に揃《そろ》っている。金は勝茂が手ずから渡してくれた。求馬はまっすぐ厩《うまや》に走り、馬にとび乗ると佐賀に向った。

大坂藩邸で船に乗り換える僅かな時間に、求馬は杢之助が双子を作ったことを知った。

「欲張りな奴だ」

求馬はそう云っただけだったが、船に乗り込んで、もうすることがなくなると、急におかしさがこみ上げて来た。男の子と女の子だと！　一遍に男女二人の子の親になった杢之助の困ったような顔が、容易に想像出来た。それが、例えば求馬のような男にとって、どれほど羨《うらや》むに耐えぬことであるか、杢之助が知るわけがない。

「死人が子を産ますかね」

どう考えてもおかしかった。たまらなくなって船べりを叩《たた》いて笑った。まさかこの子供が自分を救ってくれることになろうとは、この時の求馬は考えてもいなかった。

多久美作は杢之助の馬上筒で撃たれて以来いく分足を曳《ひ》きずるようになっている。

佐賀藩を二つに割るような陰謀を敢《あ》えて試みたことについては、側近の者と杢之助と萬右

衛門の二人を除いては、誰一人知らない。周囲には落馬で脚を傷つけたと云ってあった。だが正座すると太腿《ふともも》が痛む。その度毎《たびごと》に、

〈あいつめ〉

と思う。奇妙なことに憎しみも怨《うら》みも感じないのである。むしろ、懐《なつか》しさに似た感じなのである。

〈ああいう奴がいるんだなァ〉

感嘆に近かった。ほとんど口を利《き》くことなく、突如白刃の如《ごと》き行為を示す。真実恐ろしい男だった。

その美作が脚の痛みをこらえて正座し、勝茂からの書状を読んでいた。文面はなんと愛の症状と、求馬を一刻も早く家に帰すべきことが書かれ、愛が生き続ける気力をとり戻すまで、求馬は江戸に戻るに及ばず、と結んであった。勝茂が本気で心配していることが文面からいやでも窺《うかが》える。

「中野、これは返事が要るようだ」

「お渡しするだけでよいと仰《おお》せられましたが……」

「殿はそうでも、わしとしてはどうしても御返事せねばならぬ大事だ。じっくり思案もせねばならぬ。返書の書き上るまで、屋敷で待て」

こうして求馬は愛の問題と対決することになった。

求馬が佐賀に戻って来ていながら、杢之助の家に姿を現さないのは、これが初めてだった。

〈よほどの事だ〉

杢之助は逆に緊張した。ないことに胸騒ぎがした。と云って自分から出掛けてゆくことは出来ない。愛に会うという一事で、軀《からだ》がすくんでしまうのである。やむをえず、かわりに萬右衛門をやった。

愛の症状については、一門で極秘を誓い合っていた。藩の者は、多久美作を除いて誰もこのことを知らない。

求馬は憔悴《しょうすい》した顔で萬右衛門を迎え、黙々として酒を酌《く》み、杢之助の大熊狩りの話を聞いた。萬右衛門が一人静の話をした時、ようやくその沈鬱《ちんうつ》な表情に変化が起った。

「一人静、か」

ぼそっと云うと立った。萬右衛門に云った。

「すまぬが一緒に斎藤の家へ行ってくれないか」

「愛が死ぬんだ」

杢之助の顔を見るなり求馬が云った。

杢之助は急激に脚に力がなくなるのを感じた。ぞっとするほどの喪失感だった。

「俺にはもうどうにもならぬ」

求馬の声が泣いているようだった。

反射的に杢之助は求馬を殴った。

「許さん。死なすな」

「しかし……」

「死なせてはならん。絶対に、だ」

求馬は首を横に振った。

「貴様」

もう一度、拳《こぶし》を握った。だが殴ることは出来なかった。求馬を殴って何になるだろう。それで愛を生かすことが出来るわけではないのだ。再び、腹に応《こた》えるような喪失感が襲って来た。

「駄目《だめ》だ。そんなことは、許されない」

異様だった。杢之助の絶望は、誰が見ても求馬のそれを上廻っていた。

萬右衛門は瞠目《どうもく》して杢之助を見つめた。

〈この男は……〉

萬右衛門はこの三人の中で最も女にだらしのない男である。だから男と女のことで見間違うことは、めったになかった。

〈この男がなァ〉

ほとほと感嘆したと云っていい。今日の日まで、全くけぶりも見せたことがないのである。

『葉隠』聞書二の二に云う。

『恋の至極は忍恋と見立申候《そうろう》。逢てからは、恋のたけがひくし。一生忍びて思ひ死するこそ、恋の本意なれ。歌に、恋しなん後の煙にそれとしれ、つゐにもらさぬ中のおもひを、是《これ》こそ長高《たけ》き恋なれ』

萬右衛門がこの時感じたものは、正にこの『忍ぶ恋』だった。

〈何て奴だ〉

萬右衛門は同時に、自分も又この思念を、死ぬまで他人に洩《も》らすことは出来ないのを感じた。洩らせば俺は武士ではない。

倖《さいわ》い、求馬は気付かなかったらしい。

「たった一つ、手だてがあるかもしれない」

杢之助が強い眼で見つめた。いい加減なことを云ったら許さないという眼だ。

「お主が許してくれたらの話だが……」

「さっさと云え」

杢之助が吼《ほ》えた。

「お主の娘を嫁にくれ」

求馬の言葉はさすがの杢之助の意表をついた。

「嫁だと?!」

求馬には子供がない。まして息子がいるわけがない。息子もいないのに嫁とは何だ。

「そうだ。嫁だ」

求馬は断乎《だんこ》として云った。

「誰の嫁だ」

「きまっとる。俺の息子のだ」

「貴様……」

どこかの女に男の子を産ませたのか。だがそれが愛を生きさせるのに、何の役に立つというのか。

「間違えるな。今いるわけじゃない」

求馬ががなり返した。

「これから作るんだ。すぐだ。すぐ作ってみせる。天地神明にかけて誓う。必ず男の子を産ませてみせる。だからうんと云ってくれ。嫁にやると云ってくれ。頼む」

杢之助は放心して求馬を見つめた。思考が停《と》まってしまったようだった。やがてゆっくりと求馬の言葉の意味が飲みこめて来た。

「貴様って奴は……」

突然腹の底からおかしさがこみ上げて来た。どうにもたまらず、笑い出してしまった。

「何て妙な男なんだ、貴様って奴は」

「くれるのか、くれないのか」

まるで恐喝《きょうかつ》じゃないか。ちらっと杢之助はそう思った。

「やるよ。くれてやる」

「確かだな？」

「約束する。娘はお主の倅《せがれ》の嫁にする」

求馬が萬右衛門を睨《にら》んだ。

「わしが証人だ」

萬右衛門は重々しく頷《うなず》いた。

「恩に着るぞ」

そう云うなり求馬はとび出していった。

李之助が笑った。半分泣きながらいつまでも笑っていた。

李之助の娘を嫁に貰《もら》った、と云う言葉が、どれほどの衝撃を愛に与えたのか、詳細は不明である。

とにかく、愛は生きる意志をとり返した。そしてこの翌年、見事に男児を産んだ。

第七話

お目見得

中野求馬は甚《はなは》だ不満だった。

寛永十七年五月。

殿様の勝茂公はこの十一日、佐賀に向けて出発したのに、近習《きんじゆう》筆頭である求馬は江戸に残されたからである。

佐賀には重要な問題が山積している筈《はず》だった。寛永十五年の半年間の閉門と、翌十六年の在府番との間、佐賀では事件の連続だった。それはいずれも鍋島藩を潰滅《かいめつ》に導きかねない要素をたっぷり孕《はら》んだ、危険な事件ばかりだった。勝茂はそれを江戸からの遠隔操作によって、からくも抑えて来た。故国《くに》へ帰れないということが、こんなにも辛《つら》く苛立《いらだ》たしいことだとは、勝茂の生れて初めて味わった気持だった。事件はいずれも抑えこんだだけで、結着はついていない。勝茂が顔を見せ、自分の口から告げなければ終りにならないことばかりなのだ。当然、佐賀に帰れば、勝茂は目の廻《まわ》るような忙しさになる。そんな殿様の労を出来得る限り軽減することこそ、近習頭《がしら》のつとめであろう。江戸に残されては、焦《あせ》るばかりで何一つ出来ないのである。

皮肉なことに、求馬は去年一杯勝茂が置かれていた立場に、自らを置くことになったわけだ。求馬は、それが江戸家老、土山五郎兵衛が勝茂にすすめた処置であることを知らない。五郎兵衛に云わせれば、求馬は去年一杯手柄《てがら》を立てすぎた。だからこそ一躍近習頭に抜擢《ばってき》されたわけだが、あまりに急速な出頭《しゅっとう》は家中の反感を買うおそれが大である。この一年は、鳴かず飛ばずの状態で抑えた方が後々のために宜《よろ》しい、というのが五郎兵衛の意見だった。勝茂もこの意見に賛成し、その結果が江戸残留となったわけだ。勝茂も五郎兵衛も既に求馬を将来の加判家老として認めていたからこその処置なのだが、二人とも、その気持は慎重に隠していた。

とにかく求馬は不満だった。江戸屋敷には江戸屋敷なりの重要な仕事があるのだが、求馬はそのどれにも手を出すことが出来ない。職分を超《こ》えることになるからだ。求馬に残された仕事といえば、勝茂と交替に江戸に在府している鍋島三家、小城《おぎ》・鹿島《かしま》・蓮池《はすのいけ》の各鍋島家に顔を出し、御機嫌《ごきげん》を伺うことだけだった。小城・蓮池両鍋島は去年ことを起しかけただけに、今ではおとなしいものである。まして両家の殿様はいずれも佐賀で斎藤杢之助に辛き目にあっていた。杢之助の親友であり、この男を背後から操っていると噂《うわさ》される求馬を深く恐れたのは当然だった。求馬が睨《にら》んでいる以上、下手なことは出来ない。あの恐ろしい生きている死人《しびと》に再び顔を合わせるのは何としてでも願い下げだった。あの男の顔を思い浮べるだけで、なんとなく気持がひるむのである。かくして求馬は、この両家に愛想のない顔を見せるだけで、一種の抑止作用を施していることになった。

だが幸か不幸か、鹿島鍋島の当主正茂だけは、李之助を知らなかった。だから求馬の睨みも一向に効を奏さなかったのである。

鹿島鍋島の成立年代は三家の中で最も古い。慶長十四年、龍造寺《りゅうぞうじ》隆信時代の家老小川信安の遺領を基にして、定米一万石の鹿島藩が創立されたのである。

藩祖となった鍋島忠茂は直茂の次男であり、勝茂の弟に当る。小川家を相続し小川直房と称したが、鍋島家が関ヶ原合戦で西軍についたという不調法のお蔭《かげ》で、慶長六年、徳川家に証人として差出されることになった。証人とは人質の意である。この時、再び鍋島の姓に復した。更に徳川秀忠の御側小姓《おそばこしょう》となった時、秀忠の諱《いみな》の一字を与えられて忠茂と改名したのである。

忠茂は秀忠に気に入られ、馬飼料として下総矢作《しもうさやはぎ》五千石を頂戴《ちょうだい》している。幕臣となったわけだ。以後忠茂は五千石の幕臣と、一万石の鍋島藩士という二重生活を生きることになった。

寛永元年、忠茂は矢作で死んだ。つまりは幕臣として死んだことになる。嫡子《ちゃくし》孫平太正茂が二十歳で父の跡を継ぎ、矢作五千石と鹿島一万石の主《あるじ》になった。その日から鹿島藩は勝茂の悩みの種になった。

勝茂から見ると忠茂は、わが弟ながらよく出来た男だった。至誠無比というか、とにかく渾身《こんしん》の力を尽くして、秀忠公に仕えた。裏表というものがまるでない。これだけつとめる家臣を愛さない主君は鬼だ。そう思わせるほどの尽くしようだった。矢作五千石など軽いものである。忠茂の誠忠は鍋島家を随分救っている。関ヶ原の失策を幕府に忘れさせるに充分の働きである。忠茂はこの誠忠のため生命を縮めたとも云える。大坂の陣の時など、病いのため国元に帰っていたのに、医師の言葉も無視して大坂の秀忠のもとへ馳《は》せ参じている。

そんな忠茂に、息子の正茂はまるっきり似ていなかった。軀《からだ》の大きな男だが、猪首《いくび》のため妙にずんぐりむっくりに見える。背を丸めているから、余計その感じが強い。小男だがすっきりしていて、鞭《むち》のように鋭くしなやかな父の忠茂とは、体形からして別人種のように違う。容貌《ようぼう》も醜かった。ごつくて鈍い感じである。

どうしてあの父にこの子が、と誰でも思ってしまう息子なのだ。

性格も違った。忠茂は一言で云って、澄明《ちょうめい》な男だった。澄み切った水のように、何を考えているか、誰にでも読みとれた。正茂の方は濁った水である。川底に一体何が潜んでいるのか見えない。判《わか》らない。それがなんとも不気味で、醜い顔を怪物めいたものにしている。表情というものがまるでなかった。喜怒哀楽を決して表に出さない。いつでも変らぬ鈍い表情で、突然途方もない悪行を働くのである。

悪行といってもたくんだものではない。ただの乱暴である。つまり殴るのだ。家臣を殴り、女を殴り、家具を殴り、母さえ殴った。困るのは軀の大きさに正比例して、正茂の力が恐ろしいまでの強さだったということだ。この男に殴られると、人でも物でも確実にぶっ壊れるのである。大の男でさえ四、五日は寝込むくらいだから、女などたまったものではない。不具同然になった者までいる。その度に江戸家老はおびただしい慰労金を払わなければならない。お蔭で鹿島藩の財政は破綻《はたん》寸前だった。

だが殴っている間はまだよかった。一昨年の寛永十五年、正茂の側妾が嫡子を産んだ。正《まさ》恭《やす》である。正茂はその直後にこの側妾を殺している。脇差《わきざし》で一息に刺し殺したのである。更にとめに入った家臣荻原五右衛門まで、一瞬に斬《き》り殺している。

この時ばかりは勝茂も驚愕《きょうがく》し、藩邸へ正茂を呼びつけて理由を糺《ただ》した。

「無礼討ち」

正茂は一言そう云っただけで、あとは終始口を利《き》かない。すくうように下から白い眼《め》で睨《ね》めつけているだけである。武芸自慢の勝茂でさえ耐え切れぬような薄気味の悪さだった。

とにかくこんな化け物を鹿島鍋島の当主にしておくわけにはゆかない。いつ、何をしでかして、幕閣の咎《とが》めを受けるやもしれず、その波紋は鍋島本家にさえ及びかねない。倖《さいわ》い勝茂は同じ十五年の始め、三十四歳にもなるまで子供の出来ない正茂の跡が不安で、己の九男で当時十六歳の直朝《なおとも》を嗣子《しし》として将軍お目見得をすませてあった。だから翌寛永十六年、爆発物並みに危険な正茂を、有無を云わせず隠居させてしまった。直朝が跡を継いだわけである。正恭が成人したら、改めて処遇を考えようと勝茂は簡単に考えていた。

隠居した身なら何をしようと本藩にまで責任の波及することはない。またどんな思い切った罰を与えることも可能だ。あの化け物も馬鹿ではないのだから、その辺の事情は知っている筈《はず》である。守ってくれるものがなくなったと知れば、悪行にも少しは歯どめがかかるだろう。勝茂はそう考えてほっと一息ついた。これがとんでもない間違いだったと知ることになったのは、この寛永十七年に入って、しかもよりによって自分が帰国している間のことだった。

おやじ

事の発端は吉原の遊里である。

求馬はこの頃ひんぴんと吉原通いをするようになった。勿論《もちろん》、女も宴席も嫌《きら》いではなかったが、それ以上に吉原の惣名主《そうなぬし》、庄司甚右衛門に惚《ほ》れこんでいたためである。この老人は、求馬から見れば正に人生の達人だった。この世のことで甚右衛門の理解の眼の届かないことは一つもないのではないか。そう思わせるような深沈たる眼を、この男は持っている。何も云わずに、ただ向い合って飲んでいるだけで、人の世に対する見方が変って来るような気さえする。それに何より、この男と酒を酌《く》んでいると楽しいのだ。何となく心安らかで、何となく気持が昂揚《こうよう》して来る。どんなにくたびれ果てた男でも、甚右衛門の酒席に連なりさえすれば、帰る時には人生の希望に燃え、生き生きとしているのではないか、とさえ思われた。

だから求馬がゆくのは、きまって甚右衛門のやっている西田屋である。求馬はここで妙な男と知己になった。人間が変っているわけではない。極めて尋常な、人当りのいい男である。

対馬《つしま》藩宗家の江戸留守居役佐野茂之《しげひさ》といった。妙な、と云ったのは、この男が実は鹿島鍋島の正茂の実弟だったからである。初代忠茂の子で、対馬藩の佐野右京助茂義のもとに養子にやられたのだ。佐野茂之は体形も性質も父の忠茂によく似ていた。すっきりした人柄が庄司甚右衛門の気に入り、西田屋の常客となっていたのである。この里ではよろず素姓の詮議立《せんぎだ》ては御法度《ごはっと》である。だからさすがの甚右衛門も、茂之が佐賀鍋島の一族とは夢にも知らずにいた。知らないままに、たまたま来合せた求馬にひき合わせ、共に酒を酌んだ。求馬の方は茂之を知らなかったが、茂之の方は知っていた。島原の軍功は有名だったし、鹿島鍋島の江戸屋敷でちらりと姿を見かけたこともあると云う。茂之は自分の素姓と共にさらりとそのことを告げた。

「お手前に不都合なことでもあるとつまりませんから」

渋い微笑が快《こころよ》かった。

「お心遣い、痛み入ります」

求馬も素直に頭を下げた。それだけのことで、以後鍋島の名は二人の会話に現れたことがない。

「やめとけ、やめとけ。大門《おおもん》をくぐりゃ、求さんと茂さんだ。鍋さんなんてなァ語呂《ごろ》もわりいや」

と甚右衛門が云った通りになった。

〈杢之助が江戸に来たら会わせなきゃな〉

求馬がそう思うほど、合い口のいい飲み仲間になってしまった。

その佐野茂之から、西田屋でお待ちするという呼出しの文《ふみ》を、文使いの首代《くびだい》が藩邸に届けに来たのは、七月半ばのくそ暑い日の午後のことだ。どうせ用のあるわけではないので、灼《や》けつくような日盛りの中を、編笠《あみがさ》もかぶらず、馬に揺られて出かけていった。

何杯も水をかぶって軀を冷やしてから座敷へ通ると、珍しいことに茂之が一人きりでゆったり酒を飲んでいた。

「おやじさんは？」

吉原では誰でも甚右衛門をおやじと呼ぶ。

「今日は遠慮して貰《もら》った」

茂之が酒をすすめながら云った。それだけで茂之の用件が容易ならぬことであり、恐らくは鍋島藩に関《かか》わりのあることなのが判った。只今《ただいま》のところ対馬藩と鍋島藩との間に何のいざこざもない。また起るわけもなかった。だとすればこれは鹿島鍋島の話である。

「御隠居ですか」

正茂のこととしか思えない。直朝はおとなしすぎるほどおとなしい若者で、事を起す活力もなかった。

茂之は小さく頷《うなず》いて、ぽそっと云った。

「お目見得に出ろと云うんだ」

求馬は瞬《まばた》きをした。茂之の言葉が理解出来なかったのである。

「お目見得？」

「そう」

ちらりと求馬を見た。

「兄が、将軍家にお目見得しろと云うのだ、このわしに」

求馬にはまだ飲みこめなかった。

「なんのお目見得？」

「きまってるだろう。鹿島の跡継ぎとしてのだよ」

初めてあっとなった。だがそんなことが出来るわけがない。鹿島鍋島を継ぐのは直朝ときまっていたし、勿論お目見得もとっくにすんでいる。正茂隠居のことは既に公儀も了承ずみだし、あとは形式的な書類操作が完了すれば、名実ともに直朝が鹿島鍋島の三代目になるのだ。求馬がそのことを告げると、

「まだ終っていないのだ、手続きが。兄は一切の書類に花押《かおう》することを拒否しているんだ」

「だけど直朝さまのお目見得はとっくにすんでるんですよ」

「そこを強引にお願いしているらしい……はっきりは申せぬが、伊豆守《いずのかみ》さまが裏にいられるようだ」

愕然とした。伊豆守さまとは老中松平信綱のことだ。島原以来の確執の相手である。それが味方しているとすれば……。突然、茂之の微妙な言葉づかいに気付いた。

「お願いしている？」

しようとしている、ではなかった。確かに、している、だった！

「左様。兄は御用部屋へ日参している。既に公方《くぼう》さままで、お願いの儀は達しているらしい」

なんということだ！　鍋島藩の者が誰一人知らぬ間に、事態はそこまで進んでいたのである。

求馬は思わず唸《うな》った。

「無茶苦茶な話だと思うだろう」

「そりゃそうです」

「ところが違うのだ」

茂之は新たな酒を咽喉《のど》に送りこみながら静かに云った。

「兄の云い分を聴いていると、それはそれで一理あるように思えるのだ」

「どういう云い分ですか？」

「兄はな、父と同じように矢作で死にたいというのだ」

「矢作?!」

「つまり幕臣として死にたいと云うのさ。鍋島家中でもなく、鹿島の地もかかわりない。父も自分も徳川家直参《じきさん》としてひたすら将軍家にお仕えして来た。鍋島に育った直朝殿にそんな気持は分るまい。それでは誠忠を尽くした父の気持が踏みにじられたような気がしてならない。自分は愚鈍の者ゆえ、若隠居させられても少しも不服はないが、家督を本家の者に継がすのはまことに遺憾である。父のためにも是非是非御一考願いたい」

求馬はもう一度唸った。

とてもあの正茂の言葉とは思えなかった。父忠茂の誠忠によりかかった言葉であることは確かだが、公方さま御為に、という所が曲者《くせもの》である。御用部屋にいる老中たちは、例外なくこの言葉に弱い。そして誰よりも将軍家光が、この言葉に最も弱い。正茂の言葉はその心情的な弱味を、正確に衝《つ》いていた。それに正茂は、家の中では悪行の限りを尽くしていたが、お城勤めの上では恪勤《かくごん》精励の士であった。相変らずものは云わないが、お城では口数の少い方が首尾はいい。命じられたことを黙々と果す方が実直に見える。だから役人としての正茂の評判は、決して悪くないのである。それやこれやで、この正茂の訴えは通る可能性が大きい。勿論、命令という形はとれないから、勝茂と話し合いの上、ということになるだろうが、そうなると勝茂の方が弱い。正茂の今までの悪行をさらけ出せば話は簡単だが、それをしては鍋島の恥を天下にさらすことにもなるし、下手をすればお咎めも受けかねない。だからといって、正茂のもくろみ通りにさせては、直朝の身が立つまい。これは鍋島の家にとっては、重大事件になる。

「頼むよ、求さん。わしはそんなごたごたに巻きこまれるのは、金輪際おことわりだ。対馬の海でのんびり釣《つ》りをして、静かに老いてゆくのが望みなんだ。この吉原での愉《たの》しかった日を思い出しながらね」

老後の貯蓄のために、今、思い切り遊んでおくのだと云う。いかにも茂之らしい思案だった。

「それにしても何が望みなんでしょうね、正茂さまは」

求馬は本気で不審だった。茂之に家督を譲ったところで、正茂の身に変化が起るわけではない。隠居は隠居なのだし、それがいやなら嫡子の正恭に継がせたいと云えばいいのである。正恭はまだ三歳だからお目見得は出来ないが、お目見得出来るまで隠居しないとつっぱれば、裏の事情を知らない幕閣は承知するかもしれないのだ。それをせずに、主の座を弟の茂之に振ろうとしているのが、なんとも解《げ》せない。茂之が本心そんな座を望んでいないことが判るだけに、余計だった。

茂之が見事なほどあっさりと云ってのけた。

「兄の考えていることなんて、誰にも判りゃしないよ。恐らく兄自身にも判らないんじゃないのかな」

茂之は子供の頃《ころ》から正茂の悪行の犠牲だったと云う。つまりぶん殴られてばかりいたということだ。その度に、

〈何故《なぜ》殴るんだろう〉

そう考えた。あれやこれや思案の限りを尽くした。どうしても理解出来ないまま、成年になった。父の死の翌年、佐野家への養子縁組がきまった時には、心の底からほっとした。驚いたことに正茂はこの時猛反対したと云う。珍しく涙まで流したそうだ。そのくせ反対の理由は云わない。或《あ》るいは云えなかったのかもしれないと、今の茂之は思っている。

「多分自分でも判っていなかったんだ、兄は。それとも初めから、理由なんかなかったのかもしれない。ただ闇雲《やみくも》に反対したかったんだろう」

と茂之は云う。この時は母が断乎《だんこ》として縁組をすすめ、茂之は首尾よく鹿島鍋島からの脱出を果した。

「母は、あのままではわしは殺されると思ったらしい」

本当に殺されていたかもしれない、と茂之は穏やかな微笑を浮べながら云い、次いで思いもかけない感想を洩《も》らした。

「ただねえ、考えてみると奇妙極まることなんだが……兄はわしを憎んでいなかったような気がするんだねえ」

求馬は思わず茂之の顔を見た。

「ぶん殴る時でも、決して憎んではいなかったと思うんだ。だからかな、対馬へ帰ると、時時、兄の顔が懐《なつか》しく浮んで来るんだよ」

茂之は照れ臭そうに顔をつるんと撫《な》でて、

「変だろ」

と云った。求馬にはなんとも答える術《すべ》がなかった。

幕　臣

江戸からの急使は勝茂を驚愕《きょうがく》させたと云っていい。なんとか無事におさまったと思いこんでいただけに、衝撃が大きかったのである。

あれから、求馬はこの情報を土山五郎兵衛に告げ、驚いた五郎兵衛は即座に幕閣にさぐりを入れ、情報の正確だったことを確認したのである。ことはまだ御用部屋の段階でくすぶっていたが、将軍家光も誰が申し上げたのか、薄々は事情を御存知のようだった。老中たちが申し上げるのを待っているような節さえ見られると云う。

〈松平伊豆守だ〉

五郎兵衛も求馬もそう思った。伊豆守がさりげなく家光の耳に入れたに相違なかった。求馬が国元への急使を志願したが、五郎兵衛が抑えた。

「お主にはもっと大事な仕事があろう」

茂之との接触がそれだった。正茂が何をたくらんでいようと、ここから先は茂之抜きでは話にならない。当然茂之からの情報が一番正確で迅《はや》いということになる。そして茂之と腹を割って話の出来るのは、求馬しかいなかった。

「悪所《あくしょ》通いも時には役に立つようだ」

五郎兵衛が皮肉を云った。本心は、又ぞろ求馬が手柄《てがら》を立てたことになって、少々困惑しているのだ。

〈この男はついている〉

そう思うしかなかった。もし求馬がこの情報をもたらすことなく、将軍の裁可が降りたあとで初めて知るようなことになったら、一体どうなっていただろうと、五郎兵衛はうそ寒い思いだった。自分は確実に腹を切っていた筈《はず》だ。いや、自分のことなどどうでもいいが、他にも腹を切ることになる者が、江戸屋敷だけで何人かいる。佐賀はひっくり返るような騒ぎになるだろうし、直朝の面目は丸つぶれになる。こんな形で面目を失った十八歳の少年の前途を思うと、五郎兵衛は暗澹《あんたん》となった。それもこれも求馬のお蔭《かげ》で救われた。まだ救われたという段階にはないが、少くとも不意討ちだけは免《まぬ》がれた。それだけでも大きな功績だった。それにしても殿はこれをどう処理されるおつもりか。それが五郎兵衛には不安だった。

〈毛を吹いて疵《きず》を求めなければいいが〉

腹を立てた勝茂が正茂の悪行をすべて曝露《ばくろ》する手段に出ることが、五郎兵衛の最大の懸念《けねん》だった。その場合は強力なはね返りが来ると覚悟しておかねばならない。正茂の悪行は正に両刃の剣だった。敵を斬《き》ると同時に己をも斬る。そしてもっと大きな敵は無傷でせせら笑っているかもしれない。

勝茂は正にその毛を吹く作業にとりかかりかけていた。激怒が一切の顧慮を忘れさせたのである。

勝茂は寛永十五年に大老になったばかりの土井利勝に対して、正茂の悪行を年代順にあげてゆく手紙を近習に口述しているうちに、漸《ようや》く冷静になった。自分が口述していながらも胸の悪くなるような悪行の曝露だった。恐らくは土井利勝も驚倒するに相違ない。同時に今の自分と同じ胸くその悪さを感じるだろう。

〈どうしてこんなのを放っといたんだ〉

そう思うにきまっている。そして都合の悪いことに、放っておいたのは正しく鍋島本家ということになる。

〈これは駄目《だめ》だ〉

勝茂は危いところで、曝露戦術を諦《あきら》めた。

〈ではどうするか〉

手段は一つしかない。この件を握りつぶして貰うことだ。だがこれも危険だった。将軍家光の耳に既に入っていると、幕閣に運動して、いつまでも問題が上申されない場合、

〈どうなっているのだ〉

と御下問の下るおそれがある。結果として鍋島藩の握りつぶし工作が曝露されることになる。

〈やっぱり臑《すね》に傷もつ身だからだ〉

そう思う者が必ず出て来る。

こうなると全くのお手上げだった。正茂に対抗する手だてがない。だが、こんな男のために、直朝の一生を棒に振らせることはできない。

〈切り放しだな〉

勝茂は早くもその決意を固めた。

幕臣である鍋島正茂の跡を、無理矢理直朝に継がせることには異議があって当然であろう。だが逆にいえば、一介の幕臣に、己の領国の一部を気儘《きまま》にさせる理由はない。まして義理もない。あくまで幕臣を主張するなら鹿島一万石は返して貰う。これは誰が見ても当然の措置である。その上で鹿島鍋島藩は今まで通り直朝に継がせる。下総矢作五千石の方は、誰が継ごうと鍋島藩のあずかり知らぬことだ。弟にでも息子にでも、勝手に継がせたらいい。

それが鍋島藩のために長い人質暮しを送った弟の一族への仕打ちか、と云われれば、確かに胸は痛む。だがことを起したのは向うなのだ。それに自国内に幕臣の領地を抱えた大名などいるわけがない。すべての大名がそれは認める筈である。幕閣だってすべての大名の意見を無視するわけにはゆかないのは自明の理である。

「破け」

勝茂は近習に云った。

「は？」

「今書いたものをすべて破け。手紙はやめだ」

こうなったら、何も急ぐことはなかった。向うが仕掛けてくるまで平然と待つ一手である。鹿島領とり上げの決意さえ固まれば、これは嘘《うそ》のように小さな事件になってしまう。恐らく裏で糸を引いている松平伊豆守の鼻を明かしてやる絶好の機会でもあった。

気持に余裕が出来たためか、急に疑問が湧《わ》いて来た。

〈あいつはどんなつもりでこんな事をするんだ〉

どう考えても自分が得をする話ではない。単なる腹いせにしては事が大きすぎる。勝茂は正茂の鈍い表情を思い出した。愚鈍ではあるかもしれないが、絶対に策士の顔ではない。松平伊豆守の策に乗せられただけとも考えにくい。伊豆守ほどの男が、自分が絵を描いてまで、こんな男を使うわけがなかった。下手に動かれたら、自分の失点になるにきまっているからだ。どうしても、正茂が考え出し、伊豆守はそれを利用して、ちょっと鍋島をいたぶってやろう、と思っただけとしか思えないのだった。

〈何を考えているんだ、あの男は〉

その問いがしつこく勝茂の胸に残った。


杢之助が勝茂の訪問を受けたのは、次の日の昼すぎである。

勝茂はこういう不意討ちが好きだ。殿様がじきじき浪人に等しい男の家を訪れるなど、当時の常識で考えられることではない。当然一家は周章狼狽《ろうばい》、上を下への大騒動になる。それでも帰った後には、

〈殿様がお寄り下さった〉

という得意な気持が残るにきまっている。勝茂はそこまで計算していた。

もっとも杢之助相手では、よろず思惑通りにはゆかない。土間に立って案内を乞《こ》うた勝茂

の前に出て来たのは、杢之助自身で、これは相変らずの無愛想さで、

「釣りに出ていなくてようございました」

と云っただけで、上れというように顎《あご》をしゃくっただけだった。

〈仮りにも殿様に向って顎をしゃくるとはなんだ〉

むかっとしたが、背を向けてさっさと引っ込んでゆく杢之助に喚《わめ》いてみても始らない。仏頂面《ぶっちょうづら》で離れに行くと、汗だらけになった牛島萬右衛門が小さな二人の赤子のおむつを替えていた。例の大猿《おおざる》が、その危っかしい手つきを嘲笑《あざわら》うようにきっきっと啼《な》いている。なんとも珍妙な情況に勝茂も思わず笑ってしまった。

「殿はお笑いになりますが、これが意外と難儀な仕事でして」

萬右衛門は怨《うら》めしそうに云う。そういえばこの男も、勝茂の突然の来訪に慌《あわ》てたけぶりも見せない。

〈揃《そろ》いも揃っていやな奴等だ〉

と勝茂は思った。

噂《うわさ》に聞いた大熊《おおくま》の頭と毛皮が、萬右衛門の旗差物《はたさしもの》と共に床の間に飾ってあった。成程、目をむくような巨大な熊だった。杢之助はこの悪鬼のような熊の気持を詳しく読みとり、決闘にもちこんでこれを斃《たお》したという。

「お主、本当にこの熊の気持が読めたのか」

勝茂が唐突に訊《き》いた。

「ある程度は……」

　杢之助が当り前のことのように答えた。

「じゃあ、なんとか正茂の気持を読んで来い」

　勝茂が懐《ふとこ》ろから摑《つか》み出した小判が、ざらりと畳の上で音を立てた。

　吉原は『すががき』の三味線の音に満ちていた。この寛永十七年という年から、吉原は夜の商いを禁止されている。昼遊びだけに限られたのである。それは吉原の繁盛ぶりを示すものだった。いかに『御免色里』とはいえ、いや、それだからこそ尚更《なおさら》、世に悪所と呼ばれる場所があんまり栄《さか》っては、公儀としては不都合だったのであろう。その結果、これまでは日の落ちる頃から弾きはじめ、日暮の象徴のような匂《にお》いを持っていた『すががき』を、日がな一日、弾きづめに弾くようになったのである。うわべは騒々しいようで、底にそこはかとない淋《さび》しさを漂わせたこの曲は、八月の残暑を吹き払うような効果を持っていた。

「判《わか》らない」

　求馬がぴしりと云った。

　西田屋の二階座敷である。

　杢之助、萬右衛門と大猿、庄司甚右衛門に求馬という一座である。萬右衛門は不満だったが、女の顔はまじっていない。酒はすべて手酌《てじゃく》だった。

「当り前だ。俺《おれ》は顔を見たこともない」

李之助がつまらなそうに応《こた》えた。

「違うんだ。俺に判らないのは殿の御気持だ」

求馬の口調がつい鋭くなる。こんな非常の時に何を悠長《ゆうちよう》な、という気持が腹の底にあるためだった。

「正茂さまの気持なんかどうでもいいじゃないか。要は正茂さまの動きだ」

殿はどういうつもりなんだろう。様子を見ろ、という指図に沈着で聞こえた土山五郎兵衛さえ、あせりの色を濃くしているというのに。正茂の気持をつきとめるために、李之助がわざわざ江戸へ来たということも、求馬には気に入らない。相手は熊じゃないんだ。まさか李之助に、正茂を殺させるつもりではあるまい。今、正茂の身に何か起ったら、鍋島本家の謀略であることは見えすいている。

「腹を据《す》えたんじゃないか」

李之助がそう云った。求馬は何故《なぜ》ともなくどきりとした。

「腹を据えたって?!　どういう風に」

「知るか。そっちはお前のかかりだろ」

李之助が笑った。だがすぐ真顔になって、

「憎しみが感じられないって話が面白いな。そういやぁ、熊もそうだよ。怒るけど憎まない。もっとも一度傷を負うと変るがね」

考え考え云った。更に甚右衛門を見て、

「どうですか、おやじ殿」

「見なきゃ何とも云えねえよ。とにかく一度ここへつれておいで」

甚右衛門は無造作に云う。

「茂さんにあたしから頼んでみよう」

確かに甚右衛門の方が頼みやすかった。何より甚右衛門の口利《くちき》きなら、間違っても正茂が殺される心配がない。茂之も安心して正茂をつれてくることが出来た。

飼　熊

それが実現されたのは三日の後である。本当に茂之は正茂をつれて西田屋へ来た。甚右衛門は挨拶《あいさつ》に座敷を訪れ、茂之は更に自分の知人だと云って、求馬、杢之助、萬右衛門の三人を別の座敷から呼びよせた。遊女たちも現れ、賑《にぎ》やかな宴席になった。

正茂は遊びに慣れていないようだ。無口というより全く口を利かず、ただただ滝のように汗を流しながら酒を飲んだ。いくら飲んでもその表情に何の変化もない。

勢い甚右衛門はじめ一座の男どもも口数が少くなり、遊女たちまで黙りがちになった。妙な芸など試みても、座を白けさせるだけであることを、彼女たちは彼女たちなりの勘で悟ったためである。鎮《しず》まり返った座敷に、各店で弾く『すがき』の音だけが響いている。そんな様相になった。

不意に求馬は奇妙なことに気づいた。この無言の宴席が意外に悪くないのだ。わっと浮かれる楽しさこそないが、これはこれで何となく気持が安らいで、結構酒がうまいのだった。何一つ語り合うことなく、それぞれひとかどの男たちが集り、己の思念をひたすら追いながら酒を酌《く》んでいる。それがよかった。絶対に独りきり、という感じはない。この連中が一人欠けても淋しくてたまらないのではないか、という気がする。皆がいるからこそ、気楽に己の思念を追っていられるのだ。許し合った男たちの酒盛りとは正にこんなものなのではないか。

〽もののふの　頼み甲《が》斐《い》ある中の　宴《うたげ》かな

正にそんな感じなのである。

そしてよく見ると、正茂はちゃんとそれを感じているように思われた。無表情な顔にどことなく安らかな色合が漂っている。

そしてなんと遊女たちまで、そんな男達といることに満足しているかのように、豊かな顔になって来ていた。

宴席はそんな調子で一刻半《いっときはん》（三時間）も続いた。茂之が兄に、お開きにしますか、と云った時、正茂はこの日はじめておしまいの言葉をぽそりと吐いた。

「楽しかった。また連れて来てくれ」

おまけに一同に叮重《ていちよう》に会釈《えしやく》までして、帰って行ったのである。噂に聞く化け物の影は微塵《みじん》もなかった。

「あいつは男だよ」

杢之助がぽつんと云った。萬右衛門も甚右衛門も黙ってうなずいた。

求馬も全く同感だった。どう考えても男も男、かなり気分のいい男としか思えない。求馬はひんぱんに鹿島鍋島の屋敷へ顔は出していたが、正茂に会うのは今日が初めてだった。いきなりぶん殴られるのは御免だ、と思って避けていたからだし、家中の者も出来るだけ会わさないようにしていた。腫《は》れ物に触るような扱いだった。

「何かとんでもない間違いがあるな」

そうとしか云えなかった。

「どこが間違っているのかね」

それが問題だった。噂が単なる噂でないことを求馬だけは知っている。怪我《けが》人の数まで知っていたし、側妾と荻原五右衛門は現に死んでいた。だがその悪行の主と、今日の気分のいい男とでは、あまりに違いすぎた。

「あいつは強すぎるんじゃないのか」

人に慣れた飼熊が、突然飼主に重傷を与えることがある。時に殺してしまうことさえあった。熊に殺意はない。突然兇暴《きようぼう》になったわけでもないのだ。熊はいつもの通り、じゃれただけなのに、力が強すぎて、或いは相手の人間が弱すぎて、怪我をしたり死んだりしてしまうのである。人間側はそうはとらず、慌てふためいて、鉄砲やら槍《やり》やら持出して、よってたかって殺してしまう。悲しくも哀れな話である。あの男はその飼熊と同じなのではないか。

李之助は淡々とそう語った。腑《ふ》に落ちる話といえばいえなくはない。

「人間てもんは生れた時から罪は罪と知ってるんだよ」

甚右衛門が云った。

「三歳の餓鬼《がき》でも、自分のしたことがいいことか悪いことか、ちゃんと知ってるもんだ。そうして罪を犯せば罰されることも知ってる」

一息いれるように盃《さかずき》を口に運んだ。

「それが罰をうけねえとどうなるかね」

一同、考えこんだ。

「儲《もう》けた、と考えると思うか。とんでもねえ。奴は馬鹿にされたと信じるんだ」

「まさか」

求馬が思わず云った。

「それがそうなんだよ。侮辱された。はっきりそう思うんだ」

求馬は何かいいたそうにして、李之助と萬右衛門を見た。仰天した。この二人はなんとしきりに頷《うなず》きながら聴いているのだ。

「お前さん、どうやら悪《わる》だったことが一度もねえようだな、求さん」

甚右衛門は面白そうに求馬を見た。この言葉は正に求馬の弱味を衝いた。殿様を咎《とが》めて死を賜った父を持った息子に、悪になぞなる余裕は全くなかったのである。

「妙ないい方だが、悪には悪の誇りがある。その誇りは、罰を受けることで初めてはっきりするんだ。どんなに悪さをしても罰を受けねえんじゃ、誇りはずたずただよ。生きているのもいやになるだろうなァ」

求馬は全く言葉を失った。ついて行けなくなったからだ。同時に求馬は、自分がついてゆけない以上、勝茂はじめ鍋島藩の重職たちの何人《なんぴと》といえども、この思考についてゆける筈のないことを痛感した。

いまいましいのは、そんなに困難な思考が、李之助と萬右衛門にはやすやすと辿《たど》れるらしいということだった。二人は何度も頷き、萬右衛門に至ってはうっすら涙ぐんでさえいる。

〈こりゃあ駄目だ〉

一瞬に求馬は見切りをつけた。正茂の問題はこの二人に委《まか》せるしかない。己れも含めて鍋島藩の誰にも、この件を扱う力はない。理解しがたい人間を、どうやって扱えばいいのか。

「俺には無理だ。この一件はお主たちに委す」

思い切りよくそう云った。

「委せるとはどういうことだ」

李之助が訊《き》いた。求馬は一瞬つまったが、

「それも委せる」

そう云ってしまった。

「なんだ、それは」

さすがの李之助が呆《あき》れ返った顔になった。

「つまり、今おやじ殿の云われたことが、まさしく正茂さまの問題なのかどうか確かめ、殿に報告するという……」

「それだけでいいのか」

「いいのかって云ったって……」

求馬はほとんど自棄《やけ》のやん八《ぱち》だった。

「俺に分るわけがないじゃないか。だから全部委せると云ったんだ。お主たちの好きなようにしろ」

「好きなように、か」

李之助が呟《つぶや》いた。

「別段したいこともないな。ただ辛《つら》いなァと思うだけさ。なんて悲しい男がいるんだ。いっそぶち殺してやりたいよ」

求馬はぎょっとなった。だがすぐその李之助の言葉が哀惜の念から出たものに過ぎないことを悟った。だが油断は出来ない。李之助は一片の哀惜の念からだけで、本気で人を殴り殺しかねない男だった。その時、初めて、求馬にも甚右衛門の言葉が朧《おぼろ》げながら理解出来て来た。

「つまりはお主なんだ」

思わず叫んでしまった。杢之助はすぐに言葉の意味を悟った。

「そうだ。俺だ。萬右衛門でもある」

「わしのことでもあるんだなァ、生憎《あいにく》」

甚右衛門が心底辛そうな顔で云った。

〈俺だけ仲間はずれか〉

求馬は奇妙な嫉妬《しっと》を感じた。不意に疎外《そがい》されたような感じになった。

「お主のことならお主のしたいようにしろ。殺したけりゃ、殺すがいい」

暴言である。既に書いた通り、ここで正茂を殺したりしたら、鍋島藩は藩の続く限り汚名の中にのたうつことになる。だが今の求馬に、そんなことはどうでもよかった。目の前にいる三人の男の悲しさが、それほど圧倒するように迫って来ていたためだ。

「判った」

杢之助がきっぱりと云った。そこには一瞬に求馬を我に返らせるほどの凄絶《せいぜつ》さがあった。

「おやじ殿。もう一度お願いします」

杢之助が頭を下げた。正茂との宴席を設けてくれというのだ。

甚右衛門は暫《しば》く押し黙って杢之助を見つめていたが、

「いいよ」

と云ってくれた。吉原での殺しはご法度である。たとえ惣名《そうな》主《ぬし》といえども、そんな手引きは出来ない。だから甚右衛門のこの凝視は杢之助が果して正茂を殺すかどうかの見きわめのために違いない。そして承知したのは殺す心配はないと見たからであろう。求馬はこの人生の達人の見立てが狂わないようにと内心祈った。

二度目の首尾は、なんと二日後だった。正茂はよっぽど前の宴席が楽しかったらしい。茂之が水をむけると、即座に乗って来たと云う。求馬はちらりと胸が痛んだ。これで正茂を殺すようなことになれば、この茂之をも裏切ることになる。求馬は茂之にありのままを伝えはあったが、それは前回までのことだ。勝茂が正茂の真の動機を知りたがっているから、というのは、この二度目の宴の理由ではない。そしてこの理由だけは茂之にも告げかねるものだった。

宴はこの前の通りに始った。遊女たちも前と同じ女を撰《えら》んであった。忽《たちま》ち安らかな気配が流れ、沈黙のうちに心豊かな酒盛りになっていった。

「大きな手だ」

唐突に杢之助が口を切った。眼が正茂の膝《ひざ》に置かれた、本当に馬鹿でかい手に据えられていた。

正茂の表情がふっと翳《かげ》ったが、何も云わない。

「その手で今までに何人痛めつけられた？」

求馬の咽喉《のど》がからからになった。何て口の切り方だ。もう少しましな云い方はないのか。

正茂が盃をきちんと置き、真正面から杢之助を視《み》た。

「怪我が四十二人。死んだのが一人」

答えになんの渋滞もなかった。その数字が正確であることを求馬は知っている。だが刀を使った側妾と荻原なにがしはその中に含まれていない。

「辛いだろうね」

杢之助の声に沁々《しみじみ》としたものが流れた。

「辛い」

正茂が応《こた》えた。同時に双眼からどっと涙が溢《あふ》れ出した。表情に変化はなかった。ただ涙が流れているだけだった。

「辛い時はどうする?」

杢之助がまっすぐに追った。

「殴る」

それが正茂の答だった。杢之助が口を切る前に、まるでひったくるように萬右衛門が云った。

「じゃあ俺を殴れ」

正茂が萬右衛門を見た。萬右衛門は泣いていた。正茂に劣らず大粒の涙を流して泣いていた。

「そのかわり俺も殴る」

異様なことが起った。正茂が世にも嬉《うれ》しそうに微笑《わら》ったのである。次いで訊いた。

「本当に……？」

まさか取消しはしないだろうな、とでも云うような、おずおずした調子だった。

「本当さ。お互いに一発ずつ。交替交替だ。どちらかが、立っていられなくなったら終りだ」

正茂の微笑が今や顔一杯に拡《ひろ》がった。

〈本気で喜んでるんだ〉

求馬は戦慄《せんりつ》と共にそう思った。

「どっちが先かきめよう。裏か表か」

正茂の手が懐《ふとこ》ろから小判を一枚とり出している。

「表にきまってる」

萬右衛門が云うなり、正茂が小判を投げた。女の前の盆に澄んだ音を立てて落ちた。

「どっちだ」

正茂が女に訊く。

「表ざんす」

女が素早く読んで云った。

正茂が立った。萬右衛門も立つ。同じくらいの背丈であり、同じくらいの重量に見えた。

「やれ」

正茂が鋭く云い、足を横に開いた。

間髪を入れず萬右衛門が殴った。拳《こぶし》であり、求馬がはっとしたほどの力だった。正茂ががくんと腰を落しかけたが耐えた。顎《あご》をさすり、にやっと笑った。ひどくすがすがしい表情だった。

今度は萬右衛門が足を拡げた。全身の筋肉が打撃に備えて緊張している。

正茂は無言で殴った。これも拳。萬右衛門の左半面が一瞬ひしゃげたように見えた。それほどの凄《すさ》まじさだった。

〈こりゃあ俺でも壊れる〉

求馬がぞっとしたくらいの打撃だった。

萬右衛門はよろよろと二、三歩泳いだ。だがやっと持ちこたえた。首を振りながら顔をもんだ。正茂が瞠目《どうもく》している。信じられないのだ。やがてにっこり笑った。足を拡げ、腰を落した。

萬右衛門が殴った。火の出るような一撃で、事実、鼻から奔出した血が高く飛んだ。女が悲鳴をあげた。正茂はぐらぐらになり、右に左に揺れ泳いだ。だが倒れない。鼻がつぶれ、血みどろになっている。口で大きく息を吸った。目が異様に据わって来ている。

萬右衛門が矢立を抜き筆をとり出した。女に差出す。指で自分の鼻のまわりに丸を描いた。

「描いてくれ」

女がたっぷり墨をつけて丸を描いた。萬右衛門は正茂の前に立った。

正茂の拳は正確にその丸の中を殴った。ぐしゃっと音をたてて、萬右衛門の鼻が折れ、鮮血が吹き出した。萬右衛門は呻《うめ》きながらきりきり舞いしたが、なんとか立っている。息が荒い。大猿が悲鳴をあげて、かじりついた。

萬右衛門はひっぺがすようにして引き放すと、杢之助に放った。杢之助がしっかり大猿を抱きこんだ。

萬右衛門は三発目を咽喉に放った。ぐえっと音が洩《も》れ、正茂は息をするために部屋じゅうを跳び廻った。それでも膝《ひざ》はつかない。お返しの一撃を同じ咽喉に喰《くら》った萬右衛門も、苦しみながらも立っていた。

四発目は心臓だった。この一撃で正茂は前のめりに倒れた。俯《うつぶ》せに長々とのびたまま動かない。まっ白な顔になった茂之が、とびつくようにして起そうとしたが、一撃を喰って吹っとんだ。そんなになっても、力は消えていない。長いこと息を調整しようと努力していた。

「なんて素晴しいんだ。なァ」

喘《あえ》ぎながら云った。

これは萬右衛門への問いかけである。

「ああ、素晴しかった。せいせいしたよ」

「わしもだ」

そして正茂は気を失った。

呆れたことに萬右衛門は二日寝こんだだけでもとに戻った。もっとも鼻はつぶれたままである。正茂の方は一ケ月の余も寝こんだそうだ。また西田屋の二階で会った時、茂之がそう求馬に告げた。

「お蔭《かげ》で兄は明るくなりました。これくらい罰をうけたらいいだろうって云ってます」

可愛《かわい》いとつい殴ってしまうのだという。可愛ければ可愛いほど強く殴ってしまうのだという。その打撃で小姓だった少年が死んだ時から、正茂の泥沼《どろぬま》が始った。

「御側室と荻原なにがしは……」

「あれはいけません。赤子の横で睦《むつ》み合っていたそうです」

この頃の法では間男《まおとこ》と間女《まおんな》は即座に殺されても仕方がない。だが事が公《おおや》けになると、赤子の正恭の出自まで疑われることになる。それが不憫《ふびん》で、正茂は誰にも何も告げなかったのだ。李之助と萬右衛門に引き合せてくれた礼だ、と云って正茂は茂之にだけは話してくれたそうだ。

もっとも何も彼《か》も巧《うま》くゆくというわけにはゆかない。

正茂と鍋島本家との確執はこの後も続いた。この年から二年後の寛永十九年、遂《つい》に勝茂の勘忍《かんにん》袋の緒が切れた。正茂から鹿島一万石の所領をとり上げ、これを改めて直朝に与えたのである。だから以後鹿島鍋島の初代は直朝ということになった。

正茂は矢作五千石の幕臣になった。なんと口説いても茂之が家督を継いでくれないので、やむなく自分が隠居を取り消し、正恭の成長まで御書院番をつとめた。致仕《ちし》したのは寛文四年十二月二十七日というから、なんと二十二年も勤めあげたわけだ。そしてそれから更に二十二年後の貞享《じょうきょう》三年十一月十八日、八十二歳の高齢で死んでいる。

（下巻につづく）

柴田錬三郎著
孤剣は折れず
三代将軍家光の世に、孤剣に運命を賭け、時の強権に抗する小野派一刀流の剣客・神子上源四郎の壮絶な半生を描く雄大な時代長編。

柴田錬三郎著
赤い影法師
寛永の御前試合の勝者に片端から勝負を挑み、風のように現れて風のように去っていく非情の忍者〝影〟。奇抜な空想で彩られた代表作。

柴田錬三郎著
運命峠（全二冊）
豊臣秀頼の遺児・秀也を守り育てる孤高の剣士・秋月六郎太。二人の行方を追うさまざまな刺客……。多彩な人物で描く時代ロマン。

柴田錬三郎著
剣鬼
剣聖たちの陰にひしめく無名の剣士たち——彼等が師を捨て、流派を捨て、人間の情愛をも捨てて求めた剣の奥義とその執念を描く。

白石一郎著
秘剣
剣に生き剣に死ぬ、信念に生き信念に死ぬ誇り高き者たちの織りなすさまざまな人間ドラマを、重厚な筆致で描く力作士道小説7編。

白石一郎著
天上の露
山中の獣の落し穴にはまった男を救ったのは、疱瘡を病んで山に捨てられた娘だった——異色の素材を滋味豊かに描く時代短編集。

藤沢周平著
用心棒日月抄
故あって人を斬り脱藩、刺客に追われながらの用心棒稼業。が、巷間を騒がす赤穂浪人の動きが又八郎の請負う仕事にも深い影を……。

藤沢周平著
竹光始末
糊口をしのぐために刀を売り、竹光を腰に仕官の条件である上意討へと向う豪気な男。表題作の他、武士の宿命を描いた傑作小説5編。

藤沢周平著
時雨のあと
兄の立ち直りを心の支えに苦界に身を沈める妹みゆき。表題作の他、江戸の市井に咲く小哀話を、繊麗に人情味豊かに描く傑作短編集。

山本周五郎著
人情武士道
昔、縁談の申し込みを断られた女から夫の仕官の世話を頼まれた武士がとる思いがけない行動を描いた表題作など、初期の傑作12編。

山本周五郎著
酔いどれ次郎八
上意討ちを首尾よく果たした二人の武士に襲いかかる苛酷な運命のいたずらを通し、著者の人間観を際立たせた表題作など11編を収録。

山本周五郎著
風雲海南記
西条藩主の家系でありながら双子の弟に生まれたため幼くして寺に預けられた英三郎が、御家騒動を陰で操る巨悪と戦う。幻の大作。

小松重男著　ずっこけ侍

主君の逆鱗に触れ「永の暇」を頂戴してしまった三毛蘭次郎。だが人生ずっこけてからが面白い。激笑仕掛人の艶福ひょうきん行状記。

小松重男著　蚤とり侍

主君の勘気に触れ、命に従って女客に春を売る「猫の蚤とり」侍の奇妙な運命を描く表題作など、愛すべき江戸の男たちの六つの物語。

小松重男著　でんぐり侍

侍、岡っ引、豪商、隠密、女……、さまざまな生きざまを艶やかに、そしてせつなくも滑稽に描いた9編を収録する侍シリーズ番外編。

小松重男著　川柳侍

巷に流行る川柳に魅せられた職人、公事師、無宿人。そればかりか、なんと殿様までが密かに作りはじめた。文庫書下ろし時代長編。

神坂次郎著　男いっぴき物語

老若美醜貴賤貧富を問わず、女を見るや当たるを幸い薙ぎ倒し、明治大正昭和三代を駆け抜けた風雲児川端浅吉の疾風怒濤の艶道修行。

神坂次郎著　縛られた巨人
—南方熊楠の生涯—

生存中からすでに伝説の人物だった在野の学者・南方熊楠。おびただしい資料をたどりつつ、その生涯に秘められた天才の素顔を描く。

新潮文庫最新刊

D・レッシング
上田和夫訳

破壊者ベンの誕生

全世界を呪った瞳。気味悪い呻き声。狂暴な振る舞い。平凡な家庭に突如生れたベンが、家庭を破壊していく。彼はいったい何者なのだ！

血ぬられた愛情
E・ジョージ
小菅正夫訳

スコットランドの古い館ホテルで女流劇作家が殺された。彼女は何を知っていたのか？リンリー警部と相棒バーバラが事件に挑む。

ツイン・ムスタング出撃せよ
B・ケラハー
伏見威蕃訳

赤狩りの嵐が吹き荒れ、朝鮮戦争に揺れた'50年代。時代の波に翻弄されながら、大空に生きるパイロットたちの群像を描く航空冒険小説。

法律事務所（上・下）
J・グリシャム
白石朗訳

新人弁護士のミッチが就職した法律事務所は仕事は苛酷だが、破格の待遇。人生バラ色と思っていたら……。手に汗握るサスペンス。

運命のコンチェルト
D・スティール
白石朗訳

女優志望のクリスタルと青年弁護士スペンサー。愛し合いながらも運命に翻弄され、すれ違う二人の幸せの行方を描く長編ロマンス。

灼熱の死闘
B・ラングレー
酒井昭伸訳

南ア白人政権の極秘計画「ブラッド・リバー」をめぐり、燃えさかる森林地帯に展開される追撃戦。巧みなプロットが光る本格冒険小説。

死《し》ぬことと見《み》つけたり（上）

新潮文庫　り-2-8

平成六年九月一日発行

著者　隆《りゅう》慶《けい》一《いち》郎《ろう》

発行者　佐藤亮一

発行所　株式会社新潮社

郵便番号　一六二
東京都新宿区矢来町七一
電話　営業部(〇三)三二六六―五一一一
編集部(〇三)三二六六―五四四〇
振替　東京四―八〇八番

価格はカバーに表示してあります。

乱丁・落丁本は、ご面倒ですが小社読者係宛ご送付ください。送料小社負担にてお取替えいたします。

印刷・二光印刷株式会社　製本・株式会社植木製本所

ISBN4-10-117418-0 C0193

カバー印刷　錦明印刷　　デザイン　新潮社装幀室

9784101174181
1910193004404

常住坐臥、死と隣合せに生きる葉隠武士たち。佐賀鍋島藩の斎藤杢之助は、「死人」として生きる典型的な「葉隠」武士である。「死人」ゆえに奔放苛烈な「いくさ人」であり、島原の乱では、莫逆の友、中野求馬と敵陣一番乗りを果たす。だが、鍋島藩を天領としたい老中松平信綱は、彼らの武功を抜駆けとみなし、鍋島藩弾圧を策す。杢之助ら葉隠武士三人衆の己の威信を賭けた闘いが始まった。

定価440円（本体427円）

ISBN4-10-117418-0

C0193 P440E